One

Shane Kuhn

Il manuale dello stagista killer

romanzo

Traduzione dall'inglese di Matteo Diari

Ope

Dello stesso autore abbiamo pubblicato:

Il manuale dello stagista killer – L'avversario più letale

Prima edizione: maggio 2017
Titolo originale: *The Intern's Handbook*

via Giovanni Antonelli, 44 – 00197 Roma
tel. 06.39366384

Stampato in Italia – Printed in Italy

Progetto grafico: Grafica Effe

Shane Kuhn

Il manuale dello stagista killer

Per Amanda D.
...Ma Ville Lumière. Sei il sogno divenuto realtà.

Gli stagisti sono invisibili. Potete ripetere centinaia di volte il vostro nome ai dirigenti e loro non lo ricorderanno mai, perché non hanno rispetto per chi si trova in fondo alla scala sociale e lavora gratis. Ironia della sorte, vi affideranno montagne di incarichi delicatissimi con fiducia incondizionata. Più saranno i compiti di questo genere che accetterete volontariamente e più ne riceverete, acquistando al contempo credito e libero accesso. Alla fine il vostro bersaglio arriverà ad affidarvi la propria vita, ed è allora che la prenderete.

Il manuale dello stagista

Dipartimento di Giustizia degli Stati Uniti
Federal Bureau of Investigation
Washington, D.C. 20535

CIRCOLARE AD ALTA PRIORITÀ
TUTTE LE INFORMAZIONI IVI CONTENUTE SONO RISERVATE

A: tutti gli agenti operativi
Da: William Cummings, dirigente
Oggetto: JOHN LAGO
Fascicolo #36-F42
Età: 25
Alt./Peso: 178 cm/80 kg
Capelli: castani
Occhi: azzurri
Domicilio: sconosciuto

Il dipartimento di Giustizia degli Stati Uniti ha emesso un mandato di arresto nazionale e internazionale a carico di John Lago. Si ritiene che Lago sia un agente esperto di una rete di sicari attivi all'interno di un'organizzazione di copertura conosciuta con il nome di Risorse Umane s.r.l. Risorse Umane s.r.l. (RU s.r.l.) si presenta come un'agenzia di collocamento per stagisti amministrativi. Si pensa tuttavia che gli stessi stagisti siano in realtà assassini addestrati per infiltrarsi nelle società multinazionali e nelle agenzie governative allo scopo di eliminare dirigenti e funzionari. Il numero di assassinii su commissione di cui RU si è resa responsabile è sconosciuto.

L'organizzazione è oggetto di un'indagine federale ancora in corso. Il nostro obiettivo è identificare e arrestare il capo di RU s.r.l. e i suoi principali finanziatori, al fine di terminare a tutti gli effetti ogni operazione. Finora la nostra attività di sorveglianza audio e video ha prodotto centinaia di ore di registrazione qualificabili come dati grezzi, ma nessuna prova tangibile.

Diciotto ore fa abbiamo intercettato una comunicazione elettronica del sospettato John Lago. Era indirizzata a diversi individui sospettati di essere nuove reclute di RU s.r.l. È intitolata *Il manuale dello stagista* e sembrerebbe trattarsi di una guida informale per l'addestramento di assassini. Alla luce delle nuove prove trovate in questo documento, ho deciso di attribuire un ordine di priorità alle indagini.

È in corso una caccia all'uomo coordinata da FBI e CIA.

Il manuale dello stagista è accluso al presente fascicolo in quanto lettura obbligatoria per gli agenti attivi nella caccia al sospettato Lago.

Dal momento che egli è ora il fulcro delle indagini, sto anche provvedendo alle trascrizioni dei nastri di sorveglianza audio e video che lo vedono protagonista. Stiamo tentando di identificare vittime e complici cui ci si riferisce nelle trascrizioni, i cui nomi erano stati finora censurati. Tutte le persone sospettate di avere contatti con Lago sono ora indiziate o ritenute testimoni chiave e devono essere fermate e interrogate.

Spero che il presente dossier possa facilitare la cattura di Lago prima che altre vite vadano perdute.

Che la fortuna vi assista.

William Cummings, dirigente

SI RITIENE CHE IL SOSPETTATO JOHN LAGO SIA ARMATO
ED ESTREMAMENTE PERICOLOSO.
SI RICHIEDE AGLI AGENTI OPERATIVI DI ATTENERSI STRETTAMENTE
AL PROTOCOLLO E DI TENTARE L'ARRESTO
SOLO CON L'AUSILIO DI UNA SQUADRA D'ASSALTO AL COMPLETO E
L'APPOGGIO DELLE FORZE DELL'ORDINE LOCALI.

Il manuale dello stagista

di
John Lago

1

La vita è proprio dura

Se state leggendo questo manuale, siete nuovi dipendenti della Risorse Umane s.r.l. Congratulazioni. E condoglianze. Come minimo, state per iniziare una carriera che non potrete mai definire noiosa. Andrete in luoghi interessanti. Incontrerete persone uniche e stimolanti di ogni estrazione sociale. E le ucciderete. Farete un sacco di soldi, ma ciò non avrà alcuna importanza per voi dopo il primo ingaggio. Non importa quanto sembri facile nei film, quella di assassino è la professione più difficile, stressante e solitaria sulla faccia della terra. D'ora in avanti, ogni volta che sentirete qualcuno lagnarsi del proprio lavoro, dovrete impegnarvi con tutti voi stessi per non ridergli in faccia. Non è un lavoro per tutti. La maggior parte di voi lo scoprirà nel modo peggiore, perché sarà morta alla fine del mese. E questo non è che l'addestramento.

Se avete qualche ripensamento, è una reazione naturale. L'idea di guadagnarsi da vivere uccidendo altre persone è alla base di ogni ripensamento. Alle vostre domande circa il fatto che starete male, che perderete la fiducia in voi stessi, che vivrete in costante paura o che desidererete persino uccidervi, posso dare un'unica semplice risposta: sì. Tutti i vostri peggiori incubi si avvereranno in modi che non avete neanche mai immaginato. E o li supererete oppure farete i gargarismi con dei pallettoni doppio zero. In entrambi i casi sarete coperti.

Quando poi arriverà il vostro momento più buio – cosa che accadrà ogni giorno – troverete conforto nella consapevolezza di non aver mai avuto realmente possibilità di scelta in tutta questa faccenda. Come me, siete creature dei bassifondi, neonati gettati in un cassonetto con una bottiglia di birra rotta al posto del ciuccio. Siamo stati definiti 'diseredati'. La nostra diagnosi era 'ritardo nella crescita'. Siamo stati scaricati in case famiglia e famiglie affidatarie, in reparti psichiatrici e centri di detenzione minorile. Minorenni sotto tutela dello Stato. Vi dice niente? La piccola orfana Annie[1] avrebbe potuto essere una di noi...

Non c'è nessuno quando di notte i sogni si fanno raccapriccianti!

Nessuno a cui importi se cresci... o regredisci!

Nessuno che ti asciughi gli occhi umidi di pianto!

Ueee-ueee. Non abbiamo mai avuto genitori e, come si suol dire, abbiamo avuto una nuvola nera sulla testa fin dal nostro primo giorno. Quindi, che altro avreste potuto fare della vostra vita? Accogliere mandrie umane da Wal-Mart per uno stipendio da fame? O vendere il culo a uomini d'affari giapponesi? Spacciare metamfetamine ai ragazzini delle medie? Non credo. Per la prima volta nella vostra vita potrete trarre vantaggio dalla vostra gioventù disagiata, perché tutti sanno che gli orfani sono i migliori assassini. Provate a canticchiare *It's A Hard-Knock Life* mentre svuotate il caricatore da quindici colpi di una Beretta sulla limousine di Daddy Warbucks[2] e scoprirete quanto possa essere dolce la vendetta.

Se state leggendo questo manuale siete assassini nati e le persone che vi hanno reclutato lo sanno perfettamente. Avete

---

[1] Protagonista di una celebre striscia a fumetti americana firmata da Harold Gray.
[2] Il ricco benefattore di Annie (vedi nota precedente).

tutti i requisiti. Tanto per cominciare non siete mai stati amati, di conseguenza non provate alcuna empatia. Per sperimentare la perdita si deve avere qualcosa da perdere, innanzitutto. Dato che l'amore è la cosa più importante che una persona possa avere e voi non lo avete mai provato, in pratica siete stati privati di ogni emozione ad eccezione della rabbia.

E parliamo di rabbia. Avete mai sentito parlare di disturbo esplosivo intermittente? Anche se non ne avete mai sentito parlare, di certo l'avete provato. È quella rabbia accecante e incontrollata che vi trasforma in pazzi furiosi e talvolta omicidi. Magari vi è capitato di picchiare quasi a morte vostro fratello adottivo per aver bevuto l'ultima Pepsi. Oppure vi siete sfogati sul vostro compagno di cella del carcere minorile facendo in modo che finisse anzitempo in una sacca per cadaveri. Ogni assistente sociale, educatore o psichiatra con le dita macchiate di nicotina e i tic dovuti all'abuso di caffeina vi ha classificato come pericolosamente antisociali, con una postilla a specificare il fatto che non avete niente di costruttivo da offrire alla società. Alla Risorse Umane s.r.l., però, tutto ciò che vi ha reso dei paria farà di voi dei 'professionisti'.

E ora parliamo di cervelli. Siete stati presi a calci, sbattuti fuori e cacciati da ogni scuola che abbiate mai frequentato. Ma se state leggendo questo manuale siete dei geni, anche se molto probabilmente avete fatto sputare sangue a ogni secchione sfigato della vostra città. Come potreste essere sopravvissuti altrimenti? Solo chi ha un'intelligenza superiore ai suoi simili potrebbe restare in vita quando tutto il mondo pensa che sarebbe meglio morisse. Siete l'ultimo anello della catena evolutiva, e avete una capacità di adattamento tale che Charles Darwin potrebbe farsela nei suoi pantaloni Harris Tweed all'istante.

Infine, vi sarete accorti senz'altro delle vostre straordinarie doti fisiche. Non sto parlando di superpoteri, e mi rivolgo in particolare a quelli di voi i cui modelli maschili provengono esclusivamente dallo scaffale dei fumetti. Se siete stati allevati da qualcosa di diverso dai lupi, può darsi che abbiate giocato a football o a basket, o che vi siate conquistati una cintura nera in qualcosa. Di certo avete primeggiato, perché siete più forti, più veloci e più agili della media. I vostri riflessi sono rapidi come saette e la vostra vista cattura qualsiasi cosa, perfino il dettaglio più insignificante. A proposito, è proprio per questo che evitate le folle. Concentrarvi simultaneamente su ogni movimento compiuto da un centinaio di persone non solo è uno sforzo disumano ma vi spinge a odiare l'umanità ancor più di quanto già non facciate. In conclusione: non siete voi che avete scelto questa carriera, è lei che ha scelto voi.

Questo è il vostro manuale. *Il manuale dello stagista.* Non fa parte del pacco di benvenuto per i neoassunti, però. In effetti, se vi scoprono a leggerlo, sarete morti ancor prima di riuscire a voltare pagina e il vostro cadavere mutilato di faccia e dita sarà fatto a pezzi, infilato in sei sacchi della spazzatura e sciolto in un bidone di acido solforico in qualche impianto chimico del New Jersey.

Perciò, vi prego, siate discreti, ci sono buone probabilità che questo manuale vi salvi la vita.

Mi chiamo John Lago. Naturalmente non è il nome che mi è stato dato alla nascita, perché i miei genitori biologici erano troppo impegnati a scomparire dalla mia breve vita per firmare il certificato con su scritto soltanto 'Neonato maschio X'. I miei genitori adottivi mi chiamavano in qualsiasi modo passasse loro per la testa tra un manrovescio e una sbronza. Così, quando fui abbastanza grande per sgraffignare un centinaio di verdoni, pagai un tizio per falsificarmi il certificato di nascita e fare di me un uomo.

Perché John Lago? Perché potevo scegliere quel che volevo e non capita tutti i giorni di avere l'opportunità di sceglierti il nome. Tutto ebbe inizio con il mio amore per i classici del cinema. L'unico amico che abbia mai avuto da bambino era Quinn, il proiezionista del cinema porno del quartiere. Quando la sera il posto chiudeva e tutti i pervertiti se ne tornavano a casa, Quinn metteva sul rullo uno dei bellissimi film della sua sterminata collezione. Sono cresciuto con Stanley Kubrick e Akira Kurosawa. Sapevo chi era Clint Eastwood ancor prima di sapere chi fosse il presidente. Per me i film sono la grande fuga (titolo peraltro di una pellicola meravigliosa), e vi consiglio di imparare ad apprezzarli, perché avrete bisogno di qualcos'altro per tenere occupata la vostra mente, oltre agli orrendi incubi che vi divoreranno l'anima. I mostri come noi possono imparare a essere umani guardando i film. Tutte le esperienze che non abbiamo mai avuto vi sono trattate in modo esauriente, e possono divenire le nostre pitture rupestri emotive, e guidarci nel nostro viaggio tra le file della società civile. Quindi, il mio consiglio, sempre che decidiate di accettarlo, è di vedere qualcos'altro oltre a epic fail o stupidi film porno su YouTube. Ma evitate i film sugli assassini, perché potrebbero farvi venire ogni sorta di pessima idea.

Torniamo però al mio nomignolo autoinflitto e ispirato a Hollywood. Il mio cognome viene direttamente dall'epoca d'oro del cinema americano, gli anni Settanta. 'Lago' è il nome della miserabile cittadina western in *Lo straniero senza nome* di Clint Eastwood, un film che è senza dubbio la storia della mia vita. E ho scelto 'John' perché, anche se mi aspetta la dannazione eterna, sono un fan accanito di Giovanni Battista. Egli preparò le masse ignoranti all'avvento del Messia e viene menzionato nel Corano per la purezza della sua vita; inoltre, a differenza di Gesù, non chiese mai a Dio di giocarsi la carta 'Uscite gratis di prigione, se ci siete' prima che Erode ne servisse la testa su un vassoio d'argento. Tutto questo l'ho imparato guardando Chuck Heston che snocciolava i suoi cazzutissimi sermoni di fuoco e zolfo impersonando Giovanni Senza testa nell'epico biblico *La più grande storia mai raccontata*.

Per quanto riguarda il resto dei fantocci di carne che compaiono in questa parabola tragica, alcuni dei nomi sono stati cambiati per proteggere i veri colpevoli. Se cammino ancora sulla superficie terrestre e sono riuscito a tenermi sempre alla larga da un inferno di massima sicurezza è perché non ho mai spifferato le identità dei miei obiettivi o dei miei contatti alla RU s.r.l. E non inizierò adesso. Restando in tema, i loro nomi provengono direttamente dalla miglior celluloide del cinema classico e contemporaneo. E se riuscirete a indovinare quali siano i film di provenienza la mia stima nei vostri confronti non potrà che aumentare.

Lavoro per la RU s.r.l. dall'età di dodici anni. Ora ne ho ventiquattro e presto saranno venticinque. Ho 'completato il ciclo', come dicono loro. Quando ho cominciato, la mia classe di reclute era costituita da ventisette figli di puttana arroganti, delinquenti e con tutti e due i piedi nella fossa, me compreso. Siamo rimasti in tre. Per cui si potrebbe dire che un po' di cose le ho imparate. O, per dirla come la direste voi – figli di puttana arroganti, delinquenti e con tutti e due i piedi nella fossa – ,'tu sì che ci stai dentro, zio'. Ah, hip-hop, l'hai fottuto per sempre l'inglese del re. Alla grande.

Se siete più o meno com'ero io alla vostra età, probabilmente siete convinti che vivrete in eterno. Ho una notizia per voi, fratelli e sorelle. La distanza minima tra verità e stronzata è *six feet under*. Non ha importanza che mi crediate o meno, perché non c'è modo migliore di verificare come stanno realmente le cose di un proiettile calibro 45 grana 230 a punta cava che ti colpisce dritto in testa a trecento metri al secondo.

Quindi ingoiate il vostro orgoglio e leggete questo manuale. Vi sto facendo un favore. In effetti sto rischiando l'osso del collo per voi e non ho mai neanche avuto il piacere di vedere i vostri culi flaccidi. Non è che dovessi scriverlo per forza. Il fatto è che nessuno mi ha mai spiegato nulla quando mi sono imbarcato in questa storia. Ovviamente ho fatto l'addestramento. Ma non ho mai avuto dritte dall'interno. Nella maggior parte delle attività impari i trucchi del mestiere da chi ha più esperienza. Non in questo caso. Bob, il nostro intrepido capo, non sussurrerebbe neanche porcherie a sua moglie se non vi fosse assolutamente costretto. Secondo me l'approccio a chiappe strette di Bob alla segretezza è la ragione per cui molti dei miei compagni di addestramento hanno ora radici che crescono loro nelle orbite. Lui si definisce un tipo da 'quadro d'insieme'. Ma non è altro che un eufemismo del business 3.0 per dire che non gliene frega un cazzo di niente se non del risultato finale, meno che mai di voi. Ci sono molti altri come voi nel posto da cui venite, e in questo giro quando una talpa ci rimette la pelle viene rimpiazzata immediatamente da un'altra. Proteggere gli interessi dei suoi 'clienti' – tronfi membri di confraternite universitarie, nonché esponenti della nuova aristocrazia americana che trangugiano Scotch – è la sua prima e unica priorità. Tutti gli altri sono sacrificabili.

Voi siete la mia priorità. Se riesco a salvare qualcuno di voi – le sacche da pugile umane più patetiche al mondo, insieme agli orfani indiani che nuotano nei fiumi di escrementi – allora magari finirò nel settimo girone dell'inferno anziché nell'ottavo. E se voi sopravviverete a tutto questo, allora, forse, potreste riuscire a farvi una specie di nome, a scrollarvi di dosso il tappeto sudicio sotto il quale siete stati spazzati e crearvi un futuro che vada oltre i campi per roulotte, le risse tra ubriachi e il fottere per mangiare. Probabilmente non ci incontreremo mai. Ciononostante, in qualche modo distorto, siamo la famiglia che nessuno di noi ha mai avuto e dobbiamo restare uniti. Non sarà molto, ma il piccolo manuale che avete tra le mani è l'unica prova tangibile che qualcuno vi sta coprendo le spalle.

Nonostante nessuno abbia mai coperto le mie spalle, mi sto rapidamente avvicinando alla veneranda età di venticinque anni, una pietra miliare che ben pochi di voi riusciranno a superare. Mentre per la maggior parte dei giovani professionisti rappresenta l'inizio della propria carriera, per la RU s.r.l. rappresenta l'età del pensionamento forzato. Secondo Bob, è l'età limite per cui la gente comincia a mettere in dubbio chiunque sia disposto a lavorare gratis. Cito testualmente: 'Anche se le persone possono credere tu sia ancora uno stagista a venticinque anni, attireresti l'attenzione su di te perché ti prenderebbero per uno sfigato che è ancora molto indietro nella costruzione della propria carriera. E attirare l'attenzione su di te equivale a una condanna a morte.'

La filosofia della RU s.r.l. è che quella di stagista sia la copertura perfetta per un assassino. Cito nuovamente Bob: 'Gli stagisti sono invisibili. Potete ripetere centinaia di volte il vostro nome ai dirigenti e loro non lo ricorderanno mai, perché non hanno rispetto per chi si trova in fondo alla scala sociale e lavora gratis. L'intesa che hanno con il proprio orinale supera di gran lunga il rapporto che avranno mai con voi. Ironia della sorte, siate dipendenti eccellenti con una spiccata etica del lavoro e loro vi affideranno montagne di incarichi delicatissimi con fiducia incondizionata. Gli incarichi che il pigro personale amministrativo preposto e i manager junior non farebbero mai se non con una pistola puntata alla tempia sono di fatto mansioni quotidiane fondamentali per far funzionare un'attività. Le stesse che aprono le porte ai dati proprietari, alle informazioni personali e alle aree direttive riservate. Più saranno i compiti di questo genere che accetterete volontariamente e più ne riceverete, acquistando al contempo le chiavi del regno: credito e libero accesso. Alla fine il vostro bersaglio arriverà ad affidarvi la propria vita, ed è allora che la prenderete.'

Per quanto io odi pettinare l'ego di Bob, il concetto è dannatamente geniale. Ma perché, vi chiederete voi, ci prendiamo tanto disturbo solo per far fuori qualche tizio? Nikita riesce a far secco qualcuno con un fucile da cecchino dalla finestra di un hotel mentre si fa un bagno caldo. Non potremmo piazzarci anche noi sul tetto con un fucile L115A3 a lunga gittata e sparare ai nostri obiettivi come a pesci in un barile? Un commando britannico in Afghanistan è riuscito a neutralizzare due soldati talebani da una distanza di più di due chilometri e mezzo con un gingillo del genere. È un po' come trapanare qualcuno a Battery Park mentre te ne stai a Chinatown a farti un *dim sum*.

Ci sono molte ragioni per cui non facciamo le cose come nei film o sul campo di battaglia. Tanto per cominciare, persino un cecchino dei Navy SEAL può fare cilecca di tanto in tanto, e sono i migliori al mondo. I proiettili e la fisica sono un gran casino e noi non possiamo permetterci di fare cilecca. Inoltre, quando i brandelli di tutti i pezzi grossi cominciano a schizzare per le strade della più grande città d'America crivellati dai colpi di armi da fuoco si ha quello che si definisce uno schema ricorrente. E gli schemi ricorrenti sono uno dei passatempi preferiti dell'FBI. Mescolate tutto con la politica, e vi staranno così addosso che non riuscirete più a sparare neanche a un piccione senza finire in una sacca nera ed essere trasportati nella baia di Guantanamo, dove vi somministreranno il pacchetto completo di interrogatori e torture. Potrà sembrarvi buffo, ma questo lavoro richiede la più assoluta raffinatezza. È questo che fa la differenza tra un professionista e quei coglioni a petto nudo che si vedono su *Cops*.

Se si riesce a fornire un prodotto di alta qualità a un prezzo ragionevole il mercato degli omicidi è sterminato. Fintanto che eviterete gli schemi ricorrenti e riuscirete a far sembrare che siano stati i nemici dichiarati del bersaglio a farlo secco, potrete – sì sto proprio per dirlo – farla franca e guadagnarci alla grande.

In questo business la chiave del successo è la qualità del personale. Vale a dire voi. Qui alla RU s.r.l. veniamo addestrati molto bene. Ci vogliono anni per apprendere il nostro cosiddetto mestiere alla perfezione, ed è per questo che veniamo reclutati da giovanissimi. Un addestramento eccellente però non è garanzia di successo e neanche di sopravvivenza. Ho visto reclute considerate veri e propri astri nascenti togliersi dalla faccia quel loro sorrisetto compiaciuto al primo, violento, impatto con la dura realtà. La cosa più importante che cercherò di insegnarvi è la seguente: un addestramento eccellente vi fornirà la preparazione di cui avete bisogno per fare bene il vostro lavoro, ma se lo fate bene e nel farlo morite, siete pur sempre morti. Capire quando è il caso di mettere da parte l'addestramento e lasciare il controllo al vostro istinto vi renderà inarrestabili.

Io sono inarrestabile. Lo devo in gran parte all'esperienza. Così, al fine di prepararvi davvero a ciò in cui vi state cacciando, il presente manuale conterrà la cronaca dettagliata del mio ultimo incarico. Tale resoconto vi mostrerà il lavoro per come è realmente, non per come si presenta nel mondo teorico degli 'scenari tipici' di Bob. Mi spiace, ma non c'è nessuno scenario tipico del cazzo quando si progetta e mette in atto l'omicidio di alto profilo di un personaggio costantemente sotto scorta. Bob vi addestrerà e poi vi addestrerà a fare affidamento sull'addestramento. È un approccio militare che funziona bene nelle operazioni militari – nella maggior parte dei casi. Io vi insegnerò a pensare come predatori e a padroneggiare l'arte di improvvisare un inseguimento, quella che ogni predatore usa per mettere a segno un omicidio pulito e sopravvivere. C'è una grossa differenza tra i due approcci e le uniche volte in cui ho davvero rischiato di morire è stato all'inizio, quando mi bevevo alla goccia tutte le storie di Bob senza neanche prender fiato.

Oltre a fornirvi un resoconto minuto per minuto del mio ultimo incarico, il presente manuale vuol essere anche un testo di consultazione operativa contenente alcune semplici regole importantissime da seguire, supportate da esempi di vita vissuta. Nei miei quasi otto anni di servizio – già, ho cominciato ad ammazzare gente a diciassette anni – ho messo a segno trentaquattro omicidi. Magari non le avrò viste tutte, ma ci sono andato stramaledettamente vicino.

2

'Sentiremo tutti quanti la tua mancanza, John'

Quest'oggi riceverò da Bob il mio ultimo incarico. È un po' strano pensare che sarà l'ultimo. Lavoro qui da quando mi sono affacciato alla pubertà e tra qualche settimana sarà tutto finito. Avrò il mio ultimo bonifico e poi bruceranno tutto ciò che mi collega a questo posto – carte d'identità, armi, vestiti, tutto. Non potrò neanche tornare al mio appartamento. Mi daranno una nuova identità, dei soldi per viaggiare e qualche abito. Gli unici indizi della mia vita passata alla RU s.r.l. saranno i miei numeri di conto corrente, alias i miei migliori amici. Avrò tutti i soldi che ho messo da parte nel corso degli anni insieme a una buonuscita a sei zeri. E sarà più che sufficiente per far perdere le mie tracce e reinventarmi completamente per quella che spero sarà l'ultima volta.

Quei pochi di noi che ce la fanno a raggiungere la pensione continuano a fare quasi sempre lo stesso lavoro, solo come free lance. Non io. Sarà anche l'unica specie di lavoro che abbia mai fatto, ma che possa essere dannato se continuerò a farlo solo perché sono una fighetta e non riesco a imparare a fare qualcosa di nuovo. È come per quel vecchio detenuto in *Le ali della libertà,* che alla fine esce di prigione dopo esserci stato per cinquant'anni e si impicca perché non sa neanche legarsi le scarpe se non c'è lì un qualche energumeno a sfotterlo con un bastone. E il narratore farebbe bene a impiccarsi con la propria compassione. Solo i cuccioli addomesticati ragionano così. Io ho dovuto convincere alcuni dei tizi più brillanti di New York City che ero il tipo giusto per ricoprire incarichi da schiavo presso studi legali, hedge fund, aziende di tecnologia militare, aziende per la sicurezza, gruppi immobiliari commerciali, conglomerati multinazionali di petrolio ed energia e così via. Posso farmi strada raccontando stronzate in un sacco di campi diversi, così me ne sceglierò uno e comincerò a farmi il culo, proprio come ho fatto qui.

La differenza è che sarò un normalissimo sfigato con un lavoro, che mangia pessimo cibo cotto al microonde, si lamenta delle tasse ed è una schiappa a golf. Adorerò ogni singolo minuto. Niente più paranoie di essere catturato o fatto fuori. E non dovrò lavare di continuo i miei vestiti per eliminare la puzza di polvere da sparo e il sangue. Potrò finalmente avere degli amici, senza doverli uccidere se dovessero scoprire ciò che faccio. E la parte migliore? Non dovrò più fissare gli occhi vuoti di un altro 'pensionato anticipato' a cui la buonuscita ha appena spappolato il cervello facendolo schizzare sulla parete di un bagno sudicio.

«Sentiremo tutti quanti la tua mancanza, John.»

Sono parole di Bob, le prime che mi dice quando mi siedo per essere ragguagliato sul mio ultimo incarico. Mi coglie vagamente alla sprovvista. A Bob piace prendere le persone alla sprovvista, soprattutto se lo scopo è mostrare loro che anche lui è uno di quei tizi che tengono conto dei sentimenti altrui – cosa che non fa, posso assicurarvelo. Per una frazione di secondo mi sento invadere da un'ondata di nostalgia.

Forse gli mancherò davvero. Forse sono il figlio che non ha mai avuto, penso.

Poi lui mette su il ghigno cinico che ho imparato a detestare nel corso degli anni e l'ondata di nostalgia si trasforma in nausea. Quel che voleva dire è che sarà dannatamente difficile trovare qualcuno tanto spietato e a prova di proiettile quanto me. E ha ragione. Gli mancherà non avere più un bottone umano da premere per scatenare una pioggia di distruzione in stile Antico Testamento, e che non lasci sulla moquette neanche l'ombra di una fibra di tappeto da far fiutare agli sbirri.

«Anche tu mi mancherai, Bob» mento.

«In quanti studi legali hai lavorato?» mi dice, ignorando il mio sentimentalismo altrettanto falso.

«Così su due piedi direi diciassette.»

«E ti senti ancora ben disposto e a tuo agio in quest'ambito?»

«Ho sostenuto l'esame di abilitazione quattro volte negli ultimi cinque anni.»

«Non do mai niente per scontato, John. Lo sai questo.»

«Lo so, Bob. Di che si tratta?»

«Muori dalla voglia di andartene?»

«Muoio dalla voglia di mettermi al lavoro.»

«Bene. Perché questa volta non sarà facile.»

«Lo è mai stato?»

«Perché questo atteggiamento?»

«Immagino mi stia già lasciando un po' andare.»

«Dovresti evitare di scherzare. Non sei divertente.»

Mi porge un grosso fascicolo. Gli do un'occhiata in cerca di quelli che mi piace chiamare punti elenco – il profilo del bersaglio, il luogo e le sue caratteristiche, i nemici risaputi del bersaglio, le sue debolezze ecc. Aggrotto la fronte perché Bob mi sta mandando da Bendini, Lambert & Locke, probabilmente lo studio legale più famoso di New York City. Sono noti per la clientela d'élite che rappresentano e per l'enorme influenza politica che esercitano. La cosa mi pare d'un tratto piuttosto interessante. Continuo a esaminare i documenti e sembra tutto a posto, eccezion fatta per un piccolo dettaglio.

«Chi è il bersaglio? Non lo vedo qui, Bob.»

«Non lo vedi perché non c'è.»

Lo guardo, aspettandomi il solito sogghigno. E invece sul suo volto scorgo una vaga espressione di scuse. È quanto di più vicino all'imbarazzo Bob riesca a produrre.

«Ma è... anomalo» propongo.

Nota a margine: mai contestare apertamente alcun aspetto di qualsivoglia incarico di fronte a Bob. È stato nel primo plotone dei marines e i piagnistei di qualsiasi genere lo debilitano fisicamente. In ogni caso, si possono fare osservazioni riguardo ad 'anomalie' affinché Bob (a) capisca che si sta facendo attenzione a quella data cosa e (b) si possano ricevere le informazioni necessarie a coprirsi il culo. Naturalmente la domanda deve suonare del tutto casuale perché lui deve poter continuare a credere che se vi chiedesse di far fuori qualcuno bendati e con una mano legata dietro alla schiena, la vostra unica domanda sarebbe 'quale mano?'

«Le mie scuse, John. Si tratta di un caso complesso, più del solito. Il bersaglio è uno dei tre soci. Ma per ovvi motivi si è dato da fare per tenere segreta la propria identità.»

Leggo un altro po' del profilo.

«Capisco cosa vuoi dire, Bob.»

Altra nota a margine: cercate di ripetere il nome di Bob più spesso che potete, ma senza esagerare. Gli uomini come Bob sono innamorati di sé stessi e sentir pronunciare il nome del loro amore inonda di endorfine il punto G che hanno nel cervello.

«Vendere la lista dei testimoni che l'FBI tiene sotto protezione a chi offre di più. È senz'altro qualcosa che non vorrei far sapere troppo in giro.»

«I suoi 'clienti' sono proprio quelli che pensi» aggiunge Bob. «Famiglie mafiose, gang, cartelli stranieri della droga.»

«Tutte persone perbene.»

«Il tuo cinismo mi preoccupa, John.»

«Perché mai?»

«Il cinico è un uomo che conosce il prezzo di ogni cosa e il valore di nessuna.»

«Oscar Wilde. Ti sei dato alla poesia, Bob?»

«Non avremo fatto di te una persona sofisticata, ma almeno ti abbiamo dato un po' di cultura qui.»

«Come fa ad avere i nomi?»

«Nel modo in cui chiunque può ottenere tutto ciò che vuole. Soldi, favori e qualche partita a golf con le persone giuste.»

«Questo mi sembra un po' cinico, Bob.»

«Cominci lunedì. Indirizzo e contatti sono nel fascicolo, insieme alla tua documentazione di presentazione.»

«Mmm. Chi sono questa volta?»

Leggo un po', fingendo che me ne freghi davvero un cazzo.

«Facoltà di Legge all'università del Michigan. Tra le migliori dieci del Paese ma non troppo pomposa. Bel colpo.»

«Sarai circondato da gente della Ivy. Gente che riconosce i propri simili.»

«Tutti loro hanno avuto dei 'padri' e io invece ho avuto un 'papà'» sospiro.

«Citazione interessante. Twain?»

«Kurt Cobain.»

«Sparisci, John.»

3

Lo studio

Ripasso il dossier della mia identità e trascorro il fine settimana con il mio nuovo me. Mi hanno dato un nuovo cognome, ma, come al solito, resto sempre John. Francamente, non esiste altro nome che sia più anonimo di questo e sono sempre felice di non dover imparare a rispondere a un nuovo nome come un cazzo di cane da riporto o uno studente cinese in scambio. Il mio nuovo me è andato alla scuola pubblica (un tipo intraprendente), università di Notre Dame (il sale della terra) e poi Legge alla Michigan (brillante ma senza conoscenze influenti). Il candidato perfetto per rientrare nelle quote per le pari opportunità, ma senza appartenere a una minoranza etnica, – un cattolico bianco senza una goccia di sangue blu. Studi come Bendini, Lambert & Locke ci tengono ad apparire progressisti, ma non lasciamoci prendere dall'entusiasmo.

Grazie a Bob il mio profilo da mosca bianca è in realtà la copertura perfetta. Sarò ignorato e considerato socialmente irrilevante dai miei facoltosi simili della Ivy League, ma non sarò disprezzato. E sarò tollerato dai miei superiori che non aspetteranno altro che io commetta un qualche generico errore che loro fanno regolarmente – con enorme danno per i clienti, si intende – così da potermi sommariamente cacciare con un calcio in culo e – cito testualmente – 'rimandarmi a Peoria con tutti gli altri zotici[3]'. Questo gli permetterà di continuare a coltivare la propria facciata di pubbliche relazioni del cazzo senza doversi preoccupare che io possa trattenermi tanto a lungo da tirar fuori dai cazzoni obesi la Lilly Pulitzer[4] che è in loro durante le partite a squash. Niente paura. Toglierò il disturbo in men che non si dica.

Dopo aver studiato il dossier e avergli dato fuoco, ringrazio Bob in silenzio mentre guardo il mio ultimo incarico dissolversi tra le fiamme. Uccidere un tizio che indossa mocassini con le nappine e mangia filetto alla Diana è proprio un fior fiore di ingaggio, e potrei anche divertirmi un po', tanto per cambiare. Certo, sarebbe stato carino da parte sua assegnarmi una sfida un po' più stimolante, un dono di commiato più consono, ma questo è Bob. In pratica mi ha già liquidato e mi mette alle costole di un qualche roditore a bassa priorità, così da non impegnare nessuno dei nuovi talenti. A me sta bene. Mi adeguo volentieri alla parte e per la fine del mese me ne starò a farmi un cheeseburger in paradiso.

L'unico sassolino nelle mie infradito è che non so neanche chi cazzo sia il bersaglio. Non sono un detective. Non faccio appostamenti con berline beige tra bicchieri di caffè vuoti e carte di hamburger sul cruscotto. E di certo non vado a ficcare il naso dove non devo, cazzo. In altre parole, non sono un cane che trotterella in giro e annusa il cavallo dei pantaloni della gente per distinguere i buoni dai cattivi. Io vedo *tutti* come minacce, anche quelli che diventano risorse utili e mi aiutano – inconsapevolmente, badate bene – a raggiungere il mio obiettivo. Così è molto più semplice. Quando si cresce in una

---

[3] Peoria, piccola città dello Stato dell'Illinois, figura in diverse espressioni idiomatiche come stereotipo della cultura americana media e conformista.
[4] Stilista, regina del *preppy style*, famosa per le sue stampe a motivi tropicali richiestissime negli anni Settanta dall'alta società americana.

famiglia affidataria, come sono certo sia capitato alla maggior parte di voi, si impara a ragionare in questa maniera se si vuole sopravvivere. Fino a prova contraria tutti quanti sono colpevoli, o comunque perfettamente capaci di rendersi tali in qualsiasi momento.

Tutto sommato però, niente di tutto ciò ha davvero importanza. Il lavoro è lavoro e non ho altra scelta se non farlo. Lamentarmene non farà che distrarmi, e poi, siamo onesti, lagnarsi di qualcosa è mai stato d'aiuto a qualcuno? Il nostro lavoro è azione senza giudizio e vi consiglio di restare concentrati su questo. Il fallimento non è una possibilità. Ho visto reclute rinunciare a un lavoro per svariati motivi, alcuni dei quali molto validi, ma solo per finire centrati da una pallottola prima dell'ora del cocktail. Suona brutale, ma a dire la verità con il tempo ho imparato ad apprezzare tanta franchezza. Finché non ho cominciato a lavorare per la RU s.r.l. tutto nella mia vita era esasperatamente incerto. Ora è tutto molto chiaro. Devo far fuori il mio bersaglio o morire nel tentativo di farlo. La chiarezza equivale alla vittoria. Guardate le persone di successo. Pensate davvero che abbiano sette metodi vincenti? Certo che no, cazzo. Chi ce l'ha il tempo per tutti e sette? Ne hanno uno solo: *fare*. Quando sei 'uno che fa' doppi tutti gli altri sorci in gara.

Così, accetto senza se e senza ma l'ingaggio e mi infliggo la noiosissima incombenza di frugare nel caos di internet per documentarmi sui soci. Cominciamo con Bendini. Suo nonno era un ricco siciliano che ha costruito gran parte di Bensonhurst. Suo padre è andato a Princeton e ha portato avanti gli affari di famiglia, finché non si è fatto coinvolgere dalla mafia in una brutta storia di speculazione sugli alloggi e si è fatto saltare il cervello. Così Bendini è stato spedito dal nonno alla scuola privata, poi ha proseguito a Yale e ha studiato Legge a Harvard. Il resto delle informazioni su di lui riguardano la sua carriera da avvocato e sono più soporifere di un flacone di

Ambien. Mi piace Bendini per i collegamenti di suo padre con la mafia, ma anche nella migliore delle ipotesi è un po' poco.

Se vi siete fatti l'idea che Bendini sia noioso, Lambert lo fa sembrare P.T. Barnum[5]. Dalla Germania Lambert si è trasferito negli Stati Uniti con i suoi genitori, quando era bambino. Evidentemente è proprio un supernerd perché il MIT lo ha accettato subito dopo la scuola media. Ha proseguito gli studi fino a ottenere il dottorato di ricerca, una laurea in Medicina e una in Legge. Dopo aver lavorato come avvocato interno per una grossa azienda farmaceutica, Bendini lo ha convinto a piantarla in asso facendone il socio più giovane nella storia dello studio. Lambert garantisce entrate milionarie grazie a ditte farmaceutiche e biotecnologiche. È improbabile che sia lui l'obiettivo, ma è proprio questo che me lo fa piacere così tanto. Mettere le mani sui dati del programma di protezione testimoni è il genere di stronzata che un brillante bastardo come Lambert potrebbe anche fare. A differenza dei suoi soci, vola decisamente basso sul radar delle pubbliche relazioni, il che significa che potrebbe fare un sacco di mosse senza attirare l'attenzione su di sé. Sono sempre quelli più tranquilli che ti invitano a prendere un tè freddo, e poi ti ritrovi con i monconi del tuo corpo accatastati come legna nel seminterrato.

Infine faccio un controllo su Locke. Ex militare, due volte in Vietnam, insignito del Purple Heart e congedato con onore nel 1975. È stato alla Penn, come suo padre, poi Legge a Harvard, come sua madre. È diventato uno degli avvocati difensori di maggior successo nella storia di New York. Senza dubbio l'attrazione maggiore per il pubblico, ma non concede praticamente mai interviste. La stampa lo chiama 'l'uomo in nero'. Passo in rassegna tutti i ritagli di giornale che riguarda-

---

[5] Imprenditore e circense statunitense, considerato il più grande showman della storia per la sua capacità di richiamare nei modi più fantasiosi l'attenzione pubblica su eventi e spettacoli da lui stesso organizzati.

no i suoi clienti – star del cinema, atleti professionisti, rockstar. Sembra improbabile che riesca a trovare il tempo di vendersi i nomi di qualche informatore nascosto in Iowa, ma mi piace la prospettiva dell'avvocato difensore. I testimoni d'accusa sono come scarafaggi per loro. Non si riesce mai a schiacciarli abbastanza in fretta.

Quel che ti fa incazzare è che questi tizi sono tutti esageratamente ricchi e potenti e senza dubbio vicini a bussare alla porta di una piacevolissima pensione. Non posso credere che uno di loro sia così malato di stupidità terminale da lasciarsi coinvolgere in affari tanto loschi. Chiunque lo stia facendo sta rischiando generazioni di ricchezze future, la propria vita e la vita dei suoi familiari, vista la feccia con cui deve andare a letto per vendere simili informazioni. L'avidità e il potere, però, possono trasformare Gandhi in Kim Kardashian, e stiamo parlando di avvocati, quindi non dovrei sorprendermi di niente.

4

I vantaggi di fare tappezzeria

Per certi versi entrare nel personaggio è la parte più difficile. Per tutta la vita siete stati una persona. In questa vita dovrete essere molte persone diverse. Se la cosa vi sembra divertente allora vi troverete bene. Il segreto è immedesimarvi talmente nel vostro nuovo io che persino voi crederete di essere quel tizio. Se lo crederete, non avrete mai l'impressione di mentire e non rischierete mai di tradirvi.

L'aspetto è una delle vostre armi più potenti ed è di vitale importanza che impariate a usarlo al più presto. Magari state pensando: quanto sarà mai difficile darsi l'aspetto di un impiegato sfigato? Risposta: stramaledettamente difficile, cazzo. E comunque non dovrete farvi passare per sfigati. Gli sfigati danno nell'occhio. Sono oggetto di scherno, anche se Hollywood e la tv cercano di convincervi del contrario. Ricordo la faccia di ogni singolo sfigato che ho pestato a sangue nei miei tre gloriosi anni di scuola pubblica, perché ero incazzato per la mia vita di merda e avevo voglia di prendermela con qualcuno che sapevo non avrebbe reagito. Il punto è che dovrete sforzarvi più che mai di fare tappezzeria. Dovrete confondervi con ciò che vi sta intorno ed essere tutto sommato dimenticabili.

Per citare Bob: 'Gli stagisti non hanno un volto. Possono anche occupare per anni il vostro stesso spazio, ma per niente al mondo riuscirete mai a ricordarne i nomi.'

Se ne volete una prova, partecipate a una qualsiasi rimpatriata delle scuole superiori. La gente più popolare sarà avvicinata infinite volte dai pezzi d'arredamento. Tali insignificanti Nessuno credono veramente di avere da adulti qualche possibilità di diventare amici di chi proprio non riesce a riconoscerli nella foto di gruppo. «Com'è che ti chiami...?»

C'è un motivo per un simile approccio. I pezzi d'arredamento hanno zero capacità di stimolare il cervello di altre persone e attivare un numero sufficiente di sinapsi da creare un ricordo. Si ricordano sempre e solo le cose che ci lisciano il pelo o quelle che ce lo strappano. Il positivo e il negativo sono entrambi potenti strumenti di rafforzamento della memoria. Il negativo è più potente del positivo, la cosa è connessa al vostro istinto di sopravvivenza. Ma non riuscirete mai a ricordare una cosa che non vi tocca né in positivo né in negativo. E questo è il nostro obiettivo ultimo. Dobbiamo imparare dai pezzi d'arredamento, i perdenti inconsapevoli più perfetti del mondo.

Regola #1: Comportatevi in modo neutrale

Il mio quinto ingaggio fu uno dei più difficili. Si trattava di una grossa casa di moda e potete ben immaginare come si vestivano tutti quanti. Chiesi a Bob una copertura finanziaria adeguata per l'abbigliamento, in modo da confondermi fin dall'inizio del mio stage, ma lui rifiutò categoricamente. Mi disse che per quanto potessi sforzarmi di stare al passo con i miei colleghi, quelli non mi avrebbero mai visto come uno di loro. Di fatto sarei diventato il fulcro del solito vortice di commenti pesanti che si ripete ogni giorno tra i dipendenti che spettegolano, smerdando i cosiddetti amici. In breve, non sarei più stato invisibile.

Così presi a osservare più attentamente i dipendenti i cui nomi le piattole della moda non riuscivano mai a ricordare e il consiglio di Bob cominciò ad apparirmi chiaro. Con il tempo scoprii chi era il tizio più invisibile del posto – quello che tutti vedevano in ufficio e con cui tutti interagivano ogni giorno, ma di cui nessuno riusciva mai a ricordare il nome, neanche con una pistola puntata alla tempia: il tizio dell'UPS.

Acquistai alcuni libri sulla teoria dei colori e, potete fidarvi al cento percento, il marrone innesca la minore risposta neurologica di tutti gli altri colori dello spettro. Esso suscita anche sentimenti di affidabilità e sicurezza, tratti fondamentali per guadagnare credito e libero accesso. Così fondai il mio guardaroba sul pilastro della mitezza senza mai scostarmene troppo. Grigio-marrone, verde-marrone, nero-marrone ecc. Si tratta di colori facilissimi da trovare su qualsiasi scaffale di articoli in saldo di ogni grande magazzino, perché le persone non comprano mai volutamente vestiti che le cancelleranno dall'universo. Quando vi vestite dalla testa ai piedi con colori del genere diventate camaleonti con indosso la perfetta mimetizzazione per qualsiasi sfondo esistente.

Per i capelli andate da Supercuts. Un luogo talmente dozzinale da essere la Mecca del mediocre. E vi raccomando caldamente di mettervi gli occhiali, perché le persone sono più portate a instaurare un legame con voi se riescono a vedere chiaramente i vostri occhi. Ciò che vi serve è una montatura anonima, comune – sottile, rifiniture metalliche opache e lenti chiare. Andate da LensCrafters – occhiali del tutto dimenticabili in meno di un'ora.

Ma torniamo ai fashion-addict. Avevano un amministratore delegato che produceva e smerciava materiale pedopornografico nella sua fabbrica tessile in Thailandia. Vi ho già detto che uccidere quel pezzo di merda è stato il lavoro che più mi è piaciuto? Arrivare a lavorare al suo piano fu facile, perché più che altrove nel business della moda tutti quanti adorano nascondere la propria pigrizia sotto titoli altisonanti ed è sorprendente che riescano effettivamente a combinare qualcosa. La parte difficile fu immaginare il profilo di un nemico. Bob è il numero uno quando si tratta di uccidere qualcuno in un modo che possa essere ricondotto ai nemici dichiarati del bersaglio. Bombe, armi, randellate, veleno, elettrocuzioni, coltelli, fuoco, annegamento ecc. Ogni assassino ha le sue preferenze, tutto qui. L'IRA preferisce farvi a pezzi facendovi saltare in aria piuttosto che pugnalarvi e trovarsi costretta a sentire l'odore di salsiccia e purè del vostro ultimo respiro. I cartelli adorano la decapitazione. Ai mafiosi piacciono le corde da pianoforte, i punteruoli per il ghiaccio, di tanto in tanto qualche sepolto vivo. Bob studia queste cose fino alla nausea, non scherzo. Il caso in questione, però, era diverso. I magnati della moda smidollati, pedofili e con i mignoli storpiati sono odiati e insultati da molti, ma in genere non hanno nemici di alto profilo – quantomeno non nemici con le palle e i soldi per assoldare qualcuno... fino a quel momento.

Così lasciai fare alla mia vena creativa. Chiesi al tipo se potessi portare al lavoro mio 'nipote' di undici anni, Andy, per fargli fare un giro. Che mi venga un accidente se non reagì sbavando nella tazzina del suo espresso. Naturalmente Andy faceva parte della nostra squadra. Solo che aveva una qualche malattia che gli aveva arrestato la crescita. Aveva davvero l'aspetto di un bambino. Bob lo usava solo per i lavori speciali come questo, anche perché prima o poi gli stagisti di undici anni finiscono sempre per dare nell'occhio, tranne che in un think tank della NASA.

Quando portai Andy al lavoro con me l'amministratore delegato aveva già organizzato un 'tour privato'. Mi disse che potevo tranquillamente lasciare a lui il bambino e che si sarebbe preso cura di ogni cosa. Aveva persino preparato dei biscotti rosa glassati a forma di elefante e il punch all'ananas. Quel bastardo depravato doveva essere stato stuprato da un gruppo di clown su un carro del circo a un certo punto della sua miserabile vita. Quindici minuti dopo l'inizio della visita guidata in stile Willy Wonka, il nostro agente operativo a canne mozze gli aveva già iniettato una tale dose di adrenalina e Viagra da fargli esplodere il cuore sfatto di cocaina e procurargli una tale erezione che il medico legale avrebbe dovuto chiamare una squadra di taglialegna per toglierla di mezzo. Be', questo è quello che amo definire un trionfo dell'arte di improvvisare in battaglia. Mettemmo lo zio Perverso di fronte al suo computer, avviammo la sua riserva privata di porno con bambini e sgusciammo via con lecca-lecca Dum Dum alla birra di radici tra i denti.

5

L'Espresso delle cazzate

Sto passando la giornata a ripassare tutte le assurdità che ho imparato da stagista in vari studi legali. Non è difficile. Perlopiù il tuo ruolo consiste nel fare in modo che i veri avvocati non mandino tutto a puttane con i loro documenti miseramente scritti, il loro linguaggio del tutto improprio, i loro testi copiati di sana pianta da altri contratti ma del tutto inadeguati a quello in questione ecc. Lasciate che ve lo dica: avrete sempre da fare. Trattare con gli avvocati è come stare in una classe piena di bambini con gravi disturbi dell'attenzione e la glicemia bassa. Hanno talmente imparato a disprezzare i dettagli che hanno finito per ignorarli, inconsciamente o deliberatamente. Per la maggior parte essi non sono altro che pistoleri dediti a dipingere la città di rosso con larghe pennellate e fanno affidamento sui propri aiutanti affinché la nave non affondi, ed è grazie a questi ultimi poi che prendono casa a Montauk.

Concluso il mio corso intensivo di testamenti e illeciti, mi immergo nel bagno caldo del mio nuovo personaggio. Ricapitoliamo i motivi per cui gli orfani sono destinati a diventare grandi assassini. Per tutta la nostra vita non ci è mai stata concessa l'opportunità di sviluppare una nostra identità. Molti di noi non hanno mai avuto un vero nome e di certo non abbiamo mai avuto veri genitori né alcun genere di rapporto con le nostre famiglie o culture d'origine. Non abbiamo neanche mai avuto una stanza tutta per noi – il grande diorama delle personalità in costruzione, decorato con poster, foto, gadget e tutta la sfilza di icone e totem che rappresentano ogni nostro singolo sentimento, speranza e sogno. Noi siamo la lavagna vuota. La tabula rasa aristotelica. E siamo maestri nel recitare la parte del lupo travestito da agnello.

Diventare qualcun altro è uno degli aspetti che preferisco del lavoro. Mette il silenziatore alle mie inibizioni e mi permette di fare e dire cose che non direi o farei mai nei panni di me stesso. Talvolta la cosa può farsi estremamente divertente con l'altro sesso. E, benché in maniera fugace, mi dà l'idea di come possa essere una vita normale. È strano, ma averne avuto anche solo qualche assaggio mi ha salvato dalla cella imbottita in più di un'occasione. Aver sviluppato tale abilità, inoltre, mi sarà estremamente utile quando finalmente muterò pelle, abbandonando quella di John Lago per scivolare nel mondo reale della pensione.

Stanotte mi farò un bel giro sull'Espresso delle cazzate. È uno dei miei rituali quando mi preparo per una missione e vi suggerisco caldamente di adottarlo. Vado in un bar, offro da bere a qualcuno e comincio a parlare. Quando offri da bere a qualcuno, quello finirà quasi sempre per attaccare bottone e per chiedervi tutto di voi, in primo luogo perché vorrebbe che voi gli chiedeste ogni cosa di lui. Le persone adorano parlare di sé stesse, soprattutto i bianchi. L'Espresso delle cazzate è il modo di testare sul campo la conoscenza del vostro dossier di copertura. Sarete sorpresi da come vi verrà bene in un contesto reale. Più drink offrirete, più pratica farete, più vi troverete ad aggiungere dettagli alla storia.

È un'ottima tecnica di memorizzazione che mi piace chiamare 'starci dentro'. Quando ci starete dentro, avrete raggiunto un punto in cui crederete realmente che sia tutto vero e da quel momento in poi andrete a gonfie vele. Le menzogne, in fin dei conti, sono le uniche cose che diciamo a noi stessi credendole vere.

Trascorro qualche ora perlustrando l'edificio in cui si trova lo studio legale, una vecchia, venerabile fortezza aristocratica che tiene salotto nell'enclave istoriato di Central Park South. Faccio un salto in un bar delle vicinanze più meno all'ora di chiusura. I pannelli di legno scuro, le Heineken a quindici dollari e le squillo da millecinquecento mi portano a credere che ci siano ottime possibilità che Bendini, Lambert e Locke si abbeverino regolarmente qui. Sembrerebbe il miglior contesto possibile per testare la mia copertura, così mi butto in cerca di qualcuno da stordire di chiacchiere.

Seduta al bar – il mio terreno di caccia preferito – c'è una donna tra i venticinque e i trent'anni, i capelli biondi e gli occhi castani ne fanno una bellezza a metà tra *Vacanze romane* e *Una vita al massimo*. I suoi lineamenti sono comuni per certi versi, ma in fondo c'è qualcosa di esotico al fondo di tutto quanto, qualcosa di oscuro e sexy che mi riporta alla mente una giovane Liz Taylor. Le scarpe costose e l'agenda, in netto contrasto con il tailleur deludente e la ventiquattrore, mi rivelano che è una maniaca del lavoro con le giuste priorità. Senza contare che si tratta di una donna seduta al bar da sola. È una mossa temeraria, in qualunque città, e solo una ragazza con le palle si azzarderebbe a farla. Mi piace all'istante. Si parte.

Dipartimento di Giustizia degli Stati Uniti
Federal Bureau of Investigation
Washington, D.C. 20535

TUTTE LE INFORMAZIONI CONTENUTE SONO RISERVATE
TRASCRIZIONE DI SORVEGLIANZA: REGISTRAZIONE AUDIO – MICROFONO MOBILE A RIFLETTORE PARABOLICO

Luogo: Pub Bull on Thames, Central Park South, Manhattan
Soggetti: John Lago e Alice (xxx)

Il soggetto Alice è seduto al bar
Lago: Questo posto è occupato?
Alice: Esiste davvero qualcuno che lo dice ancora?
Lago: Io lo dico. Ma dico un sacco di cose che nessuno dice più.
Alice: Davvero? Tipo cosa?
Lago: Per me la musica sarà sempre e solo su lp.
Alice: Mi piace il vinile. Siediti. Cos'altro?
Lago: Furgone anziché SUV.
Alice: Non male. Ma sa di vagamente provinciale. Dimmi qualcosa di realmente forte e ti offro da bere.
Lago: Meglio una storia di una notte soltanto che una storia seria.
Alice: Mike! Prende quello che bevo io.
Lago: Cosa bevi?
Alice: Wild Turkey. Liscio.
Lago: Un'etichetta estremamente sottovalutata.
Alice: E per certi versi incompresa.
Rumore di bicchieri appoggiati sul bancone.
Barista: Due diti medi[6]. Godeteveli.

[6] Riferimento a un video pubblicitario del Wild Turkey.

Alice: Grazie Mike.
Pausa. Lago tossisce. Alice ride.
Alice: Io sono Alice.
Lago: John.
Alice: Abiti da queste parti? Aspetta, non dirmelo. Facciamo che ognuno di noi cerca di indovinare tutto dell'altro. Ci stai?
Lago: Sicuro. Prima le donne.
Alice: Prima le donne, eh? Senz'altro non sei di Manhattan.
Lago: Cosa ti fa pensare che...
Alice: Fermo! O finirai per svelarmi qualcosa.
Lago: Okay. Continua.
Alice: Potrei quasi dire che sei del Midwest, ma molto ben educato.
Lago: E io direi che sei della costa orientale perché hai detto che sono del Midwest *ma* molto ben educato.
Alice ride.
Alice: Sarò anche snob, ma sai una cosa?
Lago: Cosa?
Alice: Sono del Midwest.
Lago: Stronzate. Non hai il culo da Midwest.
Rumore di Alice che colpisce Lago.
Lago: Oh! Accidenti! Quanta irruenza.
Alice: Pensi che ti abbia fatto male? Allora continua a parlare del mio culo, amico.
Lago: Amico? Ehi, vieni davvero dal Midwest. Che ci fai a New York? Oltre a picchiare i tizi nei bar?
Alice: Sono venuta per lavoro. Mi sono laureata da poco in legge. Dài, fai pure. Sfogati.
Lago: Sfogarmi?
Alice: Con le barzellette sugli avvocati.
Lago: Non ne conosco.
Alice: Cazzate.
Lago: Non mi interessano. Probabilmente perché sono avvocato anch'io.
Alice: Non credo.
Lago: Credici.
Alice: Quale studio?
Lago: [xxx]. Anch'io ho appena finito l'università, sto per cominciare uno stage.
Alice: Ma vattene!

Rumore di Alice che colpisce di nuovo Lago. Rumore di Lago che geme per il dolore.

Lago: Okay. Questa mi ha fatto male davvero.

Alice: È il mio studio... dove lavoro io!

Lago: Davvero? Fico. Da quanto tempo?

Alice: In effetti sto per finire il programma di stage. Vorrei tanto che mi proponessero un posto da associato.

Lago: Buona fortuna. Ho sentito dire che farsi assumere con uno stipendio vero e proprio è praticamente impossibile per la maggior parte delle persone.

Alice: Vero. Ma io non sono la maggior parte delle persone.

Lago: Questo lo vedo.

Alice: E vuoi vedere altro?

Lago: Vale a dire?

Alice: Penso che tu sappia cosa voglia dire, avvocato. Tra l'altro nessuno dice mai 'avvocato' nel mondo reale. È una cosa da tv.

Lago: Credo di sapere cosa intendi, ma se è così o sei una serial killer o il mio oroscopo ha proprio fatto un bel casino.

Alice: Magari entrambe le cose. Dài.

Lago: Oh... magari no.

Alice: Non ti va di essere la mia prossima vittima?

Lago: Per quanto abbia voglia di dirti di sì, lavoreremo nello stesso studio e...

Alice: Okay, okay. Fermati, ti prego. Mi stai facendo svanire l'effetto del whisky e non me la cavo granché bene con i rifiuti.

Lago: Non ti sto rifiutando.

Alice: Io mi sto offrendo e tu mi dici di no, giusto?

Lago: Sì, ma non nel senso più negativo.

Alice: Diventerai un grande avvocato.

Lago: Aspetta. Finisci il tuo drink.

— FINE DELLA TRASCRIZIONE —

6

Va' a prendere la cassetta da lustrascarpe

Lunedì mattina. È una frizzante giornata d'autunno, il mio periodo dell'anno preferito. New York è spettacolare. Il tanfo di spazzatura estiva se n'è finalmente andato in Europa seguendo la corrente del Golfo ed è stato rimpiazzato dall'odore delle foglie umide che marciscono nelle grondaie. Sembra disgustoso, ma è uno degli odori più buoni cui riesca a pensare. Sa di muffa, di terra, e mi ricorda la prima volta in cui mi sono sentito in pace con me stesso all'idea che fossi da solo al mondo e lo sarei stato per il resto della mia vita.

Avevo sei anni e stavo languendo in un qualche istituto per giovani ribelli alla periferia di Reno, Nevada. Le foglie cangianti cadevano dalla Sierra e atterravano appena fuori dalla mia finestra. Ricordo di aver pensato che le foglie erano più belle da morte di quanto non fossero da vive. E smisi di piangere per le cose che non avrei mai avuto perché capii che non significavano niente.

È il primo giorno del mio ultimo lavoro e mi sento un po' strano. Cerco di non fare il sentimentale riguardo a una vita scandita dalla conta dei cadaveri, ma non riesco a evitarlo. È tutto ciò che conosco. Ma so anche che prima riesco a portare a termine la missione e prima potrò uscire da questo business e iniziare la mia nuova vita.

E ora, andiamo a uccidere qualcuno, vi va?

Mi presento al lavoro da Bendini, Lambert & Locke con il mio completo marrone grigiastro verdastro, le scarpe classiche nero opaco e gli occhiali LensCrafters. L'edificio è il tipico monolite da titani dell'industria che manda in fumo i soldi degli avi nel boiler vecchio di duecento anni. E l'acqua rossastra che esce dai rubinetti è il sangue degli operai irlandesi che si sono rotti la schiena per costruire questo posto.

Aspetto nel vestibolo di marmo e platino, prendendo dettagliati appunti mentali di ogni elemento del sistema di sicurezza principale dell'edificio, poi noto la receptionist che mi osserva – e continua a osservarmi. Ha proprio l'aspetto della tipica receptionist di un ufficio gestito da vecchi e scialbi uomini bianchi che contano i propri soldi più spesso di Ebenezer Scrooge. Carina ma austera. Coppe doppia Z ma fianchi stretti e asciutti che non si armonizzano dal punto di vista anatomico. Gratifica natalizia? A dispetto dei miei futili giudizi, in fin dei conti non sono che un uomo, e lei continua a squadrarmi lisciandosi di tanto in tanto il vestito o i capelli, pavoneggiandosi come un uccello tropicale. Anche se non mi dispiacerebbe darle la scopata che così disperatamente e chiaramente desidera, non mi piace quando le persone mi fissano, men che mai se sto recitando la parte del primo giorno di un ingaggio.

Poi, però, mi fa un favore enorme. Parla. Con una voce così irritante che anche i morti potrebbero tornare in vita solo per farla star zitta. E sono sollevato, perché quella voce è una bomboletta di spray imbruttente che si svuota su di lei.

«Allora...»

Gesù, è terribile, come un bambino dei cartoni animati dopo un ciclo di trattamento ormonale. E noto anche che è una fumatrice, con una raucedine da strega che le sferraglia nella laringe.

«...Sei qui per lo stage, eh?»

«Sì.»

«Niente male.»

«Grazie.»

Devo evitare di farmi braccare, così faccio la cosa più scortese che mi venga in mente di fronte a una bella donna che fa di tutto per attirare la mia attenzione: tiro fuori il cellulare. E immergo il viso nello schermo colorato, come un corvo ipnotizzato dalle luci di Natale. Avete senz'altro presente la faccia. È il sorrisetto beffardo da social network che si vede stampato in faccia a qualsiasi drogato di app che si stia facendo una dose. È uno dei fenomeni culturali più odiosi della società contemporanea, e noto chiaramente che lei è passata dal divorarmi con gli occhi al voler affondare le sue unghie nei miei bulbi oculari.

«Non durerai una settimana.»

Nessuna risposta da parte mia. È il genere di conversazione che potrebbe fare di me un memorabile figlio di puttana.

«È il tirocinio più duro della città. Impossibile entrare. Impossibile rimanere. Sono sorpresa che abbiano preso uno zotico come te. Da dove vieni, Peoria?»

Va alla grande. Mi sta sminuendo perché è certa io sia troppo timido per mettere in dubbio la sua opinione. Finché tengo la bocca chiusa e sorrido non farò alcuna impressione su di lei. Detto per inciso, non sorridete mai mostrando i denti. La gente dello spettacolo sbaglia tutto. Mostrare i denti è sempre un segno di aggressività. È per questo che Miss America è uno degli esseri umani più odiati sulla faccia della terra.

Ding. La porta dell'ascensore si apre e la mia salvatrice, una donnina miserabile, obesa e brufolosa con un iPad si guarda in giro per cercarmi da sopra ai suoi occhiali da lettura.

«John?»
«Sono io.»
«Sei in ritardo di quindici minuti. Non va affatto bene.»

Regola #2: Dite soltanto chi ha sparato al signor Lincoln

Le prime impressioni sono tutto. L'aspetto che hai e ciò che dici nei primi momenti in cui incontri qualcuno gli rivelerà istantaneamente più di quanto non potrebbero apprendere nel corso di una vita intera. Sembrano stronzate, vero? L'amore a prima vista non è una teoria romantica ma un assioma basato sulla forza delle prime impressioni. È per questo che lo speed dating è l'unico tipo di appuntamento che valga un fico secco. A un cane basta annusare il culo di un altro cane per sapere tutto di lui. Il punto è che avete grosso modo sessanta secondi per suscitare affetto, odio o indifferenza.

L'indifferenza è ciò che ci sforziamo di ottenere noi stagisti. Per questo vi raccomando di parlare nel modo che si definisce *topdown*. È una vecchia cosa da giornalisti. La piramide invertita. Il culmine – benché un culmine rovesciato – dell'oggettività. Il giornalista in pratica concentra tutti i fatti più rilevanti all'inizio, così anche se leggete solo il primo paragrafo avrete comunque tutte le informazioni. Tale metodo è privo di quel che si chiama 'editorialità' – un fenomeno per cui il giornalista si illude che a chi lo legge freghi davvero qualcosa della sua opinione e lo costringe a stare ad ascoltarlo per tutto il tempo in cui riferisce la storia. Provate ad ascoltare Bill O'Reilly o Anderson Cooper e capirete cosa voglio dire. Poi scaricatevi qualche vecchia puntata di *NewsHour*, della PBS, con Jim Lehrer. Lui non ci propina alcuna opinione. Non modifica minimamente la sua intonazione, che stia parlando di un'insignificante zecca giù al mercato o di un episodio conclamato di pulizia etnica. Ciò dà modo a chi ascolta di focalizzarsi sulla storia e non su chi la sta raccontando. Ironia della sorte, tale approccio nacque proprio in occasione di un assassinio. Quando spararono a Lincoln, il messaggio telegrafico riguardante la sua morte per mano di Booth fu il primissimo scoop di Reuters. 'America. Assassinio del presidente Lincoln.' Una pistola fumante di oggettività.

Per voi questo significa che dovete parlare solo quando vi viene rivolta la parola. Non dite spontaneamente la vostra opinione, non fate osservazioni casuali o raccontate barzellette. Tutte queste azioni farebbero di voi una persona che i cervelli di chi vi sta intorno potrebbero voler analizzare. Non sto dicendo di fare le belle statuine. Quando qualcun altro fa una battuta voi sorridete, ma non ridete. La vostra risata potrebbe suonare ridicola e sarete 'quel ragazzo – o ragazza – con la risata del cazzo'. Un titolo memorabile.

Quando qualcuno vi offre la sua opinione, voi annuite o gli fate comunque capire che state ascoltando. Alla fine penseranno che siete timidi – un innocuo pezzo d'arredamento su cui non vale la pena di indagare. Forse che i piccoli al parco si soffermano mai a guardare il bambino timido che se ne sta seduto tutto solo nella sabbia? Certo che no, accidenti. E quando vi chiedono la vostra opinione o vi viene semplicemente fatta una domanda voi rispondente come un giornalista telegrafico. I fatti rilevanti, riferiti con tono piatto, rilassato e privo di emozione. Una volta che avranno avuto ciò che vogliono vi lasceranno perdere. E il bello di tutto ciò è quanto segue: si ricorderanno sempre che qualcun altro ha dato loro l'informazione, qualcuno che in fondo gli piace. Le nostre menti non sono interessate alla verità. Sono il nostro canale privato di notizie non stop che centrifuga costantemente la realtà. Come in *Matrix*. Siamo tutti connessi con l'Espresso delle cazzate.

«Voi vermi del cazzo mi fate venir voglia di vomitare.»

È Hartman, il capoufficio nonché sergente istruttore mancato, un tipo sulla cinquantina, responsabile degli stagisti. Vuole farci credere di essere una specie di ex militare, un duro con i capelli a spazzola e gli stivali neri e lucidi. Ho visto dei lupetti più determinati. Bob se lo mangerebbe a colazione e poi si mangerebbe le sue stesse budella prima di chiedere il bis. Questo tizio se la farebbe nei pantaloni all'istante se tirassi fuori la pistola che ho alla caviglia. È una minuscola calibro 22 tascabile che sembra un giocattolo, ma Hartman evacuerebbe il proprio intestino alla sola vista.

Sono presenti ventitré esemplari ben strigliati dell'élite di potere bianca, una donna asiatica e io, tutti in piedi in quella che Hartman chiama 'la caserma'. Fondamentalmente si tratta di una piccola sala relax che puzza di umidità, con macchinette per la soda e un minifrigo, riservata al plancton da ufficio come noi. Hartman vi si aggira a lunghi passi, come il generale Patton.

«Venticinque di voi stanno di fronte a me quest'oggi, ed è un record mondiale di macchie di merda in fila indiana.»

Cammina lungo il muro di fronte al quale ce ne stiamo tutti dritti, simili a vittime di un plotone d'esecuzione, e ispeziona i ranghi.

«Vedo che al mondo non c'è ancora penuria di gente bianca rammollita.»

Si ferma di fronte alla donna asiatica.

«Parli inglese?»

«Sì» risponde lei, troppo intimorita per incazzarsi di fronte alla domanda chiaramente razzista.

«Allora sei al di sopra della media.»

«Sissignore.»

«Silenzio. Qui parli solo se ti viene rivolta la parola. Ascolta e prendi appunti. A nessuno interessa la tua opinione. A nessuno importa cosa pensi di niente. Sei una mosca sul muro e se ti sento ronzare ti schiaccerò con il giornale di ieri.»

Si ferma e mi guarda, mi squadra. Io guardo oltre la sua

persona, non verso il basso come gli altri. Guardare a terra significa fingere remissività e questo tizio sa che siamo tutti quanti un branco di stronzi egocentrici. Così non gli manco di rispetto guardandolo dritto negli occhi e non attiro l'attenzione su di me fingendo di aver paura di lui.

«Militare?»

«Nossignore.»

Aggrotta la fronte. Tutto ciò che avrebbe potuto rendermi speciale ai suoi occhi vola dalla finestra. Il suo disprezzo si trasforma rapidamente in stupenda indifferenza. Nella sua mente sto già più in basso della gomma appiccicata sotto il tacco della sua scarpa e piena di larve di scarafaggio.

«Tre di voi saranno veri stagisti qui da Bendini, Lambert & Locke quando sarà tutto finito. Il resto sarà spazzato via dalle mie scarpe dal gentiluomo afroamericano con la cassetta da lustrascarpe in fondo all'isolato.»

Sono fottuto. O Bob non sapeva che il campo di addestramento per stagisti era parte integrante del programma o, più realisticamente, lo sapeva ma ha tenuto la bocca chiusa per farmela pagare per il mio 'atteggiamento'. In entrambi i casi sono nella merda fino al collo. Ne so un bel po' di legge, ma questa gente è laureata alla Ivy League. Probabilmente sono più in gamba della maggior parte degli associati cazzoni che lavorano già per lo studio. E l'ambizione? Lasciamo perdere. Venderebbero i propri genitori a un mattatoio di zombie se pensassero che la cosa potrebbe fruttare loro un incontro con Mark Zuckerberg.

Per una frazione di secondo ho la tentazione di ucciderli uno a uno per azzerare la concorrenza. Ma se anche la RU s.r.l. potesse chiudere un occhio sui 'danni collaterali' – se servisse a salvaguardare la missione –, è pur sempre qualcosa che ho cercato di evitare con tutto me stesso nel corso degli anni. A voi piacerebbe farvi sempre i fatti vostri, spaccarvi il culo per pagare le bollette e portare i vostri figli a vedere *Disney On Ice* e poi, tutt'a un tratto, arriva un cazzone come me e vi ficca una pallottola dritto in testa? Non è un granché. Davvero, non lo è. Così devo stringere i denti. Ed è esattamente ciò che Bob mi dirà più tardi, quando gli farò casualmente notare che l'intelligence non aveva incluso informazioni circa il fatto che dovessi partecipare al remake di Mike Judge[7] del *Signore delle mosche*.

«Ognuno di voi sarà assegnato a caso a un diverso dipartimento. E lavorerete come mai avete lavorato in vita vostra. Non dormirete. A stento potrete mangiare. E non meravigliatevi se i litri di caffè torcibudella che berrete vi faranno pisciare sangue per una settimana. Sradicherò chiunque non riesca a tenere il passo nel mio amato corpo stagisti. Mi avete capito, vermi?»

«Sissignore» urliamo tutti insieme.

«Bene. Ora mettetevi al lavoro o mi mangerò le vostre palle e cacherò quel che resta della vostra famiglia. E se non avete le palle, potrete benissimo cominciare a scegliervi il vostro grembiule di Starbucks.»

Dopo che tutti gli incarichi migliori sono finiti, arriva il momento del 'mettiamo il provinciale in cantina'. Se ora mi ritrovassi protagonista d'uno sparatutto, me ne starei nudo come un verme al primo livello, con un martello a punta tonda per difendermi da cyborg armati di tutto punto con le armi più creative. Cazzo, devo trovare un modo per uscire da questo squadrone di merda il più rapidamente e umanamente possibile, se voglio avere almeno una possibilità.

Poi comincia ad albeggiare su Marblehead e mi torna in mente il mio giro sull'Espresso delle cazzate della sera prima. Tra un generoso sorso del miglior diluente per vernici del Kentucky e l'altro, ho fatto la conoscenza di Alice, una stagista che lavora per lo studio da quasi un anno. È carina, ambiziosa

---

[7] Doppiatore, regista e produttore statunitense, creatore di celebri serie televisive come *Beavis and Butt-head*.

(ma non in maniera irritante) e, proprio come il mio personaggio, è una che si è fatta da sola e cerca di farsi strada sgomitando per uscire dall'anonimato della classe media. Inizialmente non avevo pensato a lei come a una risorsa, ma chi si trova a mendicare non può scegliere e devo comunque inventarmi qualcosa.

7

La tana del coniglio

Me ne sto seduto in archivio a contare le enormi macchie di muffa nera che sembrano crescere sul soffitto, mentre aspetto che qualche pesce abbocchi al brandello di esca che ho lanciato di sopra, nell'ufficio principale a mezzo dell'ufficio posta. In pratica ho pagato un tizio affinché spedisse una richiesta di fascicoli fasulla alla suddetta Alice, così da costringerla a farmi visita qui in archivio. Il che mi fa tornare in mente una delle prime regole che ho imparato alla RU.

Regola #3: Date di matto

L'ufficio posta di qualsiasi società è il centro dell'universo in fatto di accessi. È l'occhio del ciclone, il sistema nervoso centrale ammassato in una nave negriera di colletti blu scura e puzzolente. Gli uomini e le donne che costituiscono la flora e la fauna delle sue interiora sono pronti a fare praticamente qualsiasi cosa per qualche spicciolo.

Grazie all'ufficio posta ho portato a termine uno dei miei primi incarichi. Ero stato mandato a fare uno di quei lavoretti che Bob ama chiamare 'disinfestazioni'. Naturalmente anche voi ne avrete la vostra parte essendo dei novellini. Si tratta dei lavoretti pagati poco e di basso profilo che Bob adora accettare in gran quantità. Nel tempo però, il loro saldo complessivo fa la differenza e in più tolgono a Bob l'imbarazzo di dover pensare ogni giorno a come addestrarvi.

Il motivo per cui sono chiamate disinfestazioni è che sono un po' come cercare di uccidere uno scarafaggio con una bomboletta di Raid. I bersagli sono generalmente dei reclusi, a causa della loro incapacità o avversione a procurarsi una sicurezza adeguata. Per cui potete far saltare in aria ben bene il posto (perdita di tempo) o potete trovare un modo ingegnoso per sparare al tipo un colpo letale dritto al torace. È un eccellente test attitudinale. È molto più probabile che siate i primi a rimetterci la pelle se siete dei dinamitardi impazienti o se aspettate che la preda venga fuori a rosicchiare la vostra allettante esca.

Il mio bersaglio, che affettuosamente chiamavo Bocciolo di rosa, era l'unico erede di un miliardario serbo. Come Howard Hughes viveva nell'attico di un palazzo adibito a uffici del Midtown, l'edificio sembrava essere stato costruito dalle legioni dell'inferno: era nero come la pece, ornato con gargoyle importati dalla Romania e si diceva in giro che fosse infestato dai trecento operai che vi avevano perso la vita, schiacciati e bruciati, quando, ancora in fase di costruzione nei primi anni Venti, i primi quindici piani erano collassati.

Non sono sempre aggiornato riguardo al 'perché' di ogni bersaglio, ma Bob aveva casualmente accennato al fatto che la famiglia del tizio lo volesse morto per via del suo 'stile di vita ripugnante'. Il mulino delle maldicenze, conosciuto anche con il nome di *Post*, aveva pubblicato molte cose inverosimili circa il fatto che fosse un serial killer, un cannibale e persino un vampiro. E ci era andato abbastanza vicino, a dire il vero. Suo padre era stato uno scellerato criminale di guerra serbo e Bocciolo di rosa era stato il suo braccio destro. I due cazzoni erano stati ufficiali dell'esercito serbo, avevano preso parte al genocidio del 1995 ed erano riusciti a emigrare negli Stati Uniti con una petroliera zeppa di soldi. Il paparino sognava di diventare un pezzo grosso della mafia russa di New York, finché non lo avevano trovato immerso senza faccia in una vasca piena di ratti. Fratelli e sorelle, non si cazzeggia con i russi. Ma Bocciolo di rosa non era altro che un cocainomane in gabbia. L'intera faccenda puzzava della solita vecchia acquisizione ostile di denaro – perpetrata molto probabilmente da qualche altro membro della famiglia che aveva deciso fosse giunto il suo turno al trogolo, ora che il paparino era cibo per i vermi.

Ma tutto ciò non c'entra niente. Torniamo alla faccenda dell'ufficio posta, ombelico dell'universo. Più o meno all'epoca di questo incarico un idiota era impazzito e si era messo a sparare in un ufficio postale. Il *Post* era uscito con il titolo LETTERA MORTALE e la cosa mi aveva suggerito un'idea. L'ufficio posta di quell'antico monumento all'avidità utilizzava ancora il sistema a tubi pneumatici per la consegna delle lettere. I fuoriclasse dell'ufficio infilavano lettere e refurtiva in una piccola capsula di plastica, poi la inserivano nella bocca ronzante di un lungo tubo di acrilico, la capsula veniva risucchiata e risputata in qualche altra parte dell'edificio. Per puro caso, il mio bersaglio aveva un suo tubo personale ed esclusivo che arrivava dritto al suo ufficio, nell'attico. Deputato a esso era un vecchio ex poliziotto scontroso con una pancia enorme e i baffi sporchi di minestra. Quel lavativo obeso del cazzo era pagato per starsene lì seduto tutto il giorno e infilare sì e no due o tre capsule nel tubo.

Ricordate quando vi ho detto che i lavoratori dell'ufficio posta sono pronti a qualsiasi cosa per denaro? Pagai uno dei più giovani per sciogliere una scatoletta di lassativi nella bevanda preferita di quel tipo – cioccolata calda con circa mezzo litro di whisky da discount. Dopo tre o quattro minuti quello cominciò a sentirsi marciare il generale Sherman nell'intestino. Cercò di trattenerla più che poté, ma alla fine si precipitò urlando a pagare il suo tributo al più vicino dio di porcellana. Fu allora che spedii a Bocciolo di rosa una lettera contenente quello che lui scambiò per il suo snack pomeridiano – un grammo di cocaina purissima. Avevo scoperto che parte del fascino del lavativo era il suo facile accesso alle droghe, e Bocciolo di rosa, fondamentalmente, tirava avanti con un paio di eight ball alla settimana.

La mia capsula appositamente modificata conteneva una piccola telecamera, così potei vedere lo scarno Bocciolo di rosa con la barba lunga tagliarsi larghe strisce di quella che sembrava cocaina boliviana ma in realtà era A-232 in polvere, l'agente nervino di uso militare più potente mai creato. Sniffò le strisce come una studentessa universitaria di Cancún e nel giro di qualche secondo era in preda a convulsioni violentissime e sanguinava abbondantemente da ogni orifizio, mentre si dimenava tra mucchi di riviste e giornali sudici che aveva ammassato nel corso degli anni. Il giorno seguente il *Post* titolò prevedibilmente AMICO DI PENNA AL VELENO e i sospetti furono tutti per la mafia russa.

«Ho ricevuto un ordine dall'ufficio posta con la richiesta dei fascicoli per... Oh, merda.»

Alice è in piedi davanti al mio cubicolo e mi squadra come se avesse di fronte un lurido insetto. Non è l'accoglienza amichevole che mi aspettavo. L'altra sera, da passeggera di prima classe dell'Espresso delle cazzate, ha incassato quello che probabilmente è stato l'unico rifiuto della sua vita e sembra che la cosa le bruci ancora. Colpa mia. Ho leggermente sovrastimato il fascino che il mio fare il prezioso avrebbe esercitato su di lei. E ora me la ritrovo davanti nella selva oscura del mio archivio infernale in una missione praticamente impossibile.

«Ciao, Alice.»

Le porgo un grosso mucchio di fascicoli inutili.

«Quindi sei tu il bifolco di Peoria di cui tutti parlano.»
«In persona.»
«Ancora pallido e teso?»
Sembra ferita in effetti. Quindi un po' è interessata e posso lavorarci su.
«Mi dispiace per quello che è capitato al bar. Spero tu non l'abbia presa sul personale.»
«Non compiacertene troppo.»
Rido da solo.
«Sono certo di non averti spezzato il cuore» la butto lì.
«Spezzato il cuore no. Ma mi è molto dispiaciuto per te che non hai approfittato della mia non convenzionale seppur prorompente esperienza sessuale.»
«Posso rifarmi un'altra volta?»
«Vedremo, cowboy.»
«Non sarai schifata dal fatto che io sia uno dei nuovi vermi di Hartman?»
«Magari sono pronta ad andare a letto con chiunque per toccare il fondo»
«Sei nel posto giusto. Che ne dici del mio ufficio? L'arredamento è in stile prigione nel nuovo millennio.»
«Davvero carino. Non gli avevo mai visto spedire quaggiù un essere umano vivo. Devi proprio piacergli.»
«Io sono diverso.»
«Diversamente abile?»
Ora ridiamo entrambi.
«Dovresti andartene, lo sai?» mi fa un largo sorriso.
«Perché?»
«La muffa nera che c'è quaggiù ti farà venire un tumore al cervello.»
«Grazie per l'incoraggiamento. Il mio primo giorno si sta rivelando pieno di sorprese.»
Lei ride. Benone.
«Allora, hai fatto qualche passo avanti nel tuo rito di inizia-

zione per diventare un associato junior?» le chiedo. Alle donne piace sapere che ricordate ciò che vi hanno detto.

«Lo saprò presto. Si dice in giro che siamo rimasti solo io e un altro tizio del mio stesso programma di stage.»

«Lasciami indovinare, uno studentello bianco di Harvard?»

«A dire il vero è un idiota di Yale.»

«L'amico del circolo dei segaioli non ha alcuna possibilità.»

«Perché lo dici?»

«Le tue scarpe. Potresti inchiodarci un uomo alla croce con quelle.»

«Sono contenta che qualcuno se ne sia accorto» mi dice, addolcendosi un po'. «Queste bastarde costano più del mio affitto.»

«C'è scritto sopra 'assumimi o farò saltare in aria questo posto del cazzo'.»

Fate sempre apprezzamenti sulle scarpe o la borsa di una donna. Vi farà sembrare vagamente metropolitano, il che si traduce in emotivamente disponibile. Inoltre, lascia intendere che non state guardando il loro corpo (Dio ve ne scampi), da cui consegue che non siete affatto dei vermi, come aveva automaticamente suggerito il fatto che aveste osato rivolgere loro la parola. Io in genere preferisco fare apprezzamenti sulle scarpe piuttosto che sulle borse, perché molte donne si sentono in imbarazzo per i propri piedi, e se riuscite ad avere un tono sincero potete totalizzare un sacco di punti. Si siede per rilassarsi un attimo – buon segno.

«Dicevo sul serio quando ti ho detto di andartene al più presto da questo posto. Ti verrà il cancro ai polmoni per via dell'amianto.»

Si toglie una scarpa e si gratta il piede in maniera sfacciata.

«Già, ma lo preferisco al cancro che divorerebbe la mia carriera se continuassi a starmene nel completo anonimato.»

«Per quello non c'è cura, solo una morte lenta e dolorosa.»

«E un sacco di pessimi libri di autoaiuto mandati da familiari preoccupati.»

Ridiamo entrambi e lei si rimette la scarpa, preparandosi ad andarsene. Devo fare una mossa.

«Magari potresti portarmi con te ai piani superiori, dove potrei pregare qualcuno di fare di me il suo servo debitore.»

«Un favore? Ma ci conosciamo appena» dice mentre si guarda in giro nel mio cubicolo completamente vuoto.

«Lo so, ma noi vermi dobbiamo restare uniti. Non se ne trova mai uno solo intorno a un cadavere in decomposizione, no?»

Lei mi guarda dritto negli occhi e sorride. È una reazione inattesa. Da predatore, direi. Distolgo lo sguardo, imprecando contro me stesso. Poi torno a guardarla e trovo i suoi occhi indagatori che si attardano ancora nell'atmosfera nebulosa del mio ufficio.

«Lavoro nella sezione Testamenti e lasciti. Il territorio di Bendini. In effetti posso richiedere che qualche fascicolo di cazzate venga riesumato da questa fossa di desolazione e consegnato di sopra.»

La cosa mi suona familiare, penso.

Sorride e il suo sguardo si fa più intenso. Non so bene se abbia più voglia di baciarmi o di divorarmi. A questo punto però, potrei lasciarmi convincere ad accettare entrambe le possibilità.

«Questo ti darebbe un po' di tempo per far vedere la tua faccia di sopra, nello spettacolo di punta. Dopodiché, dipende tutto da te. Che ne dici cowboy?»

Ci guardiamo per un battito di ciglia. Avrei proprio una gran voglia di un corpo a corpo con lei, ma la cosa è lontana anni luce da come dovrebbe comportarsi il mio personaggio. Mando giù un boccone amarissimo di orgoglio e mi attengo al copione.

«Sarei proprio in debito con te se riuscissi a mettere a segno un colpo del genere» le dico smaniando.

«Quando avrò fatto lo scalpo a quell'idiota di Yale puoi invitarmi a bere una birra e tirare le ali a qualche pollo.»

«Affare fatto. Conosco un locale in cui fanno le migliori alette della città.»

«Come tutti i contadini di Peoria.»

Detto questo, se ne va, assicurandosi di offrirmi la visuale completa del suo bel culo mentre si allontana verso l'ascensore. È andata bene. Non solo mi sono elevato dalla mia condizione di gobbo delle segrete con la bava alla bocca, ma sono riuscito anche a far sembrare il nostro un incontro fortuito, uno degli afrodisiaci più potenti conosciuti dall'uomo. Tutto merito dei film strappalacrime se far passare l'idea che il vero amore sia il prodotto delle rozze mani da muratore del fato è un gioco da ragazzi.

8

Accesso

Più tardi, quello stesso pomeriggio, Alice mi getta l'osso che stavo aspettando: il libero accesso. Mi giunge in forma di una consegna multipla di fascicoli ai piani alti, cosa che mi darà la possibilità di adulare qualcuno che possa darmi un vero lavoro. Ah, la dolce Alice. Spingo un vetusto carrello pieno di fascicoli puzzolenti di muffa e con strane macchie e faccio vedere in giro il mio culo il più a lungo possibile. Poi vedo la mia occasione. Uno degli associati senior sta chiamando la sua assistente perché gli porti un caffè. La suddetta assistente è nella sala relax, a spettegolare con il resto delle giovenche all'ingrasso nella fattoria dei cubicoli. Mi infilo nell'ufficio dell'associato, le mani giunte come il valletto di Hemingway, piegandomi leggermente in avanti.

«Buongiorno, signore.»

«Fottiti, Topo Gigio.»

«Caffè?»

«Mi hai sentito. Avresti dovuto procurartelo prima di entrare qui dentro come un deficiente con il tuo cazzo di completo grigio marrone verdastro... Ma che razza di completo è mai quello? Non rispondere. Non mi interessa. Vattene e basta. E uscendo dai un bel calcio al culo obeso della mia assistente.»

«Come lo prende?»

«Nero. E sarà meglio che non sembri che sia stato appena grattato dal fondo di un forno crematorio.»

Me ne vado senza dire una parola. Lasciate che abbiano *sempre* l'ultima parola, in ogni conversazione. Se vi dilungate blaterando qualche osservazione inutile, vi odieranno perché potreste pensare che gliene freghi un cazzo di qualsiasi cosa esca dalla vostra bocca oltre a 'sì'.

Regola #4: Imparate a preparare la tazza di caffè perfetta

Questa è davvero la parte più importante del vostro lavoro di stagisti. Va bene, ridete pure. Potete fare fotocopie e sbrigare commissioni fino a diventare paonazzi e a un dirigente non fregherà mai un cazzo di voi. Se invece gli preparate la migliore, stramaledetta tazza di caffè che abbia mai assaggiato, magari potrà anche non ricordarsi come vi chiamate, ma potete scommettere che farà di tutto per avervi alla sua scrivania ogni mattina, perché gli ridiate prova delle vostre capacità. Si chiama esposizione reiterata, e genera credito e libero accesso. Il quarantaquattro percento dei miei assassinii sono andati a segno grazie alla mia abilità nel preparare caffè. È semplice, vi mette in diretto contatto con il bersaglio e può essere il vettore di una gran varietà di armi. E tale opportunità vi si presenta più spesso di quanto non crediate. Il personale amministrativo *odia* fare il caffè, anche se è parte del suo lavoro. E solo perché tutti quanti gli amministrativi stanno 'facendo questo lavoro in attesa di sfondare come _______.' Riempite voi lo spazio: attrice, cantante, attrice porno, fenomeno da baraccone di un reality show, un qualsiasi altro lavoro.

Esempio: lavoro #20. Da mesi mi stavo lavorando il dirigente di una compagnia che produceva software per satelliti militari. Se ne stava ai piani alti e inaccessibili di un palazzo di uffici di novanta piani. Ogni tentativo di accesso che avevo messo in atto era finito in un vicolo cieco. Quello stronzo andava in palestra con la scorta armata. Poi, una mattina, lo vidi in fila davanti a Starbucks con il suo piccolo plotone di gorilla. Così mi avvicinai per rivolgergli la parola e uno di quei gorilla mi spedì quasi sulla corsia preferenziale dei pullman. Gli mostrai il mio badge e gli dissi di andare in ufficio, che mi sarei occupato io al posto suo del caffè, e aggiunsi che comunque avrebbe fatto meglio a non bere il piscio di scimmia che servono da Starbucks. I gorilla mi lasciarono intendere che lo trovavano davvero molto divertente. Quel nerd d'un dirigente invece si sciolse. Connessione istantanea. Dal momento che si trattava di un caso di accesso particolarmente difficile, dovetti, per così dire, ricorrere alle maniere pesanti. Gli portai una tazza di El Injerto, proveniente dalla regione di Huehuetenango in Guatemala – trecento euro al chilo, impossibile da trovare qui da noi. Macinai i chicchi personalmente. (Tengo sempre l'occorrente per preparare un buon caffè nel mio cubicolo). Glielo servii con panna francese non pastorizzata e zollette di zucchero di canna grezzo. Il tizio mi guardò come se avesse voluto baciarmi o fosse tentato di offrirsi come compagno di branda in una prigione turca.

Gli portai quella stessa tazza di caffè ogni giorno, per tre settimane, e lui la aspettava proprio come Lou Reed aspettava il suo uomo. In ogni caso, alla fine, ne ebbe abbastanza di farmi scortare nel suo ufficio e mi concesse libero accesso all'inespugnabile ottantaseiesimo piano. Libero accesso. Fiducia. Avete idea di quanta gente avrebbe voluto sottoporre questo tizio a waterboarding per mettere le mani sul suo BlackBerry del cazzo? E lui lascia che uno stagista qualsiasi, il cui nome non sarà *mai* in grado di ricordare, abbia accesso senza scorta al suo piano? Le chiavi del regno. E non pensate mi fosse sfuggito il fatto che si trovasse all'ottantaseiesimo piano.

Tre giorni dopo gli preparai una tazza speciale. Aggiunsi un po' di nitrato di isopropile e corressi le zollette con un catalizzatore che preferisco tenere per me. Non posso confidarvi tutti i miei segreti, pivelli. Come di routine, gli portai il caffè, lui ci mise le zollette ecc. Mentre mescolava, indossai il poncho di Kevlar che avevo infilato nel mio carrello portafascicoli e mi misi al riparo dietro la porta tagliafuoco del corridoio. Non vidi la sua faccia quando il caffè si solidificò rilasciando gas concentrato di idrogeno che fece esplodere lui e il suo ufficio, ma sono certo di averlo sorpreso. E vorrei quasi fare una battuta riguardo a quanto possa essere forte il caffè talvolta, ma sapete cosa pensa Bob delle mie battute.

Perché mai farlo saltare in aria, vi chiederete voi? Non sembra particolarmente sofisticato, ma è tutto nel profilo. Questo tizio è sostanzialmente un mercante d'armi, così i suoi nemici adorano le bombe, soprattutto i dispositivi esplosivi più insoliti. I federali immagineranno che abbiano piazzato un dispositivo e in effetti sembrerà tutto quanto molto ricercato e degno del tempo, dei soldi e dell'esperienza del nemico. I periti balistici non troveranno mai frammenti della mia tazza – un polimero indurito che sciogliendosi diventa lo stesso tipo di plastica fusa presente sul luogo di qualsiasi incendio. Dunque il risultato è una scena del crimine che mette la pistola fumante in mano a una classe ben definita di colpevoli.

Sfortunatamente l'esplosione non mise fuori gioco la squadra della sicurezza, e quei tizi erano proprio dritti come chiodi. Dopo qualche secondo dall'esplosione uscirono nel corridoio incespicando, con le orecchie insanguinate, e cominciarono a far fuoco su di me con due mitra TEC-9. Il poncho in Kevlar mi salvò il culo, ma mi sentii un po' come se un branco di gorilla con la clava mi avesse infilato in un sacco della lavanderia e avesse cominciato a pestarmi. Vuotarono i loro caricatori facendomi rimbalzare per tutto il corridoio, finché non finii sul vetro 6 mm della finestra di una sala conferenze, mandandola in frantumi. Non dimenticherò mai le espressioni sul volto dei poveri bastardi acquattati sotto al grosso tavolo, quando dalla tasca della giacca del mio completo estrassi una granata stordente e la lanciai nella stanza. Si tratta di una granata non letale che usa un lampo di luce fortissimo e un forte scoppio per rendere incosciente chiunque si trovi nel raggio di tre metri. Prima della detonazione mi gettai di nuovo nel corridoio. Riunione aggiornata.

Dovetti mettere su tutto quel casino perché nessuno sapesse che ero stato lì. Le istruzioni di Bob erano molto precise: il bersaglio doveva essere eliminato con un dispositivo piazzato di nascosto, di modo che l'identità dell'attentatore potesse essere soltanto oggetto di congetture. Di conseguenza non mi trovavo in una posizione tale da potermi permettere uno scontro a fuoco con i tipi della sicurezza che ora stavano ricaricando nel corridoio. Sapevo di dover fare la mia mossa prima che potessero inserire il secondo caricatore, così estrassi rapidamente il Porco. È una mia piccola invenzione, una specie di Taser, ma anziché usare cavi per rilasciare una scarica ad alto voltaggio, usa freccette uncinate e sottili tubi da chirurgo per iniettare al bersaglio droghe, veleno e altri liquidi letali. Con il Porco posso somministrare ogni sorta di cocktail irrintracciabile. Mi basta avvicinarmi tanto da renderlo efficace. E visto che quei tizi erano a cinque metri da me...

Mi misi a correre a tutta velocità. Il primo avversario gettò via il suo TEC e allungò la mano verso la Beretta che teneva sul fianco. Idiota. Nel tempo che ci mise a estrarla avevo già spiccato un salto e colpito il suo petto con la mia ordinaria scarpa classica marrone numero 46. Una volta neutralizzato, gli infilai il Porco sotto l'ascella. Nota a margine: lascia perdere il collo, Dexter. Il medico legale lo vedrà a un chilometro di distanza. Scegliete *sempre* un punto di iniezione coperto dai peli. Potreste conficcarci un ago per cavalli e quei fenomeni dei droni delle autopsie non si infilerebbero comunque mai nella boscaglia per cercare qualche prova. È morto ancor prima che raggiunga il suolo, ma il suo socio ha il TEC carico ora ed è pronto a scaricarmelo dritto in faccia. Gli spingo contro l'altro, appena in tempo prima che prema il grilletto. La canna affonda proprio tra le chiappe del tipo, la vampa di ritorno si inverte nella camera. Il TEC-9 gli esplode in faccia e va al tappeto.

Un gran bel casino, e avevo più o meno trenta secondi prima che le squadre di pompieri facessero fragorosamente irruzione nel corridoio. Infilai entrambi i TEC-9 sotto al mio poncho in Kevlar e tolsi rapidamente le schegge del proiettile esploso dal volto dei tizi della sicurezza. Poi li trascinai entrambi nell'ufficio in fiamme, di modo che si carbonizzassero ben bene, adattandosi alla scena del crimine. Raccogliere i bossoli uno per uno fu una gran rottura di cazzo, ma riuscii a recuperarli tutti quanti, quindi mi precipitai giù per le scale e mi infilai con un balzo nella porta al piano di sotto, appena in tempo prima di incrociare la squadra di pompieri che saliva con passo pesante.

Già, dopo che il bersaglio è morto c'è un sacco di lavoro extra, ma ricordate che noi non ci limitiamo a far fuori la gente come capita, lasciando le armi sulla scena del crimine come si vede nei film più schifosi sulla nostra professione. È tutta questione di usare il cervello e di tenere sotto controllo le proprie azioni. Il giorno dopo il *New York Times* parlò di una bomba terrorista. È allora che il lavoro è davvero finito, quando i giornali più autorevoli sbattono in prima pagina l'epitaffio del vostro bersaglio, gettando palate di carbone nei formidabili forni dell'Espresso delle cazzate.

Ma torniamo a Bendini, Lambert & Locke e a quello stronzo d'avvocato. Non avevo tempo di procurarmi una miscela altrettanto buona per lui. Tanto per cominciare El Injerto non si trova più a causa dell'attività dei ribelli in quella regione. Lo si può trovare sul mercato nero, ma arriva a tremila euro al chilo e un simile furto va bene solo per i rapper che pensano che mangiare balena di contrabbando in un ristorante sushi sia da fighi. Però ho da parte mezzo chilo di Diablo Gold Coast della Colombia – Juan Valdez, baby. Che non solo è un caffè straordinario, ma non costa neanche tanto. Solo quarantaquattro dollari al chilo. Certo, lo so, da Starbucks si può trovare anche mezzo chilo di spazzatura proveniente dalle zone di libero scambio a sedici verdoni, ma tanto vale farsi un infuso con i baffi di un barbone e farla finita.

Così macino il Diablo, verso un po' di acqua di Fiji in una caffettiera francese e lo faccio nero e forte. È scuro come l'inchiostro e oleoso, l'odore fa venire in mente i vincitori della guerra ispanoamericana. Lui ne prende un sorso e inarca un sopracciglio. Ora, certa gente dice che adora il caffè nero perché pensa che la cosa la renda più virile, un po' come dire che ti piacciono i sigari anche se hanno il sapore di uno stronzo arrotolato, indipendentemente da quanto siano costosi. Ma questo tizio è un vero intenditore di caffè nero. Grazie al cielo, perché se non lo fosse stato adesso starebbe sputando sangue. Prende un altro sorso, come un leone che succhia il midollo dalla zampa di una gazzella ancora in preda ai rantoli.

«Verme stagista?»

«Sissignore.»

«Se non sarai alla mia scrivania alle sette e zero zero di ogni fottutissimo giorno della settimana con questo caffè, farò personalmente in modo che l'unico lavoro che otterrai mai in tutto lo Stato di New York sia quello di spalare la merda delle scimmie allo zoo del Bronx. La cosa ti è limpidamente chiara?»

«Sissignore.»

«Come ti chiami?»

«John.»

«Ci vediamo domani, James.»

Quel pomeriggio, l'impiegata che mi aveva accompagnato alla caserma viene a dirmi che sono stato assegnato a un altro ufficio – alla sezione dell'avvocato stronzo: Testamenti e lasciti. Quando le chiedo se ciò significa che posso lasciare la mia cazzutissima prigione, lei si limita a ridere e mi dice di non chiedere troppo alla mia fortuna sfacciata.

Se vi siete mai chiesti perché la morte sia così fottutamente complicata – non per il morto, ma per la famiglia che si lascia dietro – è perché anche gli studi legali più costosi adorano farsi pagare parcelle esorbitanti per occuparsi dei loro testamenti e lasciti, ma odiano il lavoro in sé. Sanno che se sei morto non farai stronzate né ne farà la tua famiglia singhiozzante e afflitta. Così non hanno alcuno scrupolo a far casini. Il mio nuovo incarico era aggiornare il maggior numero possibile di testamenti e lasciti, seguendo le indicazioni dei cumuli di bozze e note legali che qualcuno si era preso la briga di mettere per iscritto dopo l'incontro con i clienti, ma cui non si era mai preoccupato di dar effettivamente seguito all'ufficio Testamenti e lasciti. Non ci credereste se vi dicessi quanti dei beneficiari dei testamenti più vecchi erano già morti a loro volta. Gran bel colpo di scena alla lettura del testamento, no? Benvenuti all'inferno, quello vero. La vostra gallina dalle uova d'oro l'ha appena preso nel culo.

Metto insieme una vagonata dei fascicoli più vecchi lasciati a marcire, li faccio uscire di soppiatto dalla porta di servizio in un carrello della lavanderia e li porto alla RU s.r.l. Be', va detto, quando si tratta di questo genere di stronzate Bob è una fottuta rockstar. Ha una squadra già pronta per me e questi tizi, fatto il pieno di amfetamine, affrontano senza risparmiarsi l'ingrato compito di aggiornare i miei documenti. Bob potrà non essere il migliore per questioni di intelligence – non dimenticate mai che lo fa per scelta – ma, sicuro come la morte, è il re dell'assistenza sul campo. E con la lotta in gabbia tra passacarte che c'è allo studio, ne ho bisogno più che mai.

Inutile dire che quando mi ripresento, trentasei ore più tardi, con non meno di duecento fascicoli aggiornati e assolutamente impeccabili, faccio una notevole impressione su

Hartman e sull'avvocato stronzo. Normalmente non ci tengo granché a fare bella figura, ma questo ingaggio, e la mia vita probabilmente, dipendono dal fatto che io mi aggiudichi uno dei tre posti da stagista. Così, per il fine settimana e per i prossimi giorni devo continuare a impressionarli. Centinaia di fascicoli che se ne stavano a raccogliere polvere e ali di scarafaggio sono ora praticabili e i soci possono emettere fattura per il lavoro svolto. Sto facendo guadagnare loro qualche soldo, anzi, considerando la loro tariffa base di settecentocinquanta dollari all'ora, sto facendo guadagnare loro un fottio di soldi.

9

Le chiavi del regno

Me ne sto seduto nel mio cubicolo ad ammirare il lavoro che Bob e la sua squadra di espertoni hanno fatto per me quando Bendini in persona, uno dei soci, se ne arriva con l'avvocato stronzo. Naturalmente l'avvocato stronzo recita la parte del simpatico uomo d'affari per succhiarlo un po' al suo capo. Bendini lo ignora e mi mette gentilmente una mano sulla spalla. Probabilmente ha da poco superato i sessanta e il suo aspetto mi ricorda Geppetto, il padre burattinaio di Pinocchio, almeno per come me lo sono sempre immaginato io. È smilzo e in forma, anche se la sua pelle ne deve aver viste tante. Ha i baffi folti, tagliati come si portavano una volta e bisognosi di una spuntatina. I suoi occhi azzurri e acquosi sono sorprendentemente gentili e mi sento abbattuto all'idea di non aver mai avuto un vero nonno. È questa l'impressione che mi fa, quella di un nonno benevolo. Mi porge la mano. Io mi alzo e la prendo.

«Come ti chiami, figliolo?»

«John.»

«Mio figlio si chiama John.»

Cazzo, una cosa da tenere a mente.

«È un buon nome.»

Sento roteare gli occhi dell'avvocato stronzo a un chilometro di distanza.

«John, ho qualche difficoltà a credere che tu sia soltanto uno stagista.»

Doppio cazzo. So per certo che non sa perché sono qui, ma mi sta facendo i complimenti proprio come si fanno a qualcuno che si crede un talento nascosto o una star.

«Mi piace lavorare qui.»

«Be', stai facendo un lavoro eccellente. Abbiamo fatture a sei zeri da quando sei arrivato a Testamenti e lasciti.»

Questa gente ama il denaro molto più che i figli.

«Mio padre era nel settore Testamenti e lasciti.»

«Doveva essere una vera forza nella tua città natale.»

'Città natale' era abbondantemente condito di sdegnosa condiscendenza. Non provengo davvero dalla città natale cui si riferisce lui, ma mi sento offeso e mi congratulo con me stesso per la performance.

«Grazie.»

«Sono venuto per congratularmi con te, ti sei assicurato uno dei tre posti da stagista.»

Sì. Cazzo, sì. Restano ancora tre giorni di gara e io sono già dentro. Questo mi farà finire in molte classifiche degli stronzi più stronzi e sul radar di un sacco di gente, ma, cazzo, è il mio ultimo incarico. Non mi vedranno mai più. Ora più che mai sono tentato di divertirmi un po' portando a termine la missione, anche se so che è una pessima idea. Non si può rendere divertente l'omicidio. Non va. Ve lo dico perché non vorrei che vi montaste la testa. L'ego è il vostro peggior nemico e la gente lo adulerà di continuo quando la impressionerete con la vostra etica del lavoro. Ma farete bene a lasciarlo perdere, perché non farà altro che offuscare il vostro giudizio.

«Grazie, signore. Sono onorato.»

«Non c'è di che. Un uomo di poche parole. Bene.»

Mi limito a sorridere. Sarei un idiota a parlare dopo quel che ha appena detto.

«Ci vediamo in giro.»

Se ne vanno entrambi, l'avvocato stronzo uggiola all'orecchio di Bendini come un fastidioso cagnolino da salotto. Mentre camminano Bendini si volta a guardarmi. È lo sguardo di un uomo che ha appena trovato un diamante grezzo.

10

Dare il culo per il biglietto d'oro

Dopo che ho consegnato il mio quattrocentesimo fascicolo fatturabile, Alice entra nel mio cubicolo. Si mette comoda sulla mia piccola scrivania e la cosa migliora esponenzialmente l'arredo del mio ufficio.

«Be', un bel passo avanti rispetto al tuo precedente incarico, questo è certo.»

«Ti stavo cercando.»

«Davvero?»

«Già, credo di avere un debito con te, avvocato. Birra e alette.»

Lei si è appena guadagnata la posizione di associata battendo l'idiota di Yale. Adesso avrà un accesso infinitamente più libero di quello che aveva da stagista.

«E come se ce l'hai, accidenti. Ma avremo tutto il tempo che vogliamo, ora che lavoriamo insieme.»

«Scusa...?»

«Proprio così. Evidentemente hai fatto inarcare più di un sopracciglio da queste parti con il tuo duro lavoro e il nuovo flusso di profitti.»

«E tu sei qui per assicurarti che io non mandi tutto a puttane.»

«No. Sono qui per aiutarti ad aumentare il volume d'affari.

L'avidità è un'amante insaziabile. Inoltre ho lavorato per Bendini per la maggior parte del mio stage e lui pensa che saremo una squadra fantastica.»

«Davvero?»

«Naturalmente tu devi continuare a lavorare nel motel delle piattole mentre io avrò un fighissimo ufficio da associato junior. Oh, e direi che sono il tuo capo, il negriero con la frusta. Tecnicamente.»

«Non vorrei niente di diverso.»

«Ottima risposta.»

Le cose si mettono meglio di quanto mi aspettassi.

Quando cominciamo a lavorare passando in rassegna un nuovo cumulo di fascicoli, non riesco a credere alla mia fortuna. Mi servono informazioni e libero accesso, e Alice è il mio biglietto d'oro. È una delle preferite di Bendini, quindi posso usarla per avvicinarmi alla sua cerchia e, con il tempo, dare un'occhiata ravvicinata a tutti i soci. L'unico problema è che a stento riesco a non guardarla di continuo. È pericoloso. Alice è bella, ma la bellezza la so gestire. È la sensualità primitiva che come olio esotico stilla dalle fessure invisibili della sua facciata convenzionale che mi preoccupa. Oh, e non dimentichiamo che è brillante, interessante, e ha proprio il senso dell'umorismo cupo e perverso che adoro. Devo solo lavorarci. Andare a letto con i colleghi d'ufficio tende a fare di voi una piccola celebrità da pausa caffè. D'un tratto tutti cominciano a somigliare a quel verme viscido di TMZ con la sua allegra brigata di stalker di celebrity, tutti quanti cominciano a fare battute sulla tresca davanti a un macchiato al caramello.

Regola #5: Niente tresche tra colleghi

Bob ha una sua massima riguardo alle storie d'amore d'ufficio: 'Se te le fotti fino a fa perdere loro la testa puoi anche fargliela saltare in aria.' Al giorno d'oggi non posso dimostrarlo, ma sono sicuro che Bob abbia fatto fuori una ragazza che frequentavo nel corso del mio incarico #17: Eva. Non aveva assolutamente niente a che vedere con il mio ingaggio. Lavorava nello stesso ufficio, ma in una diversa sezione, ventotto piani sopra di me. E non ci siamo mai visti al lavoro, dunque non è che la nostra piccola tresca fosse un'enorme violazione alla sicurezza. La incontrai al caffè giù in strada – una gemma rara che serviva vero caffè turco. Fu solo dopo il nostro secondo appuntamento che ci rendemmo conto di lavorare nello stesso edificio. Bob venne a saperlo perché lo scopo della sua vita è strisciarvi su per il culo e spiare ogni vostro singolo movimento nel tentativo, come dice lui, di 'minimizzare l'errore umano'. Credo che lo faccia per godersi un po' di giovinezza per interposta persona, visto che ha venduto la sua a qualche signore della guerra con il sigaro in bocca a Parris Island.

Fondamentalmente, proprio come a lui, non vi è concesso di essere umani. E dover sopportare i controlli del cazzo di Bob è senza dubbio la parte più difficile del lavoro. Preferirei farmi strada in un sotterraneo nero come la pece, con una sola uscita e con una pistola a pallini che dovermi sottoporre ancora una volta a una cosa simile. Ricordo la conversazione che avemmo a proposito di Eva. Disse che temeva fossi 'distratto'. Gli ricordai i sedici incarichi impeccabili che avevano preceduto quello in corso. Disse che stavo diventando arrogante. Gli ricordai che avevo vent'anni e che la notte avevo bisogno di stringere altro oltre al mio ACR-15. 'Trovati una prostituta come tutti gli altri' mi disse, e mi porse un foglietto con un numero di telefono.

Fu l'ultima volta che parlammo di Eva. Non mi aveva detto esplicitamente di smettere di vederla, così feci la cosa più stupida e ignorai quello che a posteriori riconobbi come avvertimento. Due settimane dopo, finita la missione, provai a chiamarla diverse volte. Alla fine andai al suo appartamento. L'odore mi sopraffece avvicinandomi alla soglia. Conosco quell'odore. È dolce e nauseabondo. Una mosca verde – un essere grosso e lento che percorre centinaia di chilometri solo per un pasto a base di carne putrida – mi passò accanto all'orecchio ronzando e si infilò sotto alla porta.

Restai a fissarla per molto tempo, immaginando che aspetto potesse avere Eva lì dentro, gonfia e con il viso distorto in un'espressione di agonia e terrore. Pensai a lungo e intensamente alla possibilità di uccidere Bob. Ma una volta in strada, mi sentii circondato da edifici che sembravano avvicinarsi sempre più, deridendomi con il loro potere, ricordandomi che potevano schiacciarmi come una formica. In quel momento mi resi conto di quanto fossi insignificante e vulnerabile. Non avrei mai ucciso Bob, ma lui aveva il potere di cancellare me e la mia insignificante identità, nonché l'esistenza che ero riuscito a mettere insieme in tutti quegli anni.

Così chiamai il numero sul pezzo di carta.

So cosa state pensando. Il sesso con le prostitute non è solo disgustoso ma è anche un fallimento, un'aperta ammissione della propria incapacità di attrarre anche la più disperata delle partner. E avete ragione. Ma non nel senso che pensate voi. La verità è che quando il vostro mondo è una completa finzione e mentite a chiunque incontriate, l'intimità con una storpia emotiva, una che non prova nulla dalla cintura in giù, è un primordiale calcio nei coglioni. Scopare davvero ti dà la speranza di poter amare qualcuno, o di poter essere amato, a qualsiasi livello. Fingerlo ti svuota come un pesce sventrato. Non appena lo capii, bruciai il pezzo di carta.

La verità è che sono un assassino. Ciò che faccio è male. Il fatto che io abbia coinvolto una persona normale nel mio carnevale di pazzia è imperdonabile. Se potessi chiedere scusa a Eva lo farei. Posso biasimare Bob quanto mi pare, ma sono io quello che ha aperto la porta. E facendolo, l'ho uccisa.

Gli assassini che vedo nei film ripetono continuamente che le vittime in fondo se lo meritano. È il tentativo di Hollywood di far sì che il pubblico si identifichi, sia solidale con noi. Guardate *L'ultimo contratto*. John Cusack di fatto dice esattamente questo a Minnie Driver.

'Se mi presento alla tua porta, è molto probabile che tu abbia fatto qualcosa per portarmici.'

Potrebbe anche essere vero e spesso lo è. Prendete il socio che sto cercando di accoppare da Bendini, Lambert & Locke. Si vende i nomi di gente che, nel bene o nel male, aiuta la polizia a catturare persone ancor più malvagie di me – persone che davvero minano le fondamenta della società e distruggono qualsiasi forma di innocenza. Senza dubbio quel figlio di puttana se lo merita. Il problema è che Dio onnipotente non ha intenzione di abbatterlo con un fulmine. A differenza di Giobbe – che non ha mai fatto niente di male – questo tizio non sarà attaccato da uno sciame di locuste affamate di carne in Central Park South. Prenderò la sua vita, molto probabilmente in maniera brutale, ciò aggraverà ulteriormente la mia situazione e metterà nei guai le persone che dovranno ripulire tutto. Non c'è niente di buono, di nobile o di fico in tutto questo. Non siamo antieroi con un lato positivo. E, sicuro come la morte, non ci si può identificare o essere solidali con noi.

Quindi, non raccontatevi storie. Se deciderete di fare questo lavoro, non potrete mai cercare di giustificarvi in alcun modo. Siete il cattivo di turno ed è il vostro ruolo. Senza di voi non ci sarebbe alcun termine di paragone per giudicare i bravi ragazzi. Noi siamo lo yin. I civili sono lo yang. Se manterrete il vostro ruolo incontaminato, non corrotto dalla realtà di tutti gli altri, allora sopravviverete alla veneranda età di pensionamento di venticinque anni. Non dimenticate però che la purezza potrà salvarvi da una pallottola, ma non salverà la vostra anima. Solo un fulmine può farlo.

Trascorro la settimana e mezza successiva lavorando a stretto contatto con Alice e raccogliendo tutte le informazioni che posso. È tranquillissima per quel che concerne il gossip da ufficio, ma sembra stranamente cauta a rivelare tutto ciò che abbia a che vedere con gli affari. Sono convinto che sia perché si sente minacciata da me e vuole proteggere il posto di associato che ha appena ottenuto. Così decido di aprirmi un varco sul versante gossip, spronandola a rivelarmi i suoi segreti, spingendola a credere che me ne freghi davvero un cazzo. Naturalmente, dal momento che abbiamo veramente molto da fare al lavoro e ci sono occhi e orecchie dappertutto, non riesco ad arrivare da nessuna parte.

Dal momento che Alice ha un tantino insistito perché ci frequentassimo fuori dal lavoro, decido di accettare il suo invito a prendere qualcosa da bere con lei, magari così riesco ad arrivare da qualche parte. Se riesco a farla divertire un po', potrebbe aprirsi di più o perfino portarmi a casa sua, dove potrei avere più facile accesso al suo portatile. A causa dei summenzionati problemi riscontrati in passato, però, decido di sottoporre la questione prima a Bob.

«Fai quel che devi fare, John» dice Bob impaziente. «Dobbiamo muoverci. I federali hanno perso altri tre testimoni la scorsa settimana.»

«Sono loro i clienti, Bob?»

«Sai che non parlo di clienti con gli operativi. Ma ti dirò che questo cliente è particolarmente infastidito dai ritardi. Da ciò le mie pressioni.»

«Certo.»

«Lavorati la ragazza. Sembra promettente.»

«Quando dici lavorati la ragazza...»

«Voglio dire qualsiasi cosa sia necessaria, John. Dici che

vuole vederti fuori dal lavoro. Fallo. Se vuole scoparti, anche: fallo, proprio come ti viene chiesto.»

«Ma hai sempre detto...»

«Forse non mi stai ascoltando, John. Tutto ciò che è necessario. Ci siamo capiti?»

«Sì, Bob.»

«E attiva un pacchetto di sorveglianza per la ragazza. Non dovrei dirtelo io a questo punto della tua carriera.»

«Okay.»

Venerdì mattina vedo Alice e le dico che mi piacerebbe bere qualcosa con lei. È eccitata e la sua eccitazione mi suscita una sensazione fin troppo familiare che devo scrollarmi di dosso a tutti i costi. Di tanto in tanto capita di maturare un'affinità. È naturale. Dovete solo ricordarvi costantemente che gli affari sono affari e quel genere di sentimento non trova posto in questo particolare contesto.

11

Il signor Santarellino è uno stronzo

Dopo il lavoro aspetto di incontrare Alice fuori da un bar nell'East Village. Immagino che preferisca bere qualcosa nel paradiso dei fricchettoni perché le probabilità di incontrare qualcuno dell'ufficio sono pari a zero. Il bar è uno di quei locali seminterrati in stile bettola clandestina del periodo proibizionista dove si ha sempre la sensazione che siano le tre del mattino. Mentre la aspetto tra i corrieri in bici tatuati e i web designer che parlano di agricoltura sostenibile e sesso tantrico, penso tra me e me che Alice è una donna con interessi e gusti poliedrici. Normalmente la cosa sarebbe un grosso motivo di arrapamento per me. In questo frangente, invece, la cosa la rende imprevedibile, così dico a me stesso che farei bene ad affrontare la serata con la stessa cautela e la deferenza esibite da un incantatore di serpenti che toglie il coperchio al proprio cesto. Lascerò che lei mantenga il controllo. E anche se Bob mi ha dato carta bianca riguardo al fatto di sacrificarmi per la squadra, diciamo che la considererò la mia ultima spiaggia. Non mi servono distrazioni, benché notevolmente piacevoli, che si interpongano tra me e il mio bersaglio. Dal momento che non posso permettermi di perdere lucidità con una sbornia, prendo una vagonata di amfetamina e dopamina. A meno che non finisca a terra per un aneurisma, questo mi terrà lucido come uno specchio.

Quando arriva Alice, un po' di cose mi diventano chiare come il sole. Numero uno: ha davvero perso la testa per me perché si è cambiata e si è messa un abitino attillatissimo che non sarebbe mai ammesso da Bendini. Numero due: deve vivere qui vicino, perché non avrebbe avuto altro modo per cambiarsi. Numero tre: a giudicare dal cenno sornione che ha appena rivolto al barista, non è una sconosciuta in questo bar. Quindi posso proprio star fresco per stasera. Il suo normale essere sexy è salito di diverse tacche: da fuoco sotto la cenere a inferno, e il suo letto, probabilmente, è a due passi da qui.

«Facciamoci un goccio!» è la prima cosa che dice quando si siede.

«Anch'io sono felice di vederti.»

Ha quello sguardo. Lo sguardo furtivo del pistolero. Con la mente è già parecchio avanti. Ho notato che quando le donne decidono di andare a letto con qualcuno, tutto il loro comportamento cambia. È come se sentissero che possono rilassarsi, lasciarsi andare e rivelare tutto ciò che vogliono di sé stesse – non importa quanto la cosa possa essere sconvolgente per la controparte maschile – perché sanno che gli uomini sbavano e si agitano come cani randagi affamati al solo odore di una potenziale scopata e quando cadranno i vestiti sarà tutto cancellato. Anche se esibisce la spavalderia che di solito fa perdere la testa agli uomini quando stanno per fare sesso, però, il suo desiderio di bere pesantemente tradisce la sua vulnerabilità. Le serve coraggio liquido. E ora sono proprio nei guai, perché so che i suoi sentimenti nei miei confronti sono sinceri. Se non lo fossero, saremmo già nel suo appartamento.

«Forse dovremmo cominciare con una birra.» Chiamatemi Ammazzasbronze.

«Cameriere!» Non dà segno di aver notato la mia reticenza.

Il tipo si avvicina con fare decisamente seccato.

«Posso aiutarvi?»
«Avete la Don Julio Anejo?» E mi fa l'occhiolino.
«Sì.»
«Allora portane un goccio sia a me che al signor Santarellino, accompagnata da una birra, per favore.»
«Okay.»
L'uomo si allontana trascinando i piedi. Almeno la sua pigrizia terminale gioca a mio favore.
«Tequila?» Inarco un sopracciglio.
«Scotch messicano» sorride lei.
«Be', almeno non è uno Jäger» scherzo.
«Cielo, no. Non ti piacerei con uno Jäger» dice teatralmente.
«Perché mai?»
«Perché non riesco a tenermi addosso i vestiti.»
«Cameriere!» grido.
Ridiamo entrambi, ma penso che più rapidamente riesco a metterla fuori combattimento, e più facile sarà per me ficcare il naso nel suo appartamento, mentre lei smaltisce la sbornia nel sonno.
«Sei divertente. Davvero, potrei mettermi a fare uno spogliarello sul bancone del bar.»
Il cameriere torna, è decisamente seccato ora.
«Sì?»
«Due bicchieri di Jägermeister» gli dico.
«Quindi cancello la tequila?» dice in tono piatto.
«Assolutamente no. Possiamo gestirle entrambe» sbotta Alice.
Il cameriere sorride sarcastico e se ne va.
«Pensa che siamo turisti.» Rido.
«Quindi, in pratica mi stai dicendo che vuoi vedermi nuda» riprende lei, la sua voce come le fusa di un gatto.
«No, voglio vederti fare uno spogliarello sul bancone. E metterlo su YouTube. E ottenere il contratto per un film. È così facile di questi tempi.»

«Con quel che indosso sotto al vestito, avresti un milione di visualizzazioni nella prima ora.»

«Be', è proprio quello che stavo pensando.»

«Perché pensi che lo abbia detto, stupidino?»

Si mette il rossetto. Una mossa esplicita.

Il cameriere rompe il silenzio gravido di imbarazzo tornando al tavolo molto più rapidamente di quanto mi aspettassi. In silenzio dispone i bicchierini e la birra sul tavolo e se ne va strascicando i piedi.

Lei alza entrambi gli shot.

«Agli stagisti.»

«A questo non brindo.»

«Okay, allora beviamo al fatto che mi vedrai nuda.»

«Mi vuoi uccidere.»

Beviamo. Lei li butta giù entrambi contemporaneamente. Tequila e Jäger. Da paura.

«Di nuovo congratulazioni per la promozione. Come l'ha presa l'idiota di Yale?»

«Se ne stava svenuto ubriaco nella sua Jaguar. Devastato.»

«Non ha mai perso in vita sua probabilmente.»

«Sono certa che non aiuti il fatto che io sia una ragazza. Suo padre gli assesterà cinquanta sferzate con un vecchio remo dell'associazione studentesca.»

«Suo padre sarà un importante amministratore delegato. La cosa è molto imbarazzante.»

«Sarà su ogni bocca rifatta di Rye.»

«Sono orgoglioso di te, Alice. Te lo meriti.»

«Grazie, onorevole signore. Anche tu non scherzi. Hai fatto fuori gli altri aspiranti stagisti come un assassino consumato.»

Rido, soprattutto perché avevo realmente preso in considerazione l'ipotesi di ucciderli tutti quanti per avere il posto.

«Già, be', nessuno di quei burattini sa come si lavora. Pensano che qualcun altro debba farlo per loro, come tutto il resto. I soldi e i privilegi ti tagliano le palle. Ti rendono passivo.»

Sputo fuori le mie parole, rendendomi conto che quei coglioni mi lasciano davvero un pessimo sapore in bocca.

«Continua. Stai andando alla grande» dice lei, apprezzando la mia tirata proletaria.

«Sono come leoni. Grandiosi a vedersi. Vincono sempre il premio per il miglior vestito alla battuta di caccia. Ma raramente uccidono. È la leonessa che manda a segno la maggior parte degli attacchi.»

«Oh. Gli uomini si prendono *sempre* il merito per le prodezze che fanno le donne. Anche nella giungla. È una cazzata.»

«Non io. Io sono come lo sciacallo. Lotto per ogni brandello come fosse l'ultimo.»

«Se ti baciassi in questo preciso istante, sentirei il sapore del sangue?»

«Alice. Lavoriamo insieme. Non ti ha mai detto nessuno niente tresche tra...»

Mi bacia. Sa di zucchero grezzo e sesso. Sono fottuto.

«Sto qui vicino» mi blandisce.

«Già.»

«Ho una Xbox.»

«Seducente.»

«E dei gatti.»

«Smettila. Sto impazzendo di desiderio.»

Accetto di andare a casa con lei. Ciò la rende felice, ma ordina un altro giro di coraggio, per non sbagliare. Anche a me non dispiace qualcosa di forte. La tequila ha acchiappato l'amfetamina e stanno facendo un casino nella mia testa, come Tom e Jerry. Così beviamo ancora. E i preliminari verbali scorrono come un Barolo corposo – misteriosamente piacevole e tanto forte da stordirti. Quando siamo pronti per andarcene, le mie braccia sono piene di minuscole mezzelune nei punti in cui lei mi ha affondato le unghie nella pelle ogni volta che voleva sottolineare una cosa importante e, secondo me, trattenere il momento con tutta sé stessa.

So cosa state pensando. Già solo l'idea di James Bond che si scopa Pussy Galore per avere informazioni è una vera stronzata, proprio come il nome Pussy Galore. Semmai, è tanto più probabile che una donna vi menta quanto più è interessata a fare di voi il suo fidanzato, a farsi sposare, mantenere o qualsiasi altra cosa. In più, l'*ultima* cosa di cui una donna vuole parlare mentre si crogiola nella luce ambrata dell'orgasmo multiplo è il lavoro.

'Per te è stato bello come lo è stato per me? Accendimi una sigaretta e... Oh, solo per curiosità, quali sono i codici di lancio dei missili russi?'

La buona notizia è che non ho intenzione di chiederle niente del lavoro. Dato che ha avuto il tempo di tornare a casa, senz'altro ha con sé il portatile per lavorare nel fine settimana (non si ferma mai) e quello se ne sta proprio lì, in attesa di dirmi tutto quel che voglio sapere.

Quando arriviamo al suo appartamento e comincia a spogliarmi prima ancora che la porta si sia richiusa completamente, quella che pensavo una risolutezza d'acciaio comincia a sgretolarsi rapidamente. Dopo diversi minuti di esplorazioni sottomarine con la lingua e rozzi scambi di palpate, mi salva la campanella: Alice si scusa per dover andare in bagno a fare quel che le donne fanno solitamente in bagno quando sanno che stanno per fare sesso. Proprio come Robert Johnson, me ne sto su un crocevia con il diavolo da una parte e la desolazione dall'altra. Non solo voglio stringere il proverbiale patto con Alice, ma sento persino che una parte di me ne ha davvero bisogno. È questa una di quelle rare occasioni in cui si possono mescolare affari e piacere, non approfittarne va contro ogni fibra del mio essere. Per una frazione di secondo decido di cedere al lato oscuro e di darci dentro. Poi sento l'acqua scorrere nel bagno e lo scroscio mi ricorda di quando non riuscivo a smettere di lavarmi le mani dopo il mio primo assassinio. È lì che mi rendo conto di aver già stretto il mio patto con il diavolo.

Così avanzo rapidamente verso la cucina per prepararci un drink. Le preparo un Vodka martini corretto con Ambien. Alice esce dal bagno, se lo scola e comincia a divorarmi come una mantide... ma russa prima che io riesca a slacciarle il gancetto insensatamente complicato del reggiseno. Sono in grado di smontare, pulire, rimontare e caricare una pistola mitragliatrice tattica MP9 nell'oscurità più completa in ventisette secondi circa. Non sono mai riuscito a slacciare con successo il reggiseno di una donna.

Mentre lei sonnecchia io mi metto al lavoro e ficco il naso nel suo appartamento. Trovo il portatile nella cartella da lavoro e lo accendo. Compare la schermata della password e io infilo una chiavetta nella porta USB. Ci sono dentro alcuni programmi per forzare la password che ho comprato da certi russi per un occhio della testa, però sono maledettamente efficaci. Ciononostante il computer di Alice ha un sistema di sicurezza elevato, eccessivo anche per un avvocato. Dopo aver martellato incessantemente per tre ore e mezza sulla tastiera non sono ancora riuscito a entrare. E comincio a diventare ansioso, perché con l'Ambien che le ho dato mi resta all'incirca un'ora.

Mentre aspetto, passo al piano B e installo un piccolo trasmettitore wireless sulla scheda madre del portatile. Questo dispositivo registrerà ogni attività del processore del computer. Il trasmettitore è praticamente impossibile da trovare a meno che non si sappia esattamente dove cercarlo. L'unico problema è che invia uno sproposito di dati grezzi e avrò bisogno di tempo per passarli al setaccio. In ogni caso si rivela la mossa giusta, perché i miei programmi per forzare la password non ce l'hanno ancora fatta a entrare nell'hard disk quando la sento muoversi. Spengo rapidamente il portatile e lo infilo di nuovo nella cartella.

«Sono svenuta?» È intontita, cerca di ricordare quel che è successo.

«Già.»
«Abbiamo...?»
«Certo che no.»
«Che gentiluomo. Wow, mi sento la testa come se dovesse esplodere da un momento all'altro.»
«Direi che tequila e Jäger sono una buona base per un ordigno incendiario.»
Lei ride, poi si tiene la testa dolorante. Potrei aver esagerato con l'Ambien. Colpa mia.
«Guardami. Sono proprio un appuntamento di classe.»
«Mi sono divertito.»
«Anch'io. Nei momenti in cui ero cosciente almeno. Che ore sono?»
«Le tre e mezza, più o meno.»
«Porca troia. Ti dispiace se rimandiamo il sesso bollente alla prossima volta? Credo di dover vomitare in un futuro non troppo lontano e non ti conosco abbastanza bene da chiederti di tenermi i capelli.»
«Rimandiamo.»
Lei mi bacia e io me ne vado per la mia strada.

12

Il Figlio di puttana

Dopo essermene andato da casa di Alice, torno al mio appartamento e mi faccio una doccia molto fredda – e sì, funziona – poi mi addormento, rinfacciandomi di aver sprecato la facile occasione di farmi un giro con una donna la cui bellezza e intelligenza fanno a gara con quello che definirei un appetito sessuale sinceramente depravato. La mattina successiva mi sento meglio, però, fin quando apro un pacchetto di dati scaricato dal mio trasmettitore. Ho avuto fortuna. Sembrerebbe che Alice abbia risposto ad alcune mail dopo che me ne sono andato. Mi verso un po' di caffè e clicco su un messaggio della sua cartella in arrivo. Si avvia un client di posta crittografato. Poi vedo il logo nell'angolo in alto a destra dello schermo:

Figlia di puttana.

– Agente speciale. Unità crimine organizzato.

Figlia di puttana!

– Nome di copertura: Alice.

Piccola scimmietta insolente. Alice è veramente il miglior nome di copertura che ci possa essere, se siete un po' addentro alla scena letteraria. Se invece preferite il mondo del rap, si potrebbe dire 'Ehi, fratello, ci volevi fregare ma sei stato fregato, yo'. Al di là del fatto di avere agito sotto al mio naso senza che fiutassi niente, è stata piazzata da Bendini, Lambert & Locke per scoprire quale socio si stia vendendo i nomi dei testimoni sotto protezione. Dopo essere stata lì per più di un anno, ha un sospetto: Bendini.

Inevitabilmente ogni lavoro ti riserva dei lanci a effetto. Talvolta, come in questo caso, la palla non prende il giro e ti colpisce dritto alla mascella. Mi piace chiamarlo il Figlio di puttana. Col tempo sei talmente abituato a prenderlo dritto sul mento, che quando non succede cominci a essere superstizioso. Tutti quanti sanno che il nostro lavoro attira la sfortuna come la merda le mosche. Alla sfortuna piace il sapore del vostro sangue, del sudore e del fallimento. È l'universo che vi dice 'Ehi, stronzo, lo vedo cosa stai facendo. E se pensi che ti renderò le cose facili, preparati a cambiare idea'. È così che va il mondo, quindi mettete una confezione di birra nel freezer per il Figlio di puttana perché diventerete migliori amici per sempre. E adesso è giunto il momento di affrontare uno dei figli di puttana più grossi della mia carriera: Alice, il tiro a effetto.

Non è un tiro a effetto perché Alice è una federale e io non me ne sono proprio accorto. Chi è sotto copertura lo è per un motivo – perché è dannatamente bravo a farlo. E io non sono un medium. Avrò anche occhi dietro alla testa, ma non sono dotati di visione a raggi X. Tutti i programmi televisivi del cazzo e i film che ci dipingono come onniscienti sono scritti da sfigati senza palle che non sono neanche mai finiti in un album di ricordi delle elementari. Non mi interessa da quanto tempo siate in giro, sul filo del rasoio, prima o poi finirete per tagliarvi, e non c'è proprio un accidenti di niente che possiate fare al riguardo. Per cui la scoperta che Alice sia una giovane investigatrice federale è solo parte di ciò che rende tutto questo un Figlio di puttana.

Il fatto che stia seguendo il mio stesso caso spinge, per vari motivi, la lancetta del Figlio di puttana dritto sul rosso. Ma quel che fa saltare i cilindri è la sua ricerca di una relazione con me. Si tratta di un vero Figlio di puttana perché i miei occhi fissano l'abisso di domande che Alice rappresenta ed è impossibile dirvi quanto profonda sia la tana del coniglio.

Sono pagato per essere paranoico, quindi va da sé che d'ora in poi sarò tre volte più cauto con lei. Bob mi ha accennato di tanto in tanto che sospettava che l'FBI si fosse infiltrato tra i nostri ranghi. Dal momento che si tratta del mio ultimo incarico non posso fare altro che attaccarmi. Grazie Bob! Fanculo. Devo tenere la testa sgombra. Alice è qui perché, proprio come me, è la migliore a fare quello che fa. E giustamente, perché l'intera faccenda di Bendini è proprio una cazzo di missione. È ovvio che i federali siano coinvolti. Vendere i nomi di una lista di testimoni sotto protezione è un po' come dover salvare una banca e pagare un bonus da record a quegli stronzi di dirigenti che le hanno fatte fallire. Questo è il genere di crimini con cui si fa carriera. Provate a pensarci dal punto di vista dell'FBI. Se si viene a sapere in giro che gli spioni non sono più al sicuro puoi dire loro addio per sempre. E che farebbe un branco di damerini con le scarpe di vernice e un taglio di capelli vecchio di cinquant'anni senza gli spioni? Quei tizi non riuscirebbero a confondersi tra i clienti di un grande magazzino neanche per il tempo che ci vuole a staccare l'anello di un portachiavi.

Quindi hanno schierato in campo le armi pesanti. Hanno dovuto prendere una pagina del fumetto della CIA per mettere insieme una talpa come si deve. Ed eccola qui – un camaleonte che mangia, beve e scopa e che si scaverà la tana nei pannelli di quercia di Bendini, Lambert & Locke e ci rimarrà finché non avrà fatto crollare il palazzo. E che arde di passione per me, il tizio che cerca di farlo saltare in aria.

La domanda è, che cazzo ci posso fare?

La prima mossa, quando si ha a che fare con un Figlio di puttana è trovare un posticino tranquillo in cui permettere al vostro cervello superdotato di occuparsi del problema. Il mio cervello, come al solito, è un film in cui due stili rivali di kung fu si pestano a sangue vicendevolmente in una lunga e sanguinosa guerra per il controllo del territorio: il mio stile e quello di Bob. Bob direbbe di ucciderla. Di togliermela dai piedi. In teoria potrebbe far saltare l'intera missione e forse persino la RU s.r.l. Se sei un reazionario maniaco del controllo che leccava il culo agli istruttori militari idioti facendo rimbalzare un quarto di dollaro sul proprio letto, allora questo modo di pensare ottuso e superficiale è proprio il massimo.

Ma se sei un predatore un simile modo di ragionare è controproducente al cento percento. Tanto per cominciare, Alice è appena diventata una risorsa ancor più grande di quanto già non fosse. Non solo sarà uno degli associati di Bendini – il che le darà il genere di accesso che io non potrei mai avere, non importa quanti cazzi possa succhiare alla Testamenti e lasciti –, non dimentichiamo che sta indagando su di lui con le spalle ben coperte da tutte le risorse del governo degli Stati Uniti. Raccoglierà informazioni così rapidamente da farmi girare la testa. È come uno di quei trucchetti che nei giochi di ruolo ti fanno avanzare di dieci livelli. È proprio un cazzo di *easter egg*. Io mi avvicino a lei, lei mi avvicina a Bendini. Corsia preferenziale. Mi aprirà parecchie porte e se ne viene fuori che Bendini è davvero il nostro uomo, gli chiuderò la testa in una di quelle porte.

Il mio piano così diventa doppio. Primo: devo sapere tutto ciò che sa lei nel momento stesso in cui viene a saperlo. Come ha suggerito Bob, devo attivare una sorveglianza continua ventiquattr'ore al giorno sette giorni a settimana con microspie e un'infestazione di cimici. Ma visto che far scoprire a Bob che Alice è un agente federale equivarrebbe a mandare a puttane il mio piano, ancor prima che esso possa decollare, devo mentirgli sull'importanza di Alice nel gioco e portare avanti il programma di sorveglianza da solo.

Secondo: è giunto il momento di infrangere la regola #5: niente tresche tra colleghi. Devo avvicinarmi il più possibile ad Alice. Libero accesso. Credito. Non si tratta solo di fare sesso e condividere uno spazzolino. Credetemi, verrete addestrati nell'arte di fare porcherie, e sarà una delle più grandi risorse in questo campo. Quando le persone sviluppano una dipendenza dal sesso funziona proprio come ogni altra dipendenza. Il loro quoziente intellettivo si abbassa di qualche tacca. Si potrebbe chiamarlo 'stupidera' perché è proprio così che funziona.

Ma stiamo parlando di un agente federale esperto in missioni sotto copertura. L'amore è davvero l'unico modo per guadagnarmi la sua fiducia e ottenere quello di cui ho bisogno. Persino gli agenti federali diventano ciechi come pipistrelli quando entra in gioco l'amore. È istinto, eppure le persone lo inseguono con più impegno di quanto non succeda per i bisogni primari. Quando poi ci sono dentro fino al collo, anche le persone più intelligenti e prudenti diventano sconsiderate. Se voglio mettere a segno questo colpo devo far abbassare la guardia ad Alice con una storia d'amore vera e propria. O almeno con qualcosa che lo sembri.

Non sarà per niente facile – principalmente perché, almeno in teoria, ho a che fare con due donne diverse. Da una parte c'è Alice, il personaggio di copertura inventato dall'FBI. Poi c'è l'agente dell'FBI che recita la parte di Alice nella sua missione sotto copertura. E questa persona potrebbe essere chiunque. Vi dice niente? Forse io ho qualche vaga somiglianza con il mio personaggio di copertura? Il risultato è che stiamo entrambi guidando l'Espresso delle cazzate e mi chiedo quanto potremo continuare ad andare avanti prima di deragliare.

L'unico modo di assicurarsi il successo è ricorrere all'unica cosa che praticamente ogni donna desidera: una storia d'amore. Certo, Alice sta lavorando al caso più grosso di tutta la sua vita, con implicazioni che potrebbero scuotere la società fin nelle fondamenta. Ma ciò non significa che una ragazza non possa continuare a mettere la sua trappola per catturare l'anima gemella, no? Amore anziché sesso di una notte, è l'unica ragione per cui Alice potrebbe essere tentata di mischiare piacere e dovere. Il problema è che dire che io sia in grado di mettere su una storia d'amore è come affermare che il ragno potrebbe essere in grado di trascorrere un fine settimana a Cabo con la mosca e godersi un bel massaggio di coppia. Non c'è amore dentro di me. Non so cosa sia perché non me ne è mai stato dato, in alcuna forma, così devo letteralmente inventarlo. Sono certo che mi capite, dal momento che siamo tutti in netto svantaggio quando si tratta di fare dell'amore un'arma.

È a questo punto che ci viene in aiuto il cinema, ragazzi e ragazze. Ricordate cosa vi ho detto prima, circa il fatto di usare i personaggi dei film (ma non Tom Cruise) per dar forma al vostro comportamento e infiltrarvi meglio nella società? Tutto ciò che avete sempre voluto sapere su come fingere l'amore e manipolare qualcuno è a un download di distanza. Vi consiglio di addentrarvi nella questione con i seguenti film che sono, per così dire, la summa del genere: *Harry ti presento Sally, Insonnia d'amore, Pretty Woman, Se mi lasci ti cancello* (okay, questo perché piace a me). Vi diranno tutto ciò che c'è da sapere. Se sei una ragazza dovrai abbracciare tutte le cose che vanno contro la tua natura: premura, sentimentalismo, altruismo, ascolto e comprare regali costosi. Se sei una ragazza, devi abbracciare tutte le cose che ti vengono naturali: cannibalismo emotivo, manipolazione psicologica e un'insaziabile avidità.

Torniamo animali. Uomini = confusi, desiderano disperatamente la fica. Donne = potenti perché hanno la fica. La ricerca dell'amore è straordinariamente simile all'inseguimento di una preda.

Per Alice mi allontanerò di qualche passo dalla strada battuta. Sono sicuro che ha visto i film che ho appena citato – più di una volta probabilmente. Di conseguenza, al fine di risultare sincero, avrò bisogno di attingere a qualcosa di meno conosciuto. Tenete a mente che Alice è già interessata. La parte difficile è la credibilità. Dopotutto è un agente federale e il suo rilevatore di stronzate non va sottovalutato. In altre parole, se faccio il mio solito numero da 'scopala e poi schifala tanto da non riuscire più a stare nella stessa stanza' lei mi si chiuderà a doppia mandata. Ho bisogno che senta che la amo. Tuttavia il mio amore dovrà sembrarle riluttante, così da permettermi di giocare secondo gli schemi del più popolare sottogenere della commedia romantica – l'amore non corrisposto. Se Alice crederà che la amo ma, per qualche ragione, cerco di negare a me stesso quell'amore, salterà fuori dall'acqua per acchiappare l'amore proprio come uno squalo salta per azzannare un secchio di esche.

Per rendere una simile angoscia, credo che un film straniero possa andare benone. Vi assicuro che non sopporta i sottotitoli, per cui non corro realmente il rischio che riconosca la mia tattica. La prima storia che mi viene in mente è *Cyrano de Bergerac*, protagonista Gérard Depardieu. In effetti è lo scenario perfetto. Cyrano ama intensamente Rossana (Anna Brochet) ma è talmente colmo di disgusto per sé stesso (come lo sono io, per quel che ho dentro), a causa del suo aspetto orribile, da rinnegare il suo amore per lei. Di fatto sacrifica i propri desideri per aiutare il bel Cristiano a conquistare l'amore di Rossana.

Mi rendo conto di non avere il tempo per arrivare a tanto. Tuttavia, convincerò Alice che ho dei sentimenti per lei ma che mi rifiuto di tradurli in azione per proteggerla dalla bruttezza della mia anima ecc. Ovviamente dovrò venderle l'intero pacchetto, ma questo sarà molto più facile per me perché la mia riluttanza ad amare sarà assolutamente vera. La parte più dura sarà continuare a portare avanti la farsa una volta che avrà iniziato ad avere effetto su di lei, ma con un po' di fortuna, avrò presto la conferma che sia Bendini il bersaglio e sarà morto prima che la cosa diventi un problema.

Stasera sostituirò il mio giubbotto antiproiettile con un completo nero ben confezionato. Be', in realtà un giubbotto antiproiettile ci sarà comunque, ma dismetterò senza dubbio la mia uniforme grigio-marrone da pezzo d'arredamento. Inviterò Alice per una cena fantastica in qualche locale francese fusion fuorimano, gestito da uno chef brillante ma scorbutico che si rifiuta di prendere prenotazioni per i tavoli e di fare eccezioni al menu. Farò battute, la guarderò dritto negli occhi, e magari proverò persino a toccarle le mani. Naturalmente sono tutte mosse da film, ma troppo vaghe per essere riconoscibili. E quando torneremo al suo appartamento, le darò la scopata della sua vita in stile James Bond (Sean Connery docet) e resterò per un po' di – respiro profondo – coccole. Infine, quando lei si addormenterà tra le mie braccia, ingoierò il rospo senza svignarmela a casa (in stile Coyote). Ehi, un gioco da ragazzi.

Dipartimento di Giustizia degli Stati Uniti
Federal Bureau of Investigation
Washington, D.C. 20535

TUTTE LE INFORMAZIONI CONTENUTE SONO RISERVATE
TRASCRIZIONE DI SORVEGLIANZA: REGISTRAZIONE AUDIO – MICROFONO LASER A INFRAROSSI (150 M)

Luogo: Alice (xxx), residenza/camera da letto, East Village, Manhattan
Soggetti: John Lago e Alice (xxx)

Alice: Facciamolo di nuovo.
John: Vuoi uccidermi?
Alice: No, voglio solo scoparti. Ancora.
John: Sono così bravo?
Alice: Diciamo che non sono mai stata con nessuno che avesse così tanta pratica.
John: Mi fai sembrare un elettricista.
Alice: Be', mi hai elettrizzata in effetti.
John: Mi sa che ho bisogno di dormire.
Alice: *Oh, no.* Se non riprendiamo a scopare, ci mettiamo a parlare.
John: Quindi, se ti scopo è un po' come se ti dicessi che non ho voglia di parlare con te. E se parliamo è un po' come se dicessi di non volerti scopare.
Alice: Proprio così.
John: Sarai un ottimo avvocato.
Alice: Quindi parliamo?
John: Solo perché il mio cazzo non vuole saperne di staccarsi dalla tua gamba.

Alice: Ma che stai facendo?
John: Le coccole?
Alice: Pagina uno del manuale delle ragazze: fare sempre le coccole dopo aver fatto l'amore.
John: Scusa.
Alice: Fa niente. La mia idea di coccole ha più a che fare con un'altalena del sesso giapponese.
John: Immagino che non ci sia un manuale per quella.
Alice: Esattamente, signore. Quindi parliamo?
John: Almeno finché non sarò di nuovo cosciente.
Alice: Da dove vieni? E bada che lo so che non sei di Peoria perché io vengo proprio da lì invece.
John: Mi prendi per il culo.
Alice: No. Non lo avevi capito dalle mie ampie curve da Midwest?
John: A questo non rispondo.
Alice: Allora rispondi alla prima domanda.
John: Parliamone domani. Sono esausto.
Alice: Allora scopiamo?
John: Okay. Bene. Spero non ti dispiaccia una bella doccia fredda. Sono orfano sin da quando ero neonato e i miei primi ricordi risalgono a quando avevo diciotto mesi. Vivevo con una famiglia adottiva del New Jersey.
Alice: E loro non te l'hanno detto?
John: Sono morti in un incidente automobilistico prima che cominciassi a parlare. Da grande chiesi informazioni ai servizi sociali. Tutto ciò che avevano erano dei certificati di nascita incompleti. Fondamentalmente c'era scritto solo in quale ospedale del New Jersey ero nato.
Alice: Dunque non hai la minima idea di chi fossero... i tuoi genitori?
John: Non so niente di mio padre...
Alice: E di tua madre?
John: Sei sicura di volerlo sapere?
Alice: Sì, dài. Posso farcela.
John: Okay. Lo spacciatore di mia madre le ha sparato quando era incinta di me. La pallottola mi ha sfiorato il petto. Così mi sono procurato la prima ferita da combattimento.
Alice: Questa qui?
John: Già.
Alice: Oh, mio dio. Avrebbe potuto fare a pezzi il tuo piccolo cuore.

John: Già, sarà stato il mio giorno fortunato, immagino. Lei morì all'istante e mi fecero nascere con sei settimane d'anticipo.

Alice: Oh, mio dio. Mi spiace così tanto.

John: Anche a me.

Alice: È una follia. Grazie di avermelo raccontato.

John: Davvero? Perché? Cosa c'è di tanto grandioso in un oggetto difettoso?

Alice: Tu non sei un oggetto difettoso. Ma ora so perché hai quell'espressione.

John: Quale espressione?

Alice: Per la maggior parte delle persone si capisce dagli occhi se sono esauste, ubriache, annoiate o preoccupate. Lo sguardo vaga alla deriva, trascinando l'attenzione da una cosa all'altra. Ma tu no. Tu hai gli occhi di un uccello predatore. Un falco o qualcosa del genere. È come se tu aspettassi costantemente che un topo o una tartaruga ti attraversino la strada, così, se accade, sei pronto a colpire.

John: Credo di avere questa espressione più perché mi sento come il topo o la tartaruga in attesa del falco. Morte dall'alto.

Alice: Paranoia. Comprensibile.

John: Già. Nelle case-famiglia si impara molto presto a guardarsi le spalle. Mi ricordo quando avevo cinque anni e uno sporco nonnino entrò in camera mia nel bel mezzo della notte, puzzava di whisky. Mi si drizzarono i peli sulla nuca. Anche se non conoscevo i particolari, sapevo che era lì per farmi del male. Così feci io del male a lui.

Alice: A cinque anni? E come?

John: Con una mazza da baseball. La tenevo sotto al letto. Non ero un granché come battitore, ma la tenevo sempre a portata di mano. Mi faceva sentire più sicuro. Quella notte capii perché.

Alice: Cosa accadde?

John: Rischiai quasi di ucciderlo. Lo colpii così forte sulla tempia da procurargli una frattura orbitale, e perse quasi un occhio. Così mi guadagnai il primo giro di visita al reparto psichiatrico infantile.

Alice: Io riuscivo a stento a versarmi i cereali nella ciotola a cinque anni.

John: L'istinto animale prende il sopravvento. Riesci a sentirlo. Anche se sei piccolo, riesci a sentirne il potere. Gli strizzacervelli la chiamavano rabbia, ma io sapevo che era ben più di questo. La rabbia era più la benzina che potevo gettare sul fuoco per farlo divampare quando ne avevo bisogno.

Alice: Ma sei mai stato bambino?
John: Nella prossima vita. Ho sete. Vuoi un bicchier d'acqua?
Alice: Volentieri. Ma non abbiamo ancora finito. Neanche per idea.
John: Perché mai non sono sorpreso?

– FINE DELLA TRASCRIZIONE –

13

Il passo barcollante

È domenica mattina presto e ho appena lasciato l'appartamento di Alice. Sì, abbiamo finalmente consumato, dando ufficialmente inizio alla nostra storia d'amore d'ufficio. No, non vi rivelerò alcun dettaglio. Non scrivo per *Penthouse Letters*, anche se probabilmente sareste pronti a comprarne una copia se ne fossi un collaboratore. Vi basti sapere che ho piantato il seme (un orribile gioco di parole, me ne rendo conto) dal quale germoglierà il mio piano. Tutto merito di una piccola confessione postcoitum. Le ho raccontato una storia strappalacrime sul mio oscuro passato e lei ha abboccato proprio come un bel pesciolino. La cosa divertente è che non ho dovuto neanche mentire. È stato strano dire la verità una volta tanto. Nel farlo mi sono sentito vulnerabile, ma è stato anche piuttosto esaltante. E ascoltandomi mi è persino dispiaciuto per me. Ti ho fottuto, Cyrano. Non mi serve un naso da pagliaccio per rimediare una scopata di consolazione. Ho un'anima nera e questo genere di bruttezza è molto più tragica dei difetti fisici.

Salgo faticosamente le scale fino al mio appartamento (non prendete *mai* l'ascensore), e sto per sprofondare nel *Times* domenicale, cui seguirà un coma indotto da Ambien, che se la batte con il criosonno dei viaggi nello spazio più profondo

– come in *2001: Odissea nello spazio*. A dire il vero quella sarebbe stata la missione perfetta per me. Potrei trascorrere anni in un'astronave immersa nel più completo silenzio, in compagnia di un loquace computer di nome Hal. Hal si sarebbe fidato di me molto più che di Dave, perché io non sono un represso come lui. Fintanto che avessimo continuato a giocare a scacchi e io avessi potuto passeggiare nello spazio tutte le volte che mi pareva, saremmo stati da dio. Apro tutte e sette le serrature di quello che è il portellone che separa la mia capsula dalla nave.

Mi servono le proteine prima di dormire. Alice mi ha svuotato proprio come una cucciolata di lupi affamati succhia la vita dalla madre. Apro il frigorifero e rimango sorpreso dallo strano odore di dopobarba che d'un tratto mi si infila nel naso. Non uso dopobarba, e se lo facessi non sarebbe certo quest'orribile merda da quattro soldi che sento. Poi, tutto torna, quando una mazza da baseball mi colpisce su un fianco e mi rompe due costole come fossero rametti secchi per accendere il fuoco.

Regola #7: Ripigliatevi

Quando ti addestrano per fare di te un pilota di caccia, ti ripetono di continuo che devi avere il sangue ghiacciato, non freddo. Non si tratta solo di cazzate sparate da tizi con le palle sempre in mano. Riuscire a controllare i nervi è di vitale importanza per la sopravvivenza in combattimento. Si chiama quoziente intellettivo di performance. È un dato di fatto che qualsiasi genere di ansia abbassi di fatto il quoziente intellettivo di performance (cioè vi rende più stupidi), e, a pensarci bene, esiste forse un quoziente intellettivo più importante di questo? Il successo è solo questione di agire al momento giusto. Chiunque può fare il fenomeno in allenamento. Ma quante persone riescono a giocare il tutto per tutto durante la partita, nell'ultimo quarto, nei secondi finali, quando conta davvero? Pochissime. Dovete lottare contro l'istinto animale che vi dice di svignarvela. Attacco o fuga è una stronzata. La fuga è l'impostazione predefinita. L'attacco ha luogo solo quando la fuga non è un'opzione valida. Perché l'attacco richiede una mente lucida e concentrata che sia in grado di pensare dieci mosse in anticipo. Il livello avanzato di tutto ciò è la capacità di sferrare un contrattacco preciso ed efficace quando si è feriti. Le costole rotte tendono a trasformare il vostro cervello in pappa e a spingervi a raggomitolarvi su voi stessi e singhiozzare. Allora il vostro avversario vi darà davvero qualcosa per cui urlare.

Così, quando arriva il secondo colpo sono pronto. Mi chino mentre la mazza da baseball sferza l'aria sopra la mia testa. Quando mi rimetto in piedi assesto un doppio pugno allo sterno di Babe Ruth, spingendolo all'indietro di circa un metro e mezzo, proprio sul mio fichissimo tavolo di vetro. Che ovviamente va in frantumi. Cazzo! Era il mio tavolo per la cocaina, identico a quello di Tony Montana. Nessuna spogliarellista ci aveva mai ballato sopra, ma ci stavo lavorando. E ora... (entra in funzione il QI di performance) *centinaia di armi letali, affilate come rasoi che brillano nella luce del mattino*. Mmm.

Ridete pure, ma mi infilo due guanti da forno appesi vicino ai miei fornelli e afferro un paio di grossi pugnali di vetro, gentile concessione di quello che una volta era il mio tavolino da caffè con i controcazzi. Nei film la gente afferra di continuo schegge di vetro a mani nude per usarle come armi, vero? Certo, nei film. Ma nella vita reale è un po' come combattere con un coltello a doppia lama: non solo vi ferireste le mani, ma di certo vi tagliereste anche i tendini flessori, quelli che funzionano un po' come l'elastico di un aereo di balsa a molla. Recideteli e la vostra mano diventa un'inutile ala molle incapace di raccogliere un penny. Babe Ruth si rimette in piedi velocemente, la fidata mazza in mano. Gli vedo la faccia.

Figlio di puttana.

È Hartman, il sergente istruttore degli stagisti da Bendini, Lambert & Locke. Mi viene da pensare che quando mi ha detto che mi avrebbe fottuto il cervello non stava scherzando.

«Che cazzo ci fai nel mio appartamento?»

La sua testa bagnata di sudore è coperta da minuscoli tagli sanguinanti. Riesco persino a vedere una piccola scheggia che gli è rimasta conficcata nello scalpo pallido.

«Porto fuori la spazzatura.»

«Sembra una di quelle battute di merda dei film.»

Lui fa ruotare la mazza e io lo schivo come un vero e proprio torero, poi con un pugno gli perforo il ventre, appena sotto lo sterno. Il segreto, quando ci si trova a combattere con le spalle al muro, è lacerare un grosso vaso sanguigno dell'avversario, come l'aorta o la vena cava inferiore, con una punta che sia la più piccola possibile. In tal modo diventa impossibile fermare l'emorragia senza aprire ulteriormente la ferita per suturare il vaso, ma questa, per ovvie ragioni, non è una via praticabile.

Mi rendo conto di non aver colpito niente di vitale in Hartman perché non lo vedo barcollare. Un improvviso abbassamento nella pressione sanguigna, dovuto a un'altrettanto improvvisa perdita di sangue, seguita dal rilascio di una vagonata di adrenalina da combattimento, o da fuga, rende il passo barcollante. Le gambe si piegano leggermente, più o meno come quando un ubriaco fa il primo passo per uscire dal bar all'ora di chiusura. Sfortunatamente, Hartman sembra non aver accusato il foro di dieci centimetri che deve avergli quasi spappolato la milza. Questo significa che chi ho davanti è un professionista con un addestramento da pilota di caccia. In altre parole, l'unica persona da cui mi aspetterei una reazione simile alla mia. Ora la mia testa è un turbinio di scenari possibili. Chi cazzo è Hartman davvero?

«Chi cazzo sei?» gli chiedo.

«La domanda giusta è chi cazzo sei tu, stronzo.»

«Sono solo uno stagista» dico con un largo sorriso.

«Immagino che la tua fidanzata me lo dirà se le toglierò la giusta quantità di pelle.»

«Cazzo, non provarci...»

Bam. Mi lancia addosso la mazza, cosicché l'estremità più larga mi colpisce dritto nel diaframma, appena sopra l'ombelico. Resto senza fiato. Bella mossa dopo avermi stordito con una frase che sapeva mi avrebbe colto con la guardia abbassata. È scontato che se io non uccido lui, lui ucciderà Alice. Nel nanosecondo che ci ho messo a vagliare una simile possibilità, lui ha fatto il suo lancio. E sapeva esattamente dove colpirmi per mettermi momentaneamente fuori combattimento. Questo figlio di puttana è in gamba. *Bam!* Colpito. E vado giù. Atterro su un fianco e avverto un dolore acuto alla gamba. Ottimo. Mi sono appena infilzato con la mia stessa arma. Questo non figura nel manuale di combattimento. Prova ad assestarmi il colpo letale, puntando alla tempia – la parte più debole del cranio, nonché sede dell'arteria meningea media, un vaso sanguigno che proprio non vede l'ora di esplodere e provocare un'emorragia cerebrale fatale. Il puro istinto mi spinge a rotolarmi rapidamente di lato, lui mi manca e spezza la mazza facendo sbattere la parte più spessa sul pavimento. Come quella di Jeter, la mazza si spezza in due all'altezza dell'etichetta. Io ne afferro prontamente un pezzo e gli trafiggo il piede con l'estremità aguzza.

«Figlio di puttana.»

Pari pari quel che penso io di lui.

Qualsiasi ferita alla parte alta del piede è straziante. Hartman sarà ben addestrato e tutto il resto, ma anche lui è momentaneamente concentrato sul dolore lancinante che gli sta risalendo come uno sparo la gamba fino all'inguine.

Mi rotolo in cerca di un'arma, ma sento di nuovo il dolore acuto al fianco. Allungo la mano, trovo il grosso pezzo di vetro conficcato nel muscolo, e lo estraggo con uno strattone. Hartman si avventa su di me, portando la lotta sul pavimento – dove finiscono tutti i combattimenti –, io gli ficco il frammento di vetro nello spazio tra le costole, per poi tirarlo fuori rapidamente. Sento il sibilo rivelatore di un accumulo d'aria nel petto – o pneumotorace iperteso – e capisco di avergli perforato il polmone destro. È un duro colpo, anche per un pilota di caccia. Il polmone collassa rapidamente e il cuore si incazza come una scimmia nel tentativo di compensare l'improvvisa perdita di metà del sangue ossigenato del corpo, ormai paralizzato dal panico. Per caso qualcuno sta barcollando?

Si infila il dito nella ferita. Non male. Potrebbe salvargli la vita se non avessi intenzione di ucciderlo comunque. Ma tanto di cappello per aver azzeccato la mossa di pronto soccorso. Gli porto il braccio libero dietro la schiena, lo faccio girare sul petto e gli atterro sulla schiena caricando tutto il mio peso sul ginocchio. Lui lascia qualche dente sul mio pavimento di legno e se ne resta sdraiato lì a lamentarsi. È il lamento della sconfitta, benché si tratti di una sconfitta onorevole. Non lo privo dell'opportunità di lamentarsi del dolore che gli ho appena inflitto.

«Te lo chiederò un'ultima volta. Dimmi chi sei?» gli dico piano.

«Altrimenti *cosa*? Mi uccidi?»

Comincia a ridere, spruzzando sangue sul pavimento. Poi comincio a ridere io. Moriamo entrambi dal ridere, perché i piloti di caccia non parlano quando vengono catturati dietro le linee nemiche. Non dovrei farlo, ma lo sprono comunque, tanto per farmi qualche risata.

«Per chi lavori?»

Un'esplosione di risa da parte di entrambi, seguita da un orrendo attacco di tosse.

«Basta, mi stai uccidendo» latra.

Ora sono quasi tentato di lasciarlo in vita. È chiaro che non è quello stronzo di G.I. Joe con la voce grossa per cui si faceva passare da Bendini. È un professionista. E tutti i professionisti meritano rispetto.

«Bene. Allora come hai fatto a scoprirmi?»

«Questo lo so io, tu dovrai scoprirlo da solo.»

«Cosa sei, un bambino di sette anni?»

«Sei finito in un gioco più grande di te, lo sai? Molto più grande, cazzo.»

«Grazie per la dritta.»

Pensa che fornirmi informazioni non richieste mi distragga tanto da non vedergli togliere le dita dalla ferita al petto e allungare la mano verso una piccola pistola calibro 22 sulla caviglia.

«Vieni, lascia che te la prenda io» gli dico gentilmente.

Prendo la pistola, gli getto un cuscino sulla schiena e sparo due colpi al cuscino. Adoro queste calibro 22. Molto silenziose ed efficienti. Quando poi vedo che usa munizioni simili alle mie, sono felice di non avergli sparato alla testa. Sarebbe stato davvero molto poco rispettoso, tipo quel che avrebbe potuto fare il carnefice di un campo di prigionia cinese. In più non devo ripulire l'uovo rotto di Humpty Dumpty dal mio pavimento in ciliegio. Ad ogni modo, la mia domenica rilassante si è trasformata in una disumana seduta di automedicazione, più un'ordalia di otto ore per – l'avrete già intuito – mettere il cadavere senza faccia e senza dita di Hartman in sei sacchi dell'immondizia e scioglierlo in una vasca di acido solforico in un impianto chimico qualunque del New Jersey.

14

Prenditela con te stesso

Alle nove circa di quella sera, me ne sto seduto in una tavola calda per camionisti fuori da Trenton, a bere caffè e valutare la mia prossima mossa. Tornare al mio appartamento è fuori discussione. Tipi come Hartman non lavorano da soli. E quando la gente con i soldi vuole qualcuno morto, tiene fede all'impegno finché non succede o finisce morta lei stessa. A proposito, non vedo l'ora che la scure si abbatta sul figlio di puttana che ha cercato di farmi secco. Gli verrà un serio mal di testa quando avrò finito con lui, e probabilmente si farà un bagno caldo nella vasca dell'acido, ma senza il privilegio di essere morto.

Tutto questo però dovrà aspettare. Ora devo vedere Bob. Chiamo l'ufficio.

«Cosa c'è, John?»

«Devo rientrare.»

«Quando riesci a essere qui?»

«Tra trenta minuti.»

Riattacca. Rubo una moto a qualche idiota che l'ha lasciata alla pompa di benzina ed è entrato a comprarsi un sacchetto di Corn Nuts. Mentre filo via penso ai vari scenari che potrebbero spiegare il casino in cui mi trovo. Primo scenario:

Bendini è senza dubbio il nostro bersaglio e Hartman è lo scagnozzo che protegge lui e i suoi interessi. In tal caso sono fottuto alla grande perché Hartman sarà anche morto, ma Bendini no, e se vuole farmi il tagliando non dovrà far altro che mandare qualche altro meccanico. Ovviamente, questa è l'ultima delle mie preoccupazioni se l'ipotesi è realistica, perché se sono bruciato, allora Bob dovrà proprio decidersi a un pensionamento anticipato forzato.

Secondo scenario: Bendini è il nostro uomo e Hartman lavora per uno dei suoi clienti. Il cliente piazza un 'idraulico' allo studio per essere sicuro che niente intasi il tubo delle informazioni. Il tipo mi vede e in qualche modo capisce che sono un professionista, così decide di farmi fuori per proteggere gli interessi del suo cliente.

Nello scenario numero uno sono un uomo morto perché il mio stage allo studio è finito e Bob ha l'abitudine di sbarazzarsi di chi non riesce a portare a termine la propria missione. Nello scenario numero due sono fuori pericolo per quel che riguarda Bendini, ma devo guardarmi le spalle ancor più del normale. Immagino che ci sia anche un terzo scenario: Bob mi vuole morto.

Quando arrivo all'ufficio, Bob attizza le fiamme della mia paranoia piazzando cinque o sei gorilla armati fino ai denti alla reception. Dopo che abbiamo passato in rassegna i dettagli cruenti dell'affare Hartman, mostra di essersi accorto della mia crescente sfiducia nei suoi confronti a causa della presenza della squadra di gorilla.

«John, se ti volessi morto ti ucciderei di persona.»

«Tutto il resto sarebbe un insulto.»

«Non ho ancora informazioni utili, quindi dovrai rimanere qui finché non riuscirò a capire come stanno le cose.»

Si volta per andarsene, ma non ha finito.

«Sono curioso, John. Come diavolo pensi che abbia fatto a scoprirti?»

«Non ne ho idea.»

«A volte anche i migliori sbagliano.»

«Seguo il tuo protocollo alla lettera. L'ho sempre fatto.»

Lui mi guarda negli occhi, in cerca di un indizio che gli riveli se sto mentendo.

«Ti prego, Bob, mi hai insegnato tu a mentire.»

«La pancia mi dice che non sei onesto con me, John. Non del tutto.»

«Forse hai bisogno di mangiare qualcosa.»

«Ecco, di nuovo quell'atteggiamento.»

«Vuoi prendertela con me per questo? Continua pure.»

«Okay. Tanto per cominciare, non puoi aver seguito il mio protocollo alla lettera, o non ti avrebbero pedinato senza che tu te ne accorgessi. Secondo, sei stato nello stesso ufficio con un altro professionista per settimane e non hai mai minimamente sospettato di lui. Infine, hai fallito non riuscendo a ricavare da lui alcuna informazione prima di accopparlo. Dunque dimmi, con chi altro dovrei prendermela?»

«Capisco il tuo punto di vista» ammetto.

Fingo di sentirmi umiliato dalla tirata di Bob perché ho un disperato bisogno di dormire. Vanità e orgoglio sono il punto debole di Bob e quando simulate sottomissione a ciò che lui crede esser il proprio intelletto superiore, li innescate entrambi. La cosa riesce a smussargli gli spigoli e a farlo tornare al suo io mentore, quello che mi ha cresciuto dal reclutamento in poi.

«Usa la mia doccia. Ti farò portare del cibo.»

«Non ho fame.»

«Mangerai lo stesso.»

«Okay.»

«Fammi vedere come hai medicato le ferite.»

Mi tolgo la camicia e i pantaloni e gliele mostro: il grosso squarcio sul fianco che mi sono ricucito da solo, diversi tagli più piccoli su cui ho applicato cerotti a farfalla ecc.

«Non mi piace questa sul fianco. Comincia a sembrare infiammata. Gli daremo una ripulita e una cucita. E ti darò della Clindamicina per l'infezione. Giusto per stare tranquilli.»

«Grazie Bob.»

Se avesse un cuore si scioglierebbe.

«E riposati. Ce la caveremo.»

La sensazione di vago calore provocatami da Bob in quel momento sparisce rapidamente quando, dopo aver fatto la doccia e sopportato la riapertura, pulitura e ricucitura della ferita, mi rinchiude in uno degli uffici vuoti lasciando per tutta la notte le truppe d'assalto davanti alla porta. Mi ha detto che sono lì per la mia sicurezza, ma io so cosa ci fanno. La squadra delle pulizie. Se sono bruciato per la faccenda di Bendini, sarò spazzato sotto al tappeto, lo stesso dove Bob mi ha trovato.

15

La testa mi sta per esplodere

Mentre scalo mentalmente i muri del mio ufficio-prigione arredato con gusto, decido di fottermi completamente il cervello con tutte le domande e le implicazioni conseguenti al fatto di aver dovuto far fuori il responsabile degli stage nel mio appartamento. Ora che l'atmosfera si sta chiaramente riscaldando allo studio, con Hartman che ha provato a torcermi la testa e tutto il resto, il mio incarico si fa esponenzialmente più complicato. Ho il fuoco al culo, come mai prima d'ora, e mi brucerò se non mi muovo per evitare ogni possibile complicazione. Più passo mentalmente in rassegna tutto quanto e più mi rendo conto che c'è una cosa che devo fare se voglio uscirne vivo: devo uccidere Alice.

Sono certo che ad alcuni di voi può sembrare una cosa da insensibili. Bene. Per quelli che invece pensano che avrei dovuto farlo non appena ho scoperto che era una federale: avete tutta la mia stima. La sua presenza renderà le cose dieci volte più pericolose per me ora, e sono troppo vicino alla pensione per mandare tutto a puttane e finire stecchito o, peggio ancora, per finire a ingoiare merda in prigione per il resto dei miei giorni.

Presto si verrà a sapere che Hartman è stato trovato morto, ucciso a colpi di pistola dal suo amante omosessuale (il cliché du jour di Bob, non il mio) e Alice fiuterà la fregatura perché – particolare non trascurabile – manca un corpo per verificare la storia. Tutta la faccenda dell'habeas corpus è piuttosto importante per gli agenti dell'FBI. Ho detto a Bob che la nostra linea dovrebbe essere semplicemente che Hartman è scomparso. Le sparizioni sollevano domande, ma nessuna di esse può ricevere una risposta senza un cazzo di corpo. Gettate invece nella mischia un resoconto vero e proprio (al momento non verificabile) e otterrete solo che gente come Alice cercherà di unire i fori dei proiettili per farsi un'idea di chi abbia premuto il grilletto e poi abbia provato a coprire le proprie tracce con una storia che verrebbe rifiutata in tronco anche dagli sceneggiatori della *Signora in giallo*. Elementare, mio caro Watson, è stato fatto fuori dal colonnello Mustard con la sua stessa pistola nel soggiorno Ikea.

La testa mi sta per esplodere. Come hanno fatto le cose a incasinarsi in questo modo? Forse Bob ha ragione. Forse sto sbagliando. Poi mi torna in mente la scena di *Blade Runner* in cui Roy Batty si infila un chiodo nella mano per assicurarsi di essere ancora in vita. Talvolta il dolore porta lucidità e ci ricorda che respiriamo ancora. Prendo un tagliacarte dalla scrivania di Bob e me lo infilo nella ferita suturata. Ho così tanta voglia di gridare che devo trattenere il fiato. Ogni parte di me vuole fuggire da questa sensazione, evitarla ad ogni costo. Proprio come voglio scappare di fronte all'ipotesi di dover uccidere Alice, perché so che, anche se la cosa mi salverà il culo, finirà per distruggermi. Il dolore mi aiuta a concentrarmi e mi fa dimenticare il mondo esterno. Mi ricorda che sono solo e lo sono sempre stato. Mi costringe a focalizzarmi su quello che devo fare, su ciò per cui sono nato.

Regola #8: Saltate

Oltre a un innato istinto di sopravvivenza – che è una cosa

specificamente animale –, quando nasciamo abbiamo anche un forte attaccamento emotivo alla vita, che è specificamente umano. Quest'ultimo è una cosa che dovrete assolutamente eliminare da voi stessi, con la stessa perizia con cui un chirurgo recide un tumore.

Quando incontrai per la prima volta Bob avevo, come vi ho già detto, dodici anni. Ero rinchiuso nel carcere minorile di Tracy, nella California del Nord, uno dei peggiori del Paese. Ero dentro perché avevo ucciso i miei genitori adottivi, a San Francisco. Finii in casa loro a otto anni, dopo che il loro figlio biologico era morto a sette per una malattia che non mi rivelarono mai.

Sembrava un bel posto. La mia prima impressione fu quella di una coppia di vecchi hippie tristi cui serviva solo un esserino caldo con cui riempire il vuoto. E invece si ritrovarono con un rettile. Ma non si curarono affatto della mia totale disconnessione emotiva. Questo perché non erano minimamente ciò che sembravano. Gestivano uno dei più grossi giri di eroina della costa occidentale. Ecco perché, in omaggio a uno dei miei film preferiti, li chiamerò Mickey e Mallory. Il figlio morto era il loro mulo e consegnava palloncini in tutta la città. Immaginate di mandare un bambino di sette anni a Tenderloin, a consegnare mezzo chilo di palloncini in una pensione da quattro soldi piena di troie sdentate e malviventi. Non morì per una malattia. Si beccò una pallottola quando i narcos assaltarono la bettola. Mickey e Mallory, restando fedeli alle loro anime di merda di gallina, non reclamarono mai il corpo, e il sangue del loro stesso sangue fu sepolto come un qualsiasi 'nessuno', insieme a tutti gli altri rifiuti umani in un cimitero per avanzi di galera.

Quando divenni loro servo debitore nonché mulo sostitutivo, venni a sapere la storia da uno dei criminali che rifornivo. Il suo nome di strada era Indio, il termine spagnolo per 'indiano'. Un tipo a posto. A posto con me, almeno. Le sette lacrime tatuate agli angoli degli occhi stavano però a indicare che non andava molto d'accordo con gli altri. Di solito mi dava di nascosto un extra per il cibo, perché sapeva che i miei 'genitori' non lo facevano e contavano ogni singolo centesimo che portavo a casa dai miei 'giri'.

Mickey e Mallory tuttavia non erano gli arnesi più affilati dell'officina. Tanto per cominciare, si misero a tagliare l'eroina con un sacco di altre schifezze per incrementare i profitti – anche se sapevo che mettevano insieme circa 25.000 dollari in contanti alla settimana. Ah, l'avidità. Che sia la rovina di ogni singolo criminale, come si vede nei film, è assolutamente vero. E guai a Mickey e Mallory se avessero fatto qualcosa di diverso dall'adattarsi in tutto e per tutto al cliché.

Indio fu il primo a dirmi che sapeva cosa stessero facendo e che avevano i giorni contati. In due settimane due dei suoi 'clienti' erano morti per via di qualche merdata tossica che Mickey e Mallory avevano mescolato con l'eroina. La maggior parte dei trafficanti più avidi erano almeno abbastanza scaltri da usare qualcosa di non tossico perché, come era solito dire Indio, 'i morti non pagano'. In più, se comincia a girare la voce che sei tu a vendere l'ultimo viaggio, lo spacciatore in fondo all'isolato si vede arrivare un bel fiume di nuove entrate.

Vidi la cosa come un'opportunità. Quegli stronzi del cazzo stavano usandomi e abusandomi, ma ormai, anche se avevo otto anni, avevo finito di farmi coprire di merda da qualcun altro. Tutta la frustrazione e la rabbia repressa, che avevano continuato a montare dentro di me da quando le mie facoltà cognitive erano abbastanza sviluppate da rendersi conto di quanto incasinata fosse la mia vita, stavano giungendo al limite. Combinate ciò con il mio odio per Mickey e Mallory – soprattutto per ciò che i due crudeli figli di puttana avevano fatto al figlio: la mia mente batteva il metallo incandescente per dargli la forma della lancia che avrei infilato loro su per il culo.

Decisi che li avrei uccisi.

L'omicidio, già prima di lavorare per la RU s.r.l., è comune tra noi e senz'altro non sono il primo della nostra razza ad aver fatto fuori i suoi mostri adottivi. Voi sapete chi siete. Cazzo, sto praticamente raccontando la storia di alcuni di voi in questo momento. Diciamo che far secchi quegli sfigati è un po' la droga di passaggio. Almeno lo è stato per me. Me lo sentivo proprio duro quando cominciai a pianificare l'intera storia. In effetti, tanto per non perdere di vista il nostro attuale lavoro, avrei fatto in modo che l'assassino sembrasse uno degli spacciatori inculati da Mickey e Mallory.

Così parlai con Indio. Riconosco che non fu una mossa scaltra. Prima regola dell'omicidio: non ditelo a nessuno. Seconda regola: fate da soli. Ma, ehi, avevo otto anni, per cui non state lì a giudicarmi. In ogni caso si rivelò una mossa tattica assolutamente azzeccata. Indio mi fu di notevole aiuto. Facemmo un patto. Lui mi avrebbe fornito le armi e mi avrebbe offerto tutto il supporto di cui avevo bisogno, in cambio avrebbe avuto accesso alla scorta di eroina di Mickey e Mallory e a tutto ciò su cui sarebbe riuscito a mettere le mani una volta che loro non ci fossero più stati. Ci stringemmo la mano. Mi insegnò persino il saluto segreto del suo gruppo, i Vatos della Dodicesima strada. Da quel momento ero uno di famiglia.

Ci mettemmo in moto immediatamente. Indio è, di fatto, il primo ad avermi insegnato a non aspettare mai troppo prima di mettere in pratica un piano, perché quando la tua testa comincia ad andare su di giri e a tirare fuori un sacco di ripensamenti del cazzo, finisce che a morire è proprio il tuo piano. Ad ogni modo, lui mi fornì il profilo perfetto per far sembrare tutto una vendetta. Mi descrisse nei minimi dettagli la sua concorrenza: Hollow Pete, un Crip di Oakland. Indio aveva sentito Pete bullarsi e sparare stronzate al suo angolo su come avrebbe fatto fuori Mickey e Mallory ficcando loro il suo ferro dritto in bocca per aver tagliato la sua merda con... be', con altra merda. Così Pete fornì il movente da rifilare all'opinione pubblica. Ora non mi restava altro da fare che l'omicidio in sé. Indio mi disse che Pete aveva un suo modo di firmare gli omicidi e la polizia lo avrebbe rapidamente collegato con i nostri assassinii se lo avessimo replicato. Incaricò un suo ragazzo, Diablito, di darmi man forte. Diablito era uno psicopatico di un metro e sessanta con un tatuaggio di Gesù con la corona di spine proprio in faccia. Non vi sto dicendo stronzate, quando chiudeva gli occhi aveva gli occhi di Gesù tatuati sulle palpebre, con la tipica espressione di dolore e struggimento.

Decidemmo di darci un taglio un venerdì sera, perché era quello il momento in cui a Mickey e Mallory piaceva farsi vagonate di acido e scopare sul loro materasso ad acqua in stile anni Settanta. Sarebbero rimasti lì per ore a sciabordare e fare rumori da zoo, mentre io me ne stavo seduto nel soggiorno, a guardare la tv e a mangiare la mia cena – manciate di cereali secchi presi direttamente dalla scatola. Cominciai a diventare nervoso quando si avvicinava la mezzanotte e non c'era ancora traccia di Diablito. Poi il cercapersone che Indio mi aveva dato si mise a vibrarmi in tasca e aprii silenziosamente la porta di casa. Diablito entrò. Sembrava il diavolo in persona, vestito completamente di nero con i guanti neri. Per un momento mi lasciai prendere dal panico e pensai che ci avrebbe uccisi tutti quanti per prendersi la droga. Sarebbe stata la cosa più semplice da fare. Ma lui riconobbe la paura nei miei occhi e sorrise. Mi salutò con il saluto dei Vatos e mi strizzò l'occhio: io mi ritrovai davanti il suo volto con un occhio di Diablito e l'altro di Gesù. Mai sentito parlare di dissociazione? Andatevela a cercare.

«*Tranquilo, mi hermanito*» mi sussurrò.

Avanzò furtivamente fino alla camera da letto mentre io me ne stavo lì con una scatola di Lucky Charms nella mano ridotta a un artiglio. Poi sentii Mickey...

«Ma che cazzo...?»

Non gridarono né niente. Di certo dovettero pensare che

Diablito fosse parte del loro viaggio sotto acidi. In fin dei conti a vederlo sembrava un incrocio tra Gesù Cristo e un teppista. Quel che accadde dopo è piuttosto confuso. Ricordo di essermene rimasto lì in piedi per lungo tempo, di aver sentito dei grugniti smorzati, poi il rumore degli strappi di grossi pezzi di nastro isolante. Dopo quella che mi parve un'eternità, in piedi, impietrito per la paura e con una televendita con Zamfir, maestro del flauto di Pan, come colonna sonora, Diablito riemerse dalla camera da letto. Sorrideva come uno degli elfi di Babbo Natale, e saltellava sui tacchi, tutto allegro, da una parte all'altra. Aveva schizzi di sangue sulla maglietta e sul viso, il che rendeva la sua allegria ancor più disturbante.

«Sono pronti per te, *hermanito*.»

Mi guidò nella loro camera da letto, un posto in cui normalmente non mi era permesso entrare. Erano entrambi legati a una sedia con del nastro isolante, schiena contro schiena. In bocca avevano dei calzini insanguinati, a loro volta sigillati con lo stesso nastro isolante. Mickey aveva uno squarcio sulla parte alta della fronte – probabilmente era da lì che veniva il sangue che ricopriva Diablito. Mallory sembrava solo parzialmente cosciente e i suoi occhi percorrevano selvaggiamente il soffitto, come quelli di un deficiente che aspetta che gli alieni gli rendano qualsiasi cosa abbiano trovato in fondo al suo buco del culo l'ultima volta che ci sono stati.

Sul pavimento accanto al letto c'era un'enorme valigia *traboccante* di chili di eroina. Diablito mi vide che la fissavo e ci fece un breve balletto intorno. Sembrava un folletto messicano psicotico.

«Lo vedi questo, *hermanito*? Questo è il futuro! Con questo ci *prenderemo* questa città del cazzo e tutti i tossici che ci stanno dentro. Ed è tutto merito tuo. I Vatos della Dodicesima strada si tatueranno la tua faccia sulle braccia e parleranno di te davanti a una bottiglia di liquore nella luce fioca del mattino, fissando i cadaveri dei loro nemici.»

Poi sputò in faccia a Mickey e Mallory.

«E a te, *hermanito*, lascio questi due gringo hippie di merda. Hanno fatto di te la loro puttana, il loro schiavo del cazzo. Spacciare merda per loro a otto anni? Mi stai prendendo per il culo, cazzo? Io mi sono perso la mia verginità del cazzo a quattordici anni. Quando ne avevo otto giocavo a calcio, mangiavo mango piccante e correvo nelle notti d'estate fino a restare senza fiato... Ero innocente. Ma tu... La tua innocenza ti è stata tolta da questi animali. E come se non bastasse, hanno ucciso il sangue del loro stesso sangue. Sangue che dovremo vendicare con il loro.»

Diablito stava piangendo ora, le sue lacrime raccoglievano il sangue che aveva sul viso diventando rosse. Gocce cremisi gli punteggiavano la maglietta e macchiavano il pavimento. Mi abbracciò, e per la prima volta provai ciò che immaginai potesse essere amore. Mi fece sentire la mancanza di tutto ciò che non avevo mai avuto.

In quel momento decisi che avrei trovato i miei veri genitori, un giorno. Li avrei trovati e avrei saputo chi ero. Guardai Mickey e Mallory, pensai al figlio morto e lo invidiai. Nel bene o nel male, lui sapeva da dove veniva. Poteva anche essere stato allevato da quegli animali, ma non aveva domande, le domande che affliggono gli orfani e ci spingono a cercare risposte anche se conoscerle potrebbe annientarci.

«E ora, per il dolore che ti hanno fatto provare loro e tutti i figli di puttana come loro, cazzo, stai per fare la migliore esperienza che la vita abbia da offrire: la vendetta. È meglio del sesso, fratello.»

Indicò Mickey e Mallory. Loro mi guardarono come stupidi animali terrorizzati, in fila al mattatoio.

«Che devo fare?» sentii dire alla mia voce da bambino da un'altra galassia.

«A Hollow Pete piace insaccarli. Ha il braccino corto e gli dispiace sprecare proiettili. Non è una bella cosa da fare, ma questi figli di puttana comunque se lo sono meritato.»

Mi porse due spessi sacchi di plastica e un rotolo di nastro isolante. Io me ne stavo lì e mi sentivo come se il peso di quel momento stesse per abbattersi sul mio piccolo corpo come su un insetto. Quella fu la mia prima esperienza di dissociazione. Comprendevo perfettamente la situazione, eppure, allo stesso tempo, mi pareva che essa mi disorientasse oltremodo. Sapevo che ucciderli significava giustizia, libertà e una gigantesca catarsi per tutte le cose che mi avevano fatto. Anche solo la metà di esse era una ragione sufficiente. A dispetto della mia sete di sangue e mancanza di empatia, però, in fondo a me c'era ancora un briciolo di innocenza che voleva scappare da lì quanto più rapidamente potessero farlo le mie gambe.

Avrete sentito parlare di sopravvissuti a tentativi di suicidio che dopo essere saltati dal ponte, mentre precipitano verso le acque sottostanti, cominciano ad avere qualche ripensamento sulla morte. A me è andata proprio così. Ero saltato. Stavo cadendo. Ma i miei ripensamenti non erano dovuti al fatto che non volessi andare fino in fondo e ucciderli. Li avevo perché lo volevo. Fino a quel giorno non mi ero mai sentito così desideroso di fare qualcosa. E questo mi faceva cagare addosso dalla paura. Volevo macchiarmi le mani con il loro sangue, eppure, per qualche motivo, sapevo che sarebbe stato anche il mio. Quel che restava del bambino cui piaceva guardare l'alce Bullwinkle, correre dietro al camioncino del gelato, o che desiderava solo una vita normale, sarebbe morto per sempre. E io ne sarei stato l'assassino.

Così, feci come avrebbe fatto ogni bambino di otto anni di fronte a uno sconvolgente dilemma morale: restai impietrito come un cervo davanti ai fari di un'auto. Mentre me ne stavo lì, in preda ai brividi di paura e con ogni muscolo teso sul punto di esplodere, Diablito provò a dissuadermi.

«*Hermanito*. Forse non sei pronto, fratello. Vai nell'altra stanza. Me ne occupo io.»

Provò a riprendersi i sacchi e il nastro isolante. Poi, come un uomo che cade dal ponte, colpii l'acqua a centonovanta chilometri orari.

«No.»

«Credi di farcela?»

«Sì.»

«Vai avanti. Ti guardo le spalle.»

Mentre camminavo verso di loro sentivo la rabbia nera addensarsi dietro gli occhi. Mickey mi guardava inorridito mentre alzavo il sacco. Lottò per la propria vita, cercando con tutto sé stesso di staccarsi da quella sedia. Quando gli coprii la testa richiamai alla mente tutti i brutti ricordi delle cose che mi aveva fatto. E fu come spruzzare gas su un fuoco. Un attimo dopo mi ritrovai a stringergli il nastro isolante intorno al collo. Poi feci lo stesso con Mallory. Mentre loro si affannavano a respirare, soffocando in agonia, Diablito mi toccò la spalla.

«*Vámonos*» mi sussurrò.

«No. Aspetta.»

Volevo assicurarmi che morissero. Così rimasi a guardare i loro ultimi respiri fino a vedere i loro corpi ammosciarsi. Da qualche parte, in lontananza, sentii piangere un bambino. Per molto tempo pensai si trattasse di qualcuno negli appartamenti vicini, ma ora so che ero io. Non avrei più provato alcuna emozione. Mai più.

Mi voltai verso Diablito, con un cenno gli dissi che ero pronto. Ce ne andammo. Un paio di settimane più tardi la polizia mi raccolse mentre uscivo dalla bettola in cui mi nascondevo. Uno dei vicini aveva visto me e Diablito andarcene dall'appartamento la notte dell'omicidio. Dal momento che ci vivevo, avevano confrontato le impronte sui pochi giocattoli che avevo rubato e nascosto sotto al mio letto con quelle sui sacchetti di plastica: era scontato, ma la polizia e il procuratore distrettuale non volevano accettare il fatto che un bambino di otto anni avesse commesso un delitto tanto atroce. Volevano addossare tutto a Diablito e mi offrirono di ridurre le accuse a mio carico, da omicidio di primo grado a omicidio colposo, se lo avessi venduto. Ma sono orgoglioso di dire che non l'ho mai fatto. Non per via di qualche codice d'onore, ma perché volevo prendermi la piena responsabilità delle mie azioni. Era l'unica cosa che avessi mai fatto – questo sentivo – che avesse lasciato il mio segno nel mondo, e in nessun modo vi avrei rinunciato. Così mi spedirono al carcere minorile e gettarono via la chiave.

Ci rimasi per tre anni e mezzo, finché Bob non venne a farmi visita nel giorno del mio dodicesimo compleanno. La nostra conversazione fu breve e deliziosa. Bob sarebbe divenuto il mio tutore e mi avrebbe fatto entrare in un programma speciale per 'bambini dotati'. Oppure sarei potuto restare lì fino al compimento dei diciotto anni, dopodiché mi avrebbero trasferito alla prigione di Folsom, dove sarei rimasto, molto probabilmente, per il resto della mia vita. Quando Bob mi spiegò cosa avrei fatto, la cosa non mi sconvolse minimamente. Perché ero spiacevolmente intorpidito. Non avevo alcun attaccamento emotivo alla vita. È per questo che sono qui oggi e Alice è un gradevole promemoria del fatto che essere attaccati a qualcuno equivale alla morte della purezza per gente come noi. Ce ne stiamo nel nostro Eden senza luce e il serpente non ci offre il frutto dell'Albero della Conoscenza. Ci offre l'amore. Ma se mordete la mela, vi mettete sul cammino di Abele, mentre è chiaro che questa è la terra di Caino.

Quella notte sogno Eva. Entro nella sua stanza. È buio, ma la sento ridere nel suo letto. Mi dice di togliermi i vestiti e di raggiungerla. Lo faccio. Sorrido, felice di scoprire che in realtà è viva. Le dico che pensavo fosse morta e lei ridacchia di nuovo.

«Vieni qui, stupidino.»

Entro nel letto. Lei mi tiene le mani continuando a ridere. Sento il rumore della sirena di un'auto della polizia, fuori. Quando si ferma sgommando davanti al palazzo di Eva, le luci lampeggianti inondano la stanza di colori accesi – come un distributore di gomme psichedelico. Mi avvicino per baciarla e le luci le corrono sul viso. È un cadavere in decomposizione. Ride vedendo il mio sguardo carico di orrore.

«Non hai voglia di baciarmi, John?»

I suoi occhi sono completamente neri. Mi viene incontro e io cerco di urlare ma dalla mia bocca non esce niente.

«Tanti saluti da tua madre.»

Mi sveglio. Sono le cinque del mattino. Bob è seduto su una sedia di fronte a me.

«Hai la faccia di uno di quei cani che sognano di rincorrere qualcosa. Le tue mani si muovevano come zampe che scavano la terra. Com'era l'incubo?»

«Sempre lo stesso. Cadaveri in decomposizione che mi perseguitano dalla tomba.»

«Qualcuno che conosco?»

La domanda è così carica che se fosse una pistola avrebbe spazzato via metà del mio cranio. Lo fisso tenendo sotto controllo il mio sguardo, ma la bile e l'odio mi montano in gola facendomi tossire.

«Ti preoccupi troppo» mi dice Bob sorridendo.

«Che si dice di Hartman?»

«Ho una buona notizia e una buona notizia. La buona notizia è che abbiamo la conferma: Bendini è il nostro bersaglio. L'altra buona notizia è che pare che Hartman non lavorasse direttamente per Bendini.»

«Un cliente?»

«Sembra di sì.»

«E che ne pensi?»

«Io me la bevo. Ho avuto l'informazione da una fonte sicura – il vero amante omosessuale di Hartman.»

«Pensavo fosse solo parte della tua notizia da copertina.»

«Lo era. Ma è la verità. La mia fortuna sfacciata. Il tipo ci ha detto che Hartman era collegato a una famiglia mafiosa nel

Nord dello Stato. Hanno pagato un tizio affinché lo piazzasse lì, poi, dopo che Hartman è stato assunto, lo hanno fatto fuori. Immagino volessero tenere sott'occhio la loro gallina dalle uova d'oro e non si fidassero granché della gente di Bendini.»

«Questo spiega il fatto che fosse un professionista.»

«Già. Immagino che fosse una specie di appaltatore militare prima. Di quelli che sparano alle teste con il turbante che si avvicinano troppo ai pozzi di petrolio e cose simili. L'idiota, probabilmente, non si è reso conto di chi avesse davanti quando ha incontrato te.»

«La paranoia di Bendini sarà ai massimi storici ora» rifletto, sollevato all'idea che lo spin-off del cazzo di un qualche romanzo di Mickey Spillane sia finito e che possa finalmente concentrarmi sul mio vero lavoro.

«È per questo che abbiamo deciso di affrontare la cosa in maniera adeguata.»

«Cosa vuoi far sapere in giro?»

«Omicidio-suicidio» dice Bob con orgoglio. «Un omosessuale non dichiarato e sposato fa fuori Hartman perché ha paura. Hartman lo aveva minacciato di rivelare tutto, per costringerlo a dargli i soldi e tutto il resto.»

«Ma quando vede Hartman morto è troppo per lui. Così ingolla la pistola, perché ingollare in fondo è ciò che lo ha messo nei casini fin dall'inizio. Due cowboy morti rotolano giù da *Brokeback Mountain*. I poliziotti non vedono l'ora di toglierseli dai piedi» dico con fare assente. «Mi sembra che fili.»

«Altroché. Bendini se la berrà. È impossibile che non lo faccia.»

«Allora, come credi che mi abbia scoperto?» Riporto l'attenzione sul convitato di pietra.

«Era un professionista. Ce ne vuole uno per riconoscerne un altro.»

«E ora?» domando molto gentilmente.

«Proprio in questo momento stiamo preparando la scenografia per la tua esecuzione. Potrai ricominciare a occuparti degli affari entro un paio di giorni. Sei pronto per uno spettacolo da vecchio West?»

«Non vedo l'ora di far tintinnare i miei speroni.»

Quando esco nel sole mattutino, il piacevole tepore della mia momentanea tregua viene rapidamente spazzato via dalla consapevolezza di ciò che devo fare di Alice. Non voglio farlo, ma funziona così tra gli insetti: uno di noi, alla fine, dovrà farsi divorare perché sia ripristinato l'ordine. Potrà anche non avere sospetti sulla morte di Hartman, ma prima o poi qualcosa le farà fiutare il mio odore e Bob finirà per ucciderci entrambi. Così, più tardi, quello stesso giorno, chiamo Alice e le dico che voglio cenare con lei il venerdì sera. Solo noi due. Le dico che mi è mancata e che ho davvero bisogno di trascorrere un po' di tempo solo con lei. Riesco quasi a sentire il calore delle sue guance arrossate. Sento l'eccitazione nella sua voce. È innamorata di me e pensa che io sia innamorato di lei. Si fida di me. E io le toglierò la vita.

Dipartimento di Giustizia degli Stati Uniti
Federal Bureau of Investigation
Washington, D.C. 20535

TUTTE LE INFORMAZIONI CONTENUTE SONO RISERVATE
TRASCRIZIONE DI SORVEGLIANZA: REGISTRAZIONE AUDIO – MICROFONO LASER A INFRAROSSI (150 M)

Luogo: Alice (xxx), residenza/camera da letto, East Village, Manhattan.
Soggetti: John Lago e Alice (xxx)

Qualcuno bussa alla porta. Rumore di Alice che gira la chiave e apre la porta, la catenella resta agganciata.
Alice: Chi è?!
Lago: John.
Alice: Parola d'ordine?
Lago è senza fiato, la voce sembra agitata.
Lago: Fammi entrare e basta, che ne dici?
Alice: Non finché non ti togli quell'espressione accigliata.
Rumore della porta che viene spinta e della catenella che si spezza.
Alice: John, ma che diavolo stai facendo?!
Diverse persone non identificate gridano 'sorpresa!'
Lago: Ma che cazzo...?!
Alice: Buon compleanno figlio di puttana fuori di testa!
Lago: Come fai a sapere che è il mio...
La risposta di Alice è incomprensibile. Le voci intorno a lei si fanno più forti. Augurano a Lago un buon compleanno.
Alice: Risorse umane.
Lago: Cosa hai detto?

Alice: Le Risorse umane mi hanno detto del tuo compleanno!
Lago: Credo che mi serva un drink.
Alice: il signor Lunastorta è pronto per farsi festeggiare! Qualcuno porti a quest'uomo una bevanda da adulti, prima che ci ammazzi tutti quanti!
Kate, una donna sconosciuta, si avvicina a Lago.
Kate: Ehi, ne vuoi un po'?
Lago: Sicuro.
Lago tossisce per diversi secondi.
Lago: Wow. Grazie.
Kate: È Indica.
Lago: L'avevo riconosciuto dalla botta.
Kate: Stai bene? Quella sì che era un'entrata.
Lago: Giornata pesante in ufficio.
Kate: Allora, che fai?
Lago: Non sei un avvocato anche tu?
Kate: No, mio marito è un avvocato dello studio. Kate.
Lago: John.
Kate: Tu non sei avvocato, vero?
Lago: Perché me lo chiedi così?
Kate: Senza offesa. È solo che dall'aspetto non sembri un avvocato.
Lago: E cosa sembro?
Kate: Lascia perdere. Non voglio dire qualcosa di cui potrei pentirmi. Mio marito dice che lo faccio di continuo. Sono un'artista e non riesco a tenere la bocca chiusa se devo fare un'osservazione. È incontrollabile, a dire il vero.
Lago: Voglio saperlo. Non te ne pentirai.
Kate: Vedi, questo non mi sembra affatto un comportamento da avvocato. Gli avvocati non hanno palle. Già. Penso che tu sia un uomo pericoloso.
Lago ride.
Lago: Sono uno stagista dello studio. Cosa c'è di pericoloso?
Kate: Aspetta. Sei uno stagista, quindi... scusa se te lo chiedo, ma ti pagano o lavori gratis?
Lago: Lo faccio per spirito sportivo.
Kate: Porca troia. Lavori gratis.
Lago: Per ora, sì.
Kate: È pericoloso a Manhattan.
Lago: Già, sto facendo fuori tutti i miei risparmi.
Due ore di intervallo nella registrazione. Interferenza sulla radiofrequenza.

I soggetti Lago e Alice si sono spostati sul tetto.

Alice: Sei così silenzioso.

Lago: Dev'essere l'erba. Mi ha fatto pensare troppo. La odio.

Alice: A cosa hai pensato?

Lago: Ho passato una bella serata stasera, ma mi sento... strano.

Alice: Mi dispiace di averti fatto una sorpresa. Certe persone non lo sopportano.

Lago: No, non è questo. La cosa divertente è che avevo completamente dimenticato che fosse il mio compleanno.

Alice: E come si fa a dimenticarsi del proprio compleanno?

Lago: Da bambino non è mai stato un giorno speciale. Nessuno ha mai fatto niente di simile per me.

Alice: Nessuno ti ha mai organizzato una festa di compleanno?

Lago: No.

Alice: Sul serio?

Lago: Già.

Alice: Ma è orribile. Povera stellina.

Lago: Non cerco compassione. Voglio solo che tu capisca che tutta questa faccenda con te è difficile.

Alice: Lo so. Sembrava volessi strangolarmi quando ti ho visto sulla porta.

Lago: Scusami... ancora.

Alice: Cosa avevi?

Lago: Ero proprio... arrabbiato.

Alice: È successo qualcosa al lavoro?

Lago: Già. Comincio a sentire la pressione, immagino. Solo una giornata di merda.

Alice: Che poi si è rivelata fantastica.

Lago: Già.

Lunga pausa.

Alice: Ehi, lo vuoi il tuo regalo?

Lago: Sicuro.

Alice: Okay, ma prima devi rispondere a una domanda. Ti va?

Lago: Penso di...

Alice: Bene. Se tu potessi trovare tuo padre, lo faresti?

Lago: E cosa c'entra questo con...?

Alice: Rispondi alla domanda. Lo capirai tra un minuto.

Lago: Voglio trovarlo più di ogni altra cosa. Se è per fargli sputar sangue, perché è stato un figlio di puttana e mi ha abbandonato, bene. Se è per conoscerlo perché è un tipo a posto, perfetto. Ma se anche riuscissi solo a sapere qualcosa di lui, sarei comunque felice. Semplicemente ho bisogno di sapere da dove vengo. Nel bene o nel male. Solo allora, forse, potrò lasciarmi tutto alle spalle e proseguire con la mia vita.

Alice: Ti aiuterò a trovarlo.

Lago: E come?

Alice: Ho un contatto nella Chiesa mormone. Sono esperti nell'aiutare i bambini adottati a rintracciare i genitori biologici. È una specie di missione religiosa per loro. Credono che sia importante per le persone mantenere un legame di sangue, in qualunque modo possibile. Si chiama Dorothy e vuole incontrarti.

Lago: Wow.

Alice: Bel regalo, vero?

Lago: Bellissimo. Grazie, Alice.

Alice: Bene. Organizzerò l'incontro. Ora torniamo alla festa. Credo sia giunta l'ora della tirata d'orecchie.

Lago: Perché sei così carina con me Alice ?

Alice: Non lo sai?

Lago: No.

Alice: Perché ti amo, sciocchino.

– FINE DELLA TRASCRIZIONE –

16

Operazione APPPPQCUS

Sabato mattina. Seduto nel mio nuovo appartamento. È un buco merdoso. Bob si è voluto vendicare di me per aver fatto saltare la copertura di quello precedente. Sono appena tornato da casa di Alice. Non l'ho uccisa. Ero assolutamente pronto per farlo. Ci sono dei casi di omicidio irrisolti nel suo vicinato – per lo più giovani donne. Avevo intenzione di seguire lo stesso schema: strangolamento, un rosario in bocca alla vittima e qualche verso dell'Antico Testamento relativo a prostitute scritto con il rossetto sullo specchio. Piuttosto elaborato, ma in fin dei conti stiamo parlando di un serial killer – una vittima del delirio di onnipotenza sessualmente trasmesso. Non vi è niente di più spregevole di una testa di cazzo disturbata e pervertita che uccide le persone senza un motivo.

In effetti è stato riflettendo sulla faccenda del serial killer che ho deciso di non farlo. In fin dei conti, Alice non è il mio obiettivo e io non uccido persone che non siano il mio bersaglio. Bob non ha problemi al riguardo: danni collaterali e tutto il resto. Io sì. È sempre stato così. Alice sarà anche un agente federale, ma al momento non è altro che una comparsa e non mi sta puntando addosso una pistola. Non fraintendetemi. Probabilmente sto correndo il rischio più grosso di tutta la mia carriera e sto mettendo a repentaglio la mia vita permettendole di continuare a respirare. Immagino la cosa possa servire a dimostrarvi che persino un rettile come me deve avere dei principi.

In più sono a un passo dalla conclusione e lei non può assolutamente interferire. A dire il vero dovrei piuttosto ringraziarla. Mentre andavo al suo appartamento, stavo pensando a uno dei miei film preferiti, *Scarface* e mi è venuto in mente che potrei far fuori Bendini proprio nello stesso modo in cui viene ucciso Tony Montana alla fine del film – un assalto in pieno stile cartello, il cui scopo è far vedere chi ha davvero i coglioni.

Così, dopo che si è addormentata, tutto merito dell'Ambien e di un paio di litri di champagne, ho avviato un nuovo programma fornitomi dalla mafia russa per crackare la password e ho dato una lunga occhiata ai dossier sul suo computer. Ero in cerca soprattutto dei rapporti di sorveglianza della casa di Bendini. Grazie all'FBI ora sono in possesso delle planimetrie dettagliate di casa sua e dei terreni annessi, insieme ai dati completi dei suoi sistemi di sicurezza e del personale di guardia.

So persino quanti cani ha e di che razza sono. Se sapessi di più su come si muove Bendini, non potrei che essere Bendini in persona. Conoscendo tutti questi dettagli posso colpirlo in stile cartello e restare comunque all'interno del programma.

L'ho detto a Bob e lui mi ha dato la sua benedizione. Di fatto, gli piace l'idea perché i suoi clienti cominciano a essere estremamente nervosi. E quando quel genere di clienti si innervosisce, corri il rischio di essere fatto secco tu. Quindi io la chiamo operazione APPPQCUS – Al Più Presto Possibile Per Quanto Cazzo Umano Sia – e sono già nel pieno dei preparativi. È un piacere mettere a punto il colpo perché ho bisogno di sgomberare la mente e tenere lo sguardo fisso sul premio. Tutta questa merda sarà un ricordo lontano quando me ne starò in Brasile a farmi fare una faccia nuova – preferibilmente una che somigli al Clint Eastwood del 1968, se trovo il chirurgo giusto. Prima, però, devo trovare il modo di far fuori una decina di guardie armate – la maggior parte delle quali ha un passato nei Navy SEAL e nelle operazioni delle forze speciali –, superare quello che è certamente un sistema di sicurezza più adatto a una banca e far secco quel figlio di puttana prima che sorga il sole. Dettagli.

Dipartimento di Giustizia degli Stati Uniti
Federal Bureau of Investigation
Washington, D.C. 20535

TUTTE LE INFORMAZIONI CONTENUTE SONO RISERVATE
TRASCRIZIONE DI SORVEGLIANZA: REGISTRAZIONE AUDIO –
MICROFONO MOBILE A RIFLETTORE PARABOLICO

Luogo: Laurel Place Restaurant, Cobble Hill, Brooklyn
Soggetti: John Lago, Alice (xxx) e Dorothy (xxx)

Lago: È un piacere conoscerti, Dorothy.
Dorothy: Piacere mio, John. Ho sentito molto parlare di te.
Lago: Tutte cose brutte, giusto, Dorothy?
Dorothy: Voi due siete una così bella coppia. Forse dovreste pensare a... be', sapete, al matrimonio. Farvi una famiglia...?
Lago: Non si dice che gli avvocati non dovrebbero avere figli?
Dorothy: Oh, John, sei proprio uno spasso.
Alice: Già, John, uno spasso.
Lago: Sono qui per voi, godetevi la serata.
Dorothy: Okay, bene, parliamo di ciò che ho trovato facendo ricerche sul tuo albero genealogico, John.
Lago: Ti chiedo scusa in anticipo per esserti dovuta sottoporre a un tale tormento.
Dorothy: Nessun problema. Siamo tutti amati allo stesso modo dal Signore, non importa cosa ci sia nel nostro passato. A proposito del quale...
Rumore di fogli.
Dorothy: Non voglio darti false speranze, ma sono riuscita a trovare una potenziale pista basandomi sui tuoi documenti di nasci-

ta. Ovviamente tua madre è morta prima di poterti dare un nome. Quindi è logico pensare che tu sia stato registrato tra i bambini senza nome. E dato che sappiamo che sei nato prematuro, dovresti essertene rimasto nel reparto di terapia intensiva neonatale per diverse settimane. Così ho cercato tra bambini nati all'incirca nel periodo in cui sei nato tu e che rispondono a simili criteri. Fortunatamente in quel periodo c'era un solo bambino maschio nato prematuro e orfano. Ho pensato che si trattasse di te, così ho usato le informazioni ricavate per rintracciare la persona che credo fosse tua madre.

Lago: Porca troia.

Dorothy: Vuoi sapere il suo nome?

Lago: Non ne sono... oh... non ne sono sicuro.

Alice: John, volevi sapere da dove venivi. Lei ha a che fare con questo.

Lago: Okay.

Dorothy: Il suo nome era Penny (xxx).

Lago: Un penny falso non arriva mai lontano.

Lago ride.

Lago: Scusate.

Dorothy: Aveva solo ventitré anni. La poverina era già clinicamente morta quando ti hanno fatto nascere con un cesareo d'emergenza. Ho richiesto il rapporto della polizia per vedere se il suo aggressore...

Lago: Se l'ha uccisa mio padre?

Alice: Tranquillo, John.

Dorothy: È una possibile pista, John, quindi la seguo fino in fondo. Posso fermarmi se lo desideri.

Lago: No. Procedi. Voglio sapere.

Dorothy: Okay. Ho qualche buona notizia. Presumendo che abbia imboccato la strada giusta, quando eri al reparto di terapia intensiva neonatale c'erano altri quattro bambini con te. Da quando sei entrato a quando sei stato dimesso hanno visitato il reparto quarantasette persone. Una di esse potrebbe essere venuta a visitare te.

Alice: Oh, mio dio, John. Uno potrebbe essere stato tuo padre.

Lago: Interessante. E si potrebbe tranquillamene affermare che se è venuto a farmi visita, non è stato lui a sparare a mia madre. Chiunque la volesse morta, di certo voleva morto anche me.

Dorothy: Direi che è una deduzione ragionevole.

Alice: Hai i nomi?

Dorothy: Proprio qui, tra le mie mani. Ho ridotto la lista a una cinquantina di candidati con un'alta probabilità di corrispondenza. Naturalmente, anche se è venuto a farti visita, potrebbe aver usato un nome falso per proteggersi. Quindi aspettiamo a cantar vittoria. Ad ogni modo, se questi nomi non danno esito, possiamo raccogliere altre informazioni e raffinare la ricerca.

Alice: John, è così eccitante.

Dorothy: Be', non c'è alcuna garanzia che uno di loro sia suo padre.

Alice: Lo so, ma se uno di loro lo è... Grazie, Dorothy.

Lago ha il respiro rapido e affannato.

Alice: John, ti senti bene?

John: Sto bene. Sono solo un po' agitato.

Dorothy: John, ma tu non sai proprio niente di tuo padre? Niente che possa aiutarci a restringere la lista?

Lago: Niente. Secondo uno dei miei assistenti sociali, mia madre aveva in borsa una foto di lei che si teneva per mano con un uomo. La foto però era ricoperta di sangue, e non sono riusciti a scoprire chi fosse quel tipo.

Alice: Hai ancora la foto?

Dorothy: Sì, la foto potrebbe esserci utile.

Lago: Mi dispiace. Tutto questo è... Ho bisogno d'aria.

Alice: Aspetta, John. Non andartene.

Pausa. Rumore della porta d'ingresso che si chiude.

— FINE DELLA TRASCRIZIONE —

17

Okay, cazzo, ora sono proprio incazzato

Ho appena finito di lavorare e sono già a Scarsdale, a ispezionare l'abitazione di Bendini. A dire il vero è più un fortino, con una superficie di quasi quattordici ettari, in una delle aree più ricche della costa orientale. Già, è un ricco avvocato, ma concedetemi almeno una cazzo di possibilità di entrare. Che esagerazione. Mentre me ne sto seduto ad aspettare nel parcheggio di una piccola scuola, su una collina al di sopra della casa di Bendini, i miei occhiali da visione notturna mi rivelano all'incirca una ventina di guardie armate che pattugliano la proprietà. Ripenso al piano in stile *Scarface*: la dimora di Bendini è perfetta. Il terreno è troppo esteso perché una squadra di sicurezza relativamente piccola possa coprirlo tutto. Una volta raggiunta la casa senza farmi divorare dai cani mangiauomini, posso distrarli a tal punto da srotolare poi il tappeto rosso e fare la mia entrata al cospetto di Bendini. Dopodiché lo ucciderò. Bob ha ragione. Le mie battute fanno schifo.

Una rapida passeggiata intorno al perimetro della casa mi rivela diverse sorprese spiacevoli. Oltre alle guardie del corpo, in giro ci sono molti cani, tre cancelli di ferro – uno con filo spinato elettrificato e telecamere che ti arrivano fin su per la botola (è così che il Dr Seuss[8] chiama il 'buco del culo') – più sensori di movimento che coprono ogni centimetro quadrato della proprietà. Se una qualsiasi mosca scorreggia, il sistema se ne accorge. Ma mi piacciono i rompicapo in stile cubo di Rubik. Rendono il lavoro interessante. E mai sottovalutare il potere che hanno le operazioni sotto copertura di distogliere la mente dai vostri problemi. Non abbiate paura di affrontare i sistemi di sicurezza più sofisticati. Non importa quanti soldi uno ci butti, c'è sempre un modo per entrare. Gli esseri umani non sono in grado di creare un sistema infallibile. Per riuscirci dovrebbero essere alieni con un'intelligenza superiore... o norvegesi. E i norvegesi non chiudono neanche a chiave le porte di casa, per cui sono esclusi. Armato di una montagna di foto a infrarossi del cazzo e delle copie dei dossier di Alice, mi piazzo in una tavola calda lì vicino e comincio a buttar giù qualche idea. È allora che sento la pistola alla schiena.

«Mi siederò accanto a te e tu fingerai di essere felice come un coglione di vedermi. Chiaro?»

«Sì.»

Si siede. Ha la faccia tutta butterata. Potrei sfondargli quel muso da pizza del cazzo con una sola mano e restarmene a guardare il suo cervello che finisce nelle cavità oculari, se volessi, ma sono interessato a ciò che ha da dire.

«Che hai lì?»

Si riferisce alle mie foto e alle planimetrie sul tavolo.

«Ti conosco?»

«Non fare lo spocchioso del cazzo. Vuoi prenderle?»

Faccio davvero fatica a non ridere.

«Okay, amico, calmati. Non voglio problemi.»

«Così va meglio, fichetta del cazzo.»

---

8 Pseudonimo per Theodor Seuss Geisel, scrittore e fumettista statunitense autore di libri per bambini.

Voglio stringere la sua spina dorsale tra le mani quando gliel'avrò sfilata dalla base del cranio.

«Che sta succedendo?» domando innocentemente.

«Te lo dico io che sta succedendo.»

Vedo il riflesso dell'altro tizio guizzare nella parte cromata della macchina per il frappè e – *bam!* – mi colpisce alla testa con il calcio della pistola. Dal peso direi una calibro 357 a canna corta. Ecco Lebowski, riverso sul linoleum, a sognare di piste e birilli.

Quando mi risveglio mi sento come se avessi trascorso una settimana in un bordello messicano. La mia bocca sa di sangue e budella di pesce. Nel mio cranio c'è un asinello che scalcia contro i miei bulbi oculari come fossero piñatas. Per qualche motivo sconosciuto sento come se le palle mi andassero a fuoco. Quando mi tolgono dagli occhi lo straccio che sa di olio e benzina capisco perché. I due compari hanno pensato bene di prendersela con i miei gioielli per svegliarmi.

Okay, cazzo, ora sono proprio incazzato.

Per qualche ragione sopporto di essere pestato dappertutto ma non sui miei benamati. Quando stavo nel carcere minorile, un ragazzetto mi prese a calci nelle palle e io lo infilzai con una matita H2. La mia sensibilità riguardo al tronchetto e alle sue bacche deriva probabilmente dalle innumerevoli molestie e dai veri e propri tentativi di stupro perpetrati da padri, zii, nonni, fratelli maggiori adottivi, e da altre creature sudate e ansimanti che lo Stato aveva incaricato di darmi una buona educazione cristiana. Avrete notato che ho detto 'tentativi'. Molti di questi raffinati precettori di giovani ribelli sono finiti a succhiare con la cannuccia il polpettone passato loro dal governo. Ma sto divagando.

«Oh, ora si è svegliato il figlio di puttana.»

Sono legato con il nastro isolante a una sedia da giardino, in una stanza piena di ciccioni sudaticci con indosso completi coperti di griffe. Somigliano in tutto e per tutto alle sportine da barboncino con cui le amanti baby-sitter girano in posti come Beverly Hills o l'Upper East Side. E non vi dico le scarpe! Chi avrebbe mai detto che Gucci facesse mocassini di struzzo con un tacco di dieci centimetri e una punta d'argento con incisa la Vergine Maria? Me le sono perse alla Fashion Week. Pensavo che i dinosauri di Atlantic City fossero diventati ormai parte del folklore della cultura pop, come le Pet Rocks e il Dental Dam.

«Ecco il patto, cazzone. Ti faremo delle domande. Tu ci darai delle risposte. Se ci piacciono le tue risposte saremo gentili, se non ci piacciono ti fotteremo come non sei mai stato fottuto in vita tua.»

Un tizio con la faccia da topo, autore del monologo da gangster di seconda mano che ho appena sentito, mi si piazza davanti al muso e mi getta un'occhiata da duro.

«*Capisce?*[9]»

Io non riesco a non ridere al '*Capisce?*'. Lui mi tira un rovescio e l'anello che ha sul mignolo mi scheggia un dente.

«C'è qualche altra cazzata altrettanto divertente che ti andrebbe di condividere con noi?»

«No, signore.»

«Bene. Ora ci capiamo.»

Un altro salame mi si mette davanti al viso. Altre due guance butterate. L'alito che sa di aglio e di espresso. Puzza come un tronco marcio.

«Perché sei così interessato a Frank Bendini?»

«Non so di cosa stiate parlando.»

Thump! Stavolta mi becco un pugno allo sterno. Me lo aspettavo in faccia, così sono momentaneamente paralizzato da palpitazioni e nausea dovute al fatto che a essere colpito sia stato il cuore.

«Come vedi, stronzo, la tua risposta non mi è piaciuta.»

---

[9] In italiano nel testo.

«Ma questo tizio è stupido o che?!» se ne esce un altro gridando.

Io faccio una rapida ricognizione della stanza. Si direbbe che ci troviamo nel seminterrato della tipica casa da classe operaia del New Jersey, indicativa di un gangster che sta cercando di farsi strada ma non è ancora diventato Tony Soprano. Sono in sei, incluso quello che ho davanti. Potrebbero essere in sette. Non saprei dire se nell'ombra c'è qualcuno in piedi che mi fissa, o se si tratta della statua in plastica di Gesù che Mama Luigi mette fuori solo per le festività. È strano. Sono certo di aver visto qualcuno, ma il tempo di sbattere le palpebre e non c'era più.

Bam! Mi becco un mocassino con le nappine nello stinco. Cazzo se fa male.

«Ti stiamo annoiando?»

Risate strozzate. Questi stronzi pensano anche di essere brillanti, cazzo.

«No, signore.»

«Bene. Allora dimmi che cazzo ci facevi a perlustrare i dintorni della casa di Bendini. Visto che non sei una cazzo di melanzana e che immagino non fossi lì per rubargli i gemelli.»

Questo è troppo. Non mi diverto più.

«Perlustrare? Non capisco che...»

Un forte ronzio e le palle mi tremano, diventando incandescenti. Urlo anche se mi sforzo di non farlo. E me ne pento immediatamente, perché manifestare il proprio dolore a questi tizi è come far vedere delle salsicce essiccate a un bambino obeso. Più urli, più gli diventa duro e ti fanno urlare.

«Okay, siamo stati fin troppo gentili.»

Mi mostrano delle cesoie rugginose.

«D'ora in poi ci prendiamo un dito per ogni risposta sbagliata. Continua a cazzeggiare e potrai sgrillettare tua sorella con un moncone.»

«Sto provando ad aiutarvi.»

«*Sssh.*»

Mi spinge un dito grasso che puzza di culo sulle labbra.

«Lo sappiamo che vuoi sfondare, testa di cazzo. È il nostro lavoro sapere certe cose. Abbiamo trovato un sacco di stronzate interessanti nella tua auto. Tirando a indovinare direi che hai intenzione di farlo secco.»

Mi batte sulla spalla e mi mette il pollice tra le lame delle cesoie.

«Sai, se perdi un dito qualsiasi... 'sti cazzi. Ma se perdi un pollice torni a essere una scimmia.»

Gli altri ridono.

«State zitti, cazzo!» urla lui.

«Quindi lavorate per il signor Bendini, deduco?»

Se la ridono alla grande. Lo prendo come un sì.

«Già, idiota. Lo abbiamo chiamato. Gli abbiamo detto che abbiamo catturato un sorcio merdoso. Ha detto che sarebbe venuto a dare un'occhiata. Il che significa che sei fottuto perché lui non è gentile come noi.

Stronzate, stronzate, stronzate. Sentite il ticchettio dell'orologio? È ora di mettere fine a questa riunione di coglioni, prima che facciano saltare la mia copertura e tutto il mio cazzo di lavoro, però, prima ho voglia di divertirmi un po'.

«Vi dirò quello che so, ma voi dovete darmi una sigaretta.»

Uno di loro ne accende una e me la infila tra le labbra.

«Avete mai visto *Una vita al massimo*?»

«Un gran bel cazzo di film.» Un coro di consensi.

Come questi imbecilli siano riusciti a prendere il controllo di qualcosa in questo Paese va al di là della mia comprensione.

«Ricordate la scena con Christopher Walken e Dennis Hopper? Quella in cui Hopper fuma una Chesterfield e rivela a Walken da dove vengono veramente i siciliani?»

Ora sono io l'unico che ride.

«Già, Hopper si prende una cazzo di pallottola in testa dopo averlo detto.»

«Lo so. Ma con che classe. Sa di essere morto, così decide semplicemente di andarsene col botto, prendendo per il culo uno dei gangster più potenti della città.»

«Dove vuoi arrivare, testa di cazzo?»

«Il punto è questo: voi non siete neanche siciliani. Il posto da dove venite voi è molto più in basso nella catena alimentare. Voi siete una goccia di grasso merdosa che è scivolata dal culo di vostra madre e ha macchiato la tovaglia a quadretti.»

«Vuoi continuare ad aprire la bocca per dire stronzate? Aspetta che te la apro io.»

Faccia di lardo mi si avvicina alla bocca con le cesoie. Ma io con la testa sono già avanti e mi lascio cadere di peso dalla sedia, mandandola in frantumi. Eccezion fatta per i polsi, che sono ancora fasciati con il nastro isolante ai braccioli, sono libero. È il mio giorno fortunato, penso mentre affondo uno dei due paletti aguzzi sotto il doppio mento di Faccia di lardo, infilzandogli la lingua e lacerandogli il palato molle prima di spappolargli il cervello. Lui sussulta sul pavimento come un pesce serra che si è appena preso una mazzata, il sangue rosso vivo gli fuoriesce in spruzzi arteriosi dalla bocca.

Le mani corrono alle giacche in cerca delle pistole, ma io ho già preso quella di Faccia di lardo e sparo un colpo nelle palle a Riflessi lenti 1 e 2. Questo sì che è divertente! Cadono a terra stringendo quel che resta del loro cazzo. Considerando il cannone a mano calibro 45 che ho sottratto a Faccia di lardo, non c'è più molto da stringere. Un altro compare scatta verso di me e io lo finisco spezzandogli nell'orbita l'altro bracciolo appuntito, ancora fissato al mio polso sinistro. Un altro pesce sul ponte! Fuoco alla griglia!

Ne restano due. Uno è più scaltro. Prima si mette al riparo, poi prende la pistola. L'altro cerca di togliere la sicura alla sua Glock.

«Lascia fare a me» gli dico, togliendogli l'arma di mano con un calcio; quindi, una volta presa, gli infilo due pastiglie nella bocca spalancata.

«Hai detto qualcosa?» gli chiedo poi, con la mano all'orecchio.

Lui emette qualche verso gutturale e cade pesantemente di faccia. I denti gli schizzano fuori, nella pozza di sangue che gli cola dal nuovo orifizio. Be', questo sì che è intrattenimento!

Ah, già, c'è ancora il tipo che si è nascosto. Se ne sta in piedi dietro uno scaldabagno. Con la calibro 45 faccio un bel buco nella cisterna, così da fargli fare una doccia bollente che gli trasforma faccia e collo in un'unica grande vescica rossa. Quando esce dal suo nascondiglio barcollando, gli assesto un calcio laterale al collo, mandando in frantumi tre delle sue vertebre cervicali e facendolo andare al tappeto come un sacco di merda.

«Credo che prenderò la mia Chesterfield ora.»

Raccolgo la sigaretta accesa e faccio un lungo tiro.

«Ti stai divertendo?»

Merda. C'era davvero qualcuno nell'ombra. Esce allo scoperto. Sembra proprio un boss. E ha un vantaggio su di me. Mi piace la sua frase. In pieno stile western anni Cinquanta. Ho la canna di una Desert Eagle puntata al petto. Finalmente uno che ha un po' di esperienza con le pistole. Quel che non mi piace sono le mie quotazioni, se penso che può colpirmi con una delle palle da bowling pronte nella sua camera di scoppio.

«Fammi indovinare. Non provare a fare il furbo?»

«Molto divertente. Sai quanto mi ci vorrà a rimpiazzare questa feccia morta?»

Rido. Mi piace questo tizio. Ma lui mi sparerà.

«Un'arma come quella ha un bel rinculo.»

«Non preoccuparti. Posso spararti due colpi di fila e infilarteli entrambi nello stesso buco. Basta avere un po' di pratica.»

«Impressionante.»

«Non tanto quanto ciò che hai appena fatto tu.»

«A dire il vero mi sento un po' sottotono oggi.»

Ride. Quando si ride si espelle una gran quantità di aria. In più è un fumatore incallito, lo si deduce dalla voce. L'aria esce e per qualche secondo il corpo rimane leggermente rilassato. Riportando la calma. È per questo che i cecchini sparano espirando. Rende più ferma la mano. Quando avrà finito di ridere prenderà un grosso respiro. La cosa gli farà espandere il petto e renderà difficile sparare dritto.

Lui inspira. Io espiro.

Faccio fuoco con la mia calibro 45 dall'altezza della cinta, così l'unica cosa che potrebbe attirare la sua attenzione si trova al di sotto del suo campo visivo. Se avessi provato ad alzarla sarei morto. La pallottola lo colpisce in pieno sulla fibbia della cintura Zegna, spaccandola e facendogli un buco nell'addome. Un colpo all'intestino. Il massimo che potessi fare. Mi lascio cadere di peso sul pavimento quando fa fuoco lui. È rischioso, perché potrebbe colpirmi alla testa. Ma provare a spostarmi di lato sarebbe inutile, perché una pallottola calibro 50 che lascia la canna della pistola è grande come un piccolo fungo Portobello, e anche una ferita di striscio al petto è in grado di provocare una perdita di sangue catastrofica, nonché un danno ai tessuti che anche il miglior traumatologo del mondo non riuscirebbe a sistemare nel suo giorno migliore.

Mentre cado, il fungo di piombo proveniente dalla sua pistola passa sibilando accanto al mio orecchio destro e fa un buco di quindici centimetri nel cartongesso alle mie spalle. Quando le mie chiappe toccano terra, i miei denti sbattono forte come forte sbatte la mia calibro 45. Stavolta riesco ad alzarla e sparo il mio colpo letale. Un attimo dopo vedo un foro fumante nella gola dell'uomo, e dal modo in cui collassa, come una marionetta cui siano stati recisi i fili, capisco che il mio fungo di piombo gli ha reciso la spina dorsale, tirando giù la serranda come dopo l'ultimo giro al bar. Lui si ripiega su sé stesso e crolla su una lavatrice verde avocado, poi mi fissa con le pupille dilatate.

«Perché non mi hai ucciso quando stavo sparando ai tuoi ragazzi? Avresti potuto farmi fuori facilmente quando ero distratto» dico al suo cadavere.

Conosco la risposta: mancanza di umiltà.

Regola #9: Dio osteggia il superbo, ma concede la grazia all'umile

Per sopravvivere e avere successo nel nostro campo non dovrete essere particolarmente scaltri. Né straordinariamente duri, o tenaci, o avere uno spiccato istinto da killer. Sopra ogni cosa dovrete essere umili. Se siete umili siete come una spugna, lasciate entrare il mondo e lasciate che esso vi colmi con la consapevolezza di ciò che è reale. Orgoglio e arroganza sono una spugna secca. Non vi permetteranno di assorbire niente. Crederete di sapere tutto, quando in realtà non è neanche possibile. E alla fine sarete voi gli idioti con l'espressione stupita in volto, dopo che qualcuno vi avrà infilato una pallottola in corpo.

Se chiederete a un maestro di kung fu che ha fatto pratica per tre decenni quanto egli sappia, vi risponderà sempre 'molto meno di quando ho iniziato'. Questo perché quando ha iniziato era un saputello arrogante, poi il suo maestro lo ha pestato in un modo che non avrebbe ritenuto possibile neanche nei suoi sogni, e allora ha capito di non essere altro che un fesso, cieco, lento e ignorante. E più ha imparato più si è reso conto che sono troppe le cose che ognuno di noi deve apprendere nella propria vita. E voi, figli di puttana, non avete che dieci anni circa per affinare le vostre capacità *mentre* le mettete in pratica. Quindi siate lavagna vuota o vuota sarà la vostra espressione, come quel Jimmy Cannone a mano Cumpa', che si è smerdato i pantaloni di gabardine.

18

Avremo sempre Parigi

Quella notte, mentre mi medico le ferite e ingerisco un'intera farmacia di Vicodin, decido che ciò che Bob non sa della mia piccola escursione in campagna non può fargli male, poi mi cimento nell'impresa di elaborare un gran finale per Bendini. Userò il fatto che il mio viso somigli a un hamburger crudo a mio vantaggio. Chiamo l'ufficio e comunico all'assistente di Bendini che ho avuto un brutto incidente d'auto. È la scusa perfetta, perché gli avvocati proprio non lo sopportano quando qualcuno ammacca le loro auto da sogno. Lo considerano un affronto, l'atto deliberato di distruggere l'unica scheggia di personalità che essi abbiano in questo mondo. Credono davvero di essere ancora sulla cresta dell'onda solo perché guidano una Serie 7, una 911 o una Jaguar (che è fondamentalmente una Ford), anche se in realtà sono calvi, grassi, brutti, pelosi, puzzolenti e soffrono di microfallite acuta. Così, se buttate in mezzo l'unica cosa che essi amino davvero, sono pronti a scatenare una jihad contro il vostro culo.

Come previsto, la mattina dopo mi chiama Bendini in persona per sapere come sto e per consigliarmi di ristabilire l'equilibrio universale sventrando l'idiota che mi è venuto addosso – anche se la maggior parte dei senzatetto vive in auto più belle della mia Honda. E mi serve un assist non indifferente quando mi chiede di un caso molto importante a cui ho lavorato e che pensava di esaminare oggi stesso. Si tratta di un grandioso casino immobiliare messo insieme da qualche associato prima di essere sommariamente cannato. Se riesco a disincasinarlo, lo studio ci guadagnerà quasi un milione in commissioni e parcelle non incassate. Bendini non vede l'ora di averlo tra le mani perché, probabilmente, vuole nascondere i soldi ai propri soci trasferendoli su qualche conto offshore, così da potersi comprare altri condomini, schiavi bianchi, sigari cubani e via dicendo. Ovviamente i ragazzi di Bob hanno chiuso la pratica una settimana fa, e mi sono tenuto l'asso nella manica in vista di un giorno in cui sarebbe potuto servirmi – oggi appunto.

Lancio l'esca e gli dico che sarei felice di portargli il fascicolo a casa quella sera stessa. Accetta e – come dicono i bianchi quando provano a farsi una partitina a basket nei centri benessere di tutto il Paese – 'ci sto dentro'. Così trascorro la giornata alla RU s.r.l. per prepararmi. Evito Bob così non devo uscirmene con qualche stronzata colossale per spiegare la mia faccia. I ragazzi che si occupano delle armi preparano un paio di borse di tela con dentro un piccolo arsenale fatto di armi ed esplosivi, in pieno stile cartello. Vi piaceranno questi figli di puttana. Sono dei veri creativi, e per loro nessuna richiesta è impossibile. Una volta ho chiesto un lanciarazzi che fosse in grado di forare un mezzo corazzato ma che a prima vista potesse sembrare una lattina di palle da tennis. Ha funzionato alla grande, e dopo aver fatto saltare in aria la limousine blindata del mio bersaglio ho semplicemente gettato il lanciarazzi nella spazzatura.

Dopo essermi preparato e aver escogitato una strategia di infiltrazione sulla base delle mie foto e delle planimetrie della proprietà di Bendini, Bob mi chiede di vederci nel suo ufficio. Quando arrivo, sono sollevato, ma per certi versi insospettito, dal fatto che Bob sia di buonumore. Dopo aver passato in rassegna il piano Bendini, Bob prova a farmi un'offerta che non posso rifiutare.

«Quindi ci siamo» mi dice, facendosi nostalgico.

«Già. Difficile crederci ma dopo stasera sarò fuori.»

«Ti interessa essere riassegnato?»

«No. Voglio mettermi alla prova con qualcos'altro. Rimescolare un po' le carte.»

«E cosa mai potresti fare? Cosa potrebbe competere con questo?»

«È proprio questo il punto, Bob. Sono pronto ad avere una vita normale. Non voglio affatto che quel che farò sia all'altezza di quel che ho fatto finora. Se lo volessi, potrei benissimo continuare a fare questo.»

Sorride, come se sapesse qualcosa che io non so.

«Mettiti a vendere assicurazioni sulla vita. È facile, molto noioso e a prova di recessione.»

«Senza contare l'ironia della sorte.»

«C'è bisogno di te in questo campo, John.»

«Bob, capisco che non ci sia limite al numero di persone che altre persone possono voler morte. Ma io ho dei limiti. Proprio in questo momento mi sembra di avere la possibilità di iniziare qualcosa di nuovo senza portare con me un bagaglio troppo ingombrante. Se non me ne vado ora, non me ne andrò più.»

Bob lo sa che, in pratica, sto dicendo che non voglio diventare come lui.

«Una volta ho pensato di mollare tutto. Ho persino lasciato il lavoro per tre settimane.»

«Sei fortunato a essere ancora vivo, Bob.»

«Già, ma sapevano che sarei tornato. Non sono che questo. Questo sono io.»

«Come credi che starò là fuori, Bob? Fuori dalla RU e da questa vita?»

«Non ti ho mai detto stronzate, John, quindi non comincerò ora. Credo che non durerai cinque minuti in quel cazzo di formicaio laggiù. La tua mente non è programmata per fare altro.»

«Naturalmente, questo è ciò che temo, Bob. Ma devo provare.»

«Perché? A quale scopo? Fallo ancora per un po'. Vai in pensione a quarant'anni.»

«E poi? Vado a vivere da solo sulla mia isola tropicale? O mi sparo a quarantun anni perché ho la testa piena di cose che vorrei cancellare?»

«Pensi che sia quello che farò io? Io di anni ne ho quarantatré.»

«No, Bob. Tutto questo per te è normale. E ti invidio. Il lavoro mi viene naturale, ma non mi sembrerà mai normale uccidere le persone. So che è un servizio che è sempre esistito e sempre esisterà. E so che le persone che uccidiamo sono parassiti. Non sono affatto preoccupato di ciò che togliamo loro. Sono più preoccupato di ciò che loro tolgono a noi. Condividi?»

«No, io no. Ma ad ognuno il suo. Tutto ciò che ti chiedo è che pensi almeno un po' a una cosa che vorrei offrirti.»

Bob mi porge un plico.

«Un altro bersaglio? Il mio compleanno è stato la scorsa settimana.»

«No. È un nuovo posto di lavoro. Parigi. La migliore cazzo di città del mondo. Una sistemazione incredibile. Appartamento in città. Casa in campagna. Auto. Un jet a disposizione. E uno, forse due incarichi all'anno. Va da sé che sono più complessi dal punto di vista della pianificazione, ma niente che tu non possa fare. Ti prego di dargli un'occhiata, come favore personale. Non mi sentirò offeso se rifiuterai. Perplesso, ma non offeso.»

Mi offre un sorriso sincero. Porca troia, non credo di averlo mai visto prima. Lo so per certo perché tutt'a un tratto mi sembra un'altra persona. Come quando un tizio ha la barba da una vita e poi se la taglia. Potresti anche passargli accanto in strada e non riconoscerlo.

«John, lo so di essere stato un po' duro. Ma, perdona il cliché, l'ho fatto per il tuo bene. Sapevo che saresti durato a lungo. Il talento è talento e tu ne hai così tanto che a volte mi fai proprio incazzare. Voglio però che tu sappia che mi considero tuo amico, anche se per te non è così.»

«Io ti considero mio amico.»

Mento perché 'amico' è un sostantivo che non si addice affatto al rapporto che c'è tra me e Bob. Sento un legame con lui, ma non sono in grado di definirlo.

«Ecco un altro cliché: a volte mi sento proprio come se tu fossi il figlio che non ho mai avuto. Un sacco di ragazzini passano di qui, ma tu più di ogni altro mi ricordi me stesso quando avevo la tua età.»

«Devi essere stato proprio uno stronzo allora.»

«Maledizione, John. E lasciati andare. Sto cercando di essere qualcosa di diverso dal tuo capo, una volta tanto. Ho recitato la parte del Sergent Slaughter[10] ma l'ho fatto solo per farti restare a galla.»

«Le mie scuse, Bob.»

«Volevo solo dirtelo prima che lasciassi la RU. È tutto John. Per quel che vale.»

«Anch'io sentirò la tua mancanza, Bob. E penserò alla tua offerta.»

«Lo apprezzo, John. Beviamo qualcosa.»

Prende una bottiglia dal cassetto della sua scrivania. La riconosco all'istante. Glen Garioch, 1958, un bourbon vecchio di quarantasei anni fatto, tra tutti i Paesi del mondo, proprio in Scozia – una vera contraddizione in termini, come me. Molto raro. Ne sono state prodotte qualcosa come trecento bottiglie.

---

[10] Robert Remus, meglio conosciuto come Sergent Slaughter, è un celebre wrestler statunitense.

Uno dei miei bersagli di circa cinque anni fa ne aveva venticinque – e stanno a circa 3000 dollari l'una. Ironia della sorte, il tizio aveva per me gli stessi sentimenti cui Bob ha appena dato voce. L'unica differenza è che il giorno in cui me ne ha versato un bicchiere è stato il giorno in cui l'ho ucciso. Mentre lo sorseggiavamo, mi confidò che suo figlio era una testa di cazzo incredibile, che buttava tutti i suoi soldi in cocaina, spogliarelliste e auto sportive che poi puntualmente distruggeva. Scherzando mi disse che avrebbe estromesso il ragazzo dal proprio testamento e messo me al suo posto. Eravamo da soli nel suo ufficio. Gli dissi che il motivo per cui suo figlio era un tale stronzo era perché suo padre lo aveva fottutamente viziato. Che i tipi come lui non diventavano mai uomini, restavano ragazzini per sempre. Mi chiese cosa fare. Gli dissi che la cosa migliore che potesse capitare a suo figlio era perdere il padre in giovane età.

Poi gli sparai e lo decapitai. Lavorava per la Difesa e usava la sua posizione privilegiata per importare droga e armi dal Sud e Centroamerica – competizione sgradita ai cartelli. Così – questo è quel che se ne seppe in giro – i cartelli lo fecero fuori e lasciarono la sua testa sulle bilance, nello spogliatoio del centro benessere riservato alla dirigenza.

Mentre sorseggio lo stesso whisky con Bob, sto quasi per raccontarglielo, ma poi ci ripenso. È il genere di storia che potrebbe rovinare il momento e Bob finirebbe nel panico nel tentativo di capire se gli sto facendo una velata minaccia. Così, brindiamo ai nostri successi e ci facciamo qualche bicchierino. Quando me ne vado, vedo Bob mettere via il suo whisky, e so che non tirerà fuori la bottiglia per nessun altro se non per sé stesso.

Due ore più tardi la mia paranoia è al livello di allerta 1. Sono convinto che l'offerta di Parigi di Bob in realtà fosse un test. Bob sa che sono estremamente deciso. Quindi anche se ho portato con me il suo plico, non ho intenzione di accettare e lui lo sa. In più la sua offerta è troppo allettante. Chi non vorrebbe essere piazzato a Parigi con soldi da buttare, un rifugio sicuro e un cazzo di jet? Uno che vuole assolutamente uscirne, ecco chi. Così, a meno che non decida di accettare l'offerta, dovrò fare i conti con la possibilità che Bob spedisca una squadra a farmi sparire non appena io avrò fatto sparire Bendini. Se non ho intenzione di restare in gioco, allora sarò considerato una questione in sospeso da... Avete già capito: un cadavere senza volto e senza dita, diviso in sei sacchi dell'immondizia e sciolto in un bidone di acido solforico in un impianto chimico qualunque del New Jersey. Non credete?

Immagino di non averci mai pensato perché mai avrei creduto di vivere tanto a lungo da trovarmi in questa situazione. Ma è così, e adesso sono proprio incazzato perché, archiviata la ciliegina sulla torta del colpo di Bendini, dovrò anche progettare una strategia di uscita molto più complessa. Riesco quasi a sentirlo Bob, che chiama il suo squadrone della morte con lo stesso tono piatto che userebbe per ordinare una pizza. La confessione con il whisky era solo un modo per lavarsi la coscienza. Bob sa che sono un uomo morto e vuole riuscire a dormire la notte. Non mi sono mai sentito così solo, cazzo. In passato ho sempre avuto Bob e la squadra della RU dalla mia parte. Sono stati la mia famiglia. A un certo punto di questa notte, però, potrebbero diventare i miei peggiori nemici. Dissociazione. Siete già andati a cercarvela? Se no, che state aspettando?

19

Uomo morde cane

L'ultima volta che ho rubato un'auto è stato tre anni fa e l'ho fatto per salvarmi il culo da una scorta armata determinata a mettermi in corpo più pallottole possibile. Era una Ford mi pare, o qualcosa del genere. Niente di che, ma facile da rubare. Stasera invece sono in cerca di un mezzo con un po' più di stile – e un motore bello grosso. In più, dev'essere anche abbastanza spazioso per trasportare il mio piccolo arsenale. Le auto sportive sono uno schifo da questo punto di vista. Non c'è neanche lo spazio sufficiente per una sacca di mazze da golf. Poi la vedo. Il mezzo *perfetto*. Una Cadillac CTS-V Coupe. Seicento cavalli, V8. Trasmissione manuale per un'accelerazione da paura al decollo. Gomme e sospensioni da corsa. Sedili Recaro che ti stringono come un nodo a pugno di scimmia. Questa è nera. Sembra la Batmobile. Ho visto il proprietario lasciarla di fronte a un ristorante. Il parcheggiatore l'ha portata nel posteggio sul retro, al buio. Un giochetto da ragazzi. Il proprietario era un povero sfigato, detto per inciso. Uno di quei tizi sulla cinquantina che si vestono come se ne avessero diciannove. Che pensano di essere alla moda con i rotoli di grasso che debordano dai jeans attillati.

Rubare una macchina non è particolarmente difficile, di fatto, ci sono auto che semplicemente non possono essere rubate e auto che in pratica ti pregano di farlo. La Cadillac è un po' una via di mezzo. Assolutamente fattibile. L'unico problema è aprire lo sportello, da questo punto di vista è un po' una rogna su quattro ruote. Ma si tratta sempre del mio ultimo incarico, e mi farà comodo qualche cavallo in più per togliermi di mezzo se dovessero mettermi alle calcagna un cazzo di plotone d'esecuzione. Inoltre, quest'auto attirerà meno l'attenzione a Scarsdale, dove praticamente chiunque ha la licenza di stampare moneta. Forzo lo sportello e colpisco il trasformatore del sistema di sicurezza, sopra i pedali, con un Taser. Continuando a lavorare là sotto, taglio i cavi dell'accensione, ma no, non per sfregarli insieme e avviare l'auto come per miracolo. Il trucchetto funzionava fino a circa la metà degli anni Novanta, da quel momento in poi praticamente ogni auto se ne esce dalla catena di montaggio con un interruttore di emergenza che può essere disattivato solo – ci sarete già arrivati – tagliando i cavi di accensione. Interruttore di emergenza interrotto. Per mettere in moto, devo far capire al computer di bordo che ho il chip d'accesso. Lo faccio con un trasmettitore wireless simile a quello usato da OnStar. Esso spara alcune migliaia dei segnali più comuni contro il sistema di protezione finché non trova quello giusto. Dopo circa quindici secondi, l'auto vede un segnale che le piace e si avvia. Il motore canta e profuma di vittoria.

Il tragitto fino a Scarsdale mi vede introspettivo. Vivendo a Manhattan, non mi capita spesso di guidare, e mi rendo conto che mi manca la natura insulare del farlo. Le auto, soprattutto quelle con un abitacolo perfettamente isolato come questa, creano uno speciale silenzio che permette ai tuoi pensieri di uscire allo scoperto. Il mio piano di far secco Bendini è del tutto chiaro nella mia mente, così mi concedo di vagare verso altri argomenti.

Alice, ad esempio. La musica della radio comincia a pizzicare i brandelli di emotività sparsi dentro di me e mi rendo conto di essere davvero dispiaciuto del fatto di non rivederla mai più. Ci siamo fatti qualche risata. Cosa penserà quando Bendini sarà morto? Potrà in qualche modo avere il sospetto che sia stato io? E se sospetterà di me, verrà a cercarmi? Una parte di me spera che lo faccia. Forse lei e io potremmo essere come George Clooney e Jennifer Lopez in *Out of Sight*. Lei è l'osso duro, lo sceriffo federale che si innamora del criminale a sangue freddo. Forse anche suo padre è uno sbirro, come Dennis Farina nel film. La aiuterà a risolvere la situazione senza mai dirle espressamente di fare qualcosa di illegale, perché qualche volta l'amore è più importante del proprio dovere o della legge – o quale che fosse il messaggio che Elmore Leonard voleva trasmettere. O forse Alice arriverà ai confini della Terra solo per assicurarmi alla giustizia. In ogni caso, sarebbe carino vederla di nuovo, anche se nel mirino del mio fucile.

Parli del diavolo e... Alice mi manda un messaggio mentre sono alla guida. Mi chiede se ce la faccio a 'passare per una sveltina'. Ragazzaccia, vorrei tanto. Le rispondo 'Sono al lavoro. Non posso staccare'. 'Fighetta' mi risponde lei. Me la vedo sdraiata sul letto con quel suo vestitino rosa da sballo che ha ormai dai tempi dell'università, a pensare a cose sconce da messaggiarmi. Cazzo, credo che mi mancherà. Le scrivo 'Buonanotte, baci baci, un abbraccio', poi in lontananza vedo le luci di Scarsdale.

Regola #10: Velocità

Una cosa che ho imparato molto presto è che essere un predatore significa avere i sensi sviluppati da predatore. In quanto umani, non li abbiamo più. La televisione, i cibi industriali, l'acqua e l'aria inquinata, l'apatia che consegue da una società automatizzata, emotivamente scollegata, hanno smussato la nostra lama, rendendola simile a quella di un coltello da burro di un ristorante Denny's. Adesso, per riavere quei sensi, dobbiamo ricorrere alle droghe. Allo Speed, per essere precisi. Chiariamo subito una cosa in proposito. L'amfetamina non è semplicemente una droga che ti fa andare su di giri e ti fa stringere i denti finché non ti si spezzano. L'amfetamina, conosciuta anche come a(lpha) + m(etil) + f(enil) + et(il) + -amina è uno stimolante del sistema nervoso centrale – il sistema nervoso di ciò che controlliamo volontariamente, come l'attività motoria – e del sistema nervoso simpatico – il sistema nervoso di ciò che non controlliamo intenzionalmente, come il battito cardiaco. La stimolazione innesca il rilascio di noradrenalina (energia), dopamina (cognizione) e serotonina (umore) da parte dei neuroni presinaptici. In un certo senso, è quel che resta dei tempi gloriosi in cui vivevamo nelle caverne, inebriati dalla violenza e dal sapore del sangue. È per questo che crea dipendenza. È un 'attacco o fuga' in una comoda pillola, e io ne ho appena prese cinque.

I terreni della proprietà di Bendini sono addossati a quattrocento ettari posti sotto la tutela del servizio forestale. Mi faccio strada attraverso la foresta primordiale vestito completamente di nero. Quando raggiungo il muro alto due metri e mezzo e sovrastato dal filo spinato, sul perimetro della casa di Bendini, non lo considero un ostacolo, ma un punto di accesso. Salto su, metto il poncho in Kevlar a coprire il filo spinato e in meno di trenta secondi sono dall'altra parte. Senza fare rumore atterro sul terreno e mi accovaccio, immobile. Sono il predatore che fiuta l'aria in cerca di tracce di carne fresca.

Un cane da guardia si avvicina rapidamente al muro. Interessante. È un akita inu – la versione giapponese dell'akita e una delle quattro razze più simili al lupo. Come il lupo, e come me, questi cani cacciano in silenzio. Abbaiare rivela la tua posizione. Abbaiare è ciò che fa un cane stupido che non sa cosa significhi cacciare. Mi ha fiutato, e ora corre a tutta velocità verso di me. Con il suo pelo nero (raro per questa razza), è quasi impossibile da vedere. Ma io riesco a scorgere i suoi denti bianchi e il bianco degli occhi mentre avanza velocemente e si prepara a scaricare tutta la sua forza sulla mia gola. Per una frazione di secondo accarezzo l'idea di contrattaccare con il coltello. Be', sapete, per dare almeno una possibilità al figlio di puttana. Ma ci ripenso quando vedo la sua sagoma nella luce pallida della luna. Peserà almeno cinquantacinque chili. Le zampe massicce sollevano zolle di quindici centimetri dal terreno, mente il suo allungo tocca quasi i cinquanta chilometri orari. Ricordate il Porco? Lo prendo e gli sparo un forte cocktail della buonanotte. Non uccido i cani. Questo bestione non è certo un animale indifeso, sta solo facendo il lavoro per cui è stato creato centinaia di anni fa. Aspetto finché non mi salta addosso e balzo di lato. È piuttosto difficile cambiare direzione in volo, ma ci prova, facendo scattare indietro la testa e azzannando l'aria a trenta centimetri dal mio viso. Gli sparo il Porco nella pancia. Lui guaisce e cade a terra come un sacco di patate. Dopo qualche secondo di barcollamenti si raggomitola e perde i sensi, proprio come un cane da compagnia davanti al camino.

Ce ne saranno altri, così mi affretto ad attraversare la boscaglia, fino al bordo del prato che costeggia la casa, piantando black cats – esplosivi multistadio caricati con proiettili da nove millimetri – tra gli alberi tutto intorno alla villa. Quando esplodono è come se vi trovaste in un'imboscata, circondati da tutto l'esercito boliviano: le guardie cominceranno a cadere come mosche sotto i colpi delle pallottole vaganti. Le black cats sono il diversivo per antonomasia, ne semino intorno alla casa tante quante ne servono per ravvivare un po' l'atmosfera. Sento avvicinarsi altri cani tra gli alberi, così accelero, avendo fatto il pieno di una miscela di amfetamina e adrenalina ad alto numero di ottani. Non mi fermo per riprendere fiato finché non ho oltrepassato il muro e mi trovo di nuovo accanto alla

Cadillac. Poi collasso, il petto palpitante e il cuore sul punto di esplodere.

Alla fine riesco a respirare e guardo l'orologio. Quindici minuti di ritardo per l'incontro fissato con Bendini. Ormai sarà estremamente irritato, e quando sarò riuscito a ricompormi e ad arrivare alla sua porta d'ingresso potrebbe persino rifiutare di vedermi. Mi cambio rapidamente d'abito, poi attraverso il cancello principale. Un attimo dopo mi ritrovo a bussare alla porta di Bendini, la ventiquattrore in mano. Rispondono due mostri della sicurezza tirati su a granturco e sudati nei loro completi gessati.

«Posso esserti d'aiuto?» grugnisce uno di loro.

«John Lago. Lavoro per Mr Bendini.»

«Guarda nella telecamera.»

Mi indica una telecamera di sicurezza sopra la porta. Io alzo la testa verso di essa. La guardia si tocca l'orecchio, in ascolto.

«Okay, sei a posto.»

«Cos'è successo alla tua faccia?» L'altra guardia è un boy-scout del cazzo. Vedo chiaramente che non gli piaccio anche se non sa perché. Storce il naso in attesa della mia risposta.

«Mi sono tagliato con la carta.»

«Molto divertente. Fammi dare un'occhiata alla tua valigetta, Dane Cook[11].»

Merda. Devo imparare a tenere chiusa la mia bocca da saputello.

«John.»

Bendini arriva scendendo le scale. È sinceramente felice di vedermi. Il che fa incazzare il boy-scout.

«Ehi, voi, ragazzacci, lasciatelo entrare. Lavora per me.»

Come dire a un cane 'seduto, rotola, fai il morto'. I loro volti si irrigidiscono per la rabbia, ma mi lasciano passare. Bendi-

---

[11] Attore comico statunitense.

ni mi schiaffa un braccio sulla spalla e mi guida attraverso il salone, verso il suo studio. I tipi della sicurezza ci seguono. Bendini vede che li guardo e sorride, poi mi fa cenno di proseguire. Quando arriviamo allo studio, chiudono la porta a chiave dall'interno. Maledizione. Questo tizio *non* lascia niente al caso. Mi chiedo se questi due cazzi mosci dormano anche nel suo letto.

«Sei in ritardo. E hai un aspetto orribile. È stato l'animale che ti ha tamponato?»

«Già. Ha completamente distrutto la mia auto. Il tipo dell'assicurazione mi ha detto che sono anche stato fortunato.»

«E ha ragione, accidenti. Le auto sono trappole mortali. Assicurati soltanto di rovinarlo, lo stronzo.»

«Oh, sì. Sarà fortunato se riuscirà a prendersi uno scooter a rate quando avrò finito con lui.»

«Questo è lo spirito giusto. Vediamo cos'hai sulla proprietà dei Foster.»

«Posso usare il suo bagno? Ho guidato per un bel pezzo.»

«Certamente. Lars fagli vedere dov'è.»

Lars, l'idiota in jersey, con una manona mi indica il corridoio e mi guida verso una porta. All'interno dei cavernosi bagni placcati d'oro in stile Luigi XIV, prendo il detonatore assicurato con nastro isolante al mio interno coscia e do inizio alla sequenza. Fuori, le mie cariche esplosive cominciano a scoppiare, sembra di essere accerchiati da un battaglione infernale. Il rumore è simile a una forte grandinata, con i proiettili che colpiscono l'esterno della casa. Sento le voci farsi più acute, passando rapidamente in modalità 'panico totale'. Bene, non sono così duri come suggerirebbe la loro camminata. Mi metto dei guanti di pelle ultrasottili da poliziotto – alla moda e adeguati alla scena del crimine –, poi estraggo una calibro 45 a canna mozza (la più amata dai mafiosi) e una Glock (la più amata dai fanatici della sicurezza) dal doppio fondo della mia ventiquattrore.

Lars bussa energicamente alla porta. Io mi affaccio con un'espressione tipo 'me la sto facendo sotto'.

«Che succede? Siamo in pericolo?»

Lars nota la paura dipinta sul mio volto – degna di un oscar – e passa alla modalità capo boy-scout.

«Entra nella vasca e restaci.»

Esplodono altre cariche e lui salta in aria. Sto quasi per colpirlo al braccio e dirgli 'paga pegno' ma non c'è tempo per i giochetti. Così gli schiaffo una pillola 9mm della mia Glock dritto in fronte e lo tiro nella vasca. Ora me ne andrò a far secchi Bendini e i suoi amichetti con la calibro 45, poi tornerò qui per metterla nella mano senza vita di Lars. Lars passerà alla storia come il killer – sempre che riesca a far fuori Bendini entro i prossimi dieci minuti (il margine d'errore del medico legale nel determinare l'ora di un decesso) – e io porterò il mio culo fuori da qui, verso la libertà.

Quando sento qualcosa vibrarmi nella tasca schizzo quasi fuori dalla pelle. So chi è all'istante perché quando sono al lavoro porto con me unicamente il telefono della RU e solo una persona ha quel numero: Bob. In tutta la mia carriera non ho mai dovuto rispondere a questo telefono. Lo estraggo. Venti chiamate perse di Bob. Ma che cazzo...? Bendini deve avere un disturbatore di frequenze sulla sua proprietà – una contromisura per i software d'intercettazione dei cellulari dell'FBI. A questo punto Bob sarà molto più che incazzato.

«Bob» sussurro.

«John?»

«Già.»

«Sospendi.»

«Fanculo.»

Avrei potuto dire 'perché?' o 'che cazzo...?' ma sarebbe stato stupido. Se Bob sospende è per un'ottima ragione.

«È un'ora che provo a chiamare. Dove cazzo sei stato?»

Sento di nuovo bussare alla porta. Riattacco, spengo le luci e afferro il cadavere di Lars strappandogli la Glock dalla manona. È proprio pesante il figlio di puttana. La porta si apre di botto mentre io tengo Lars dritto in piedi. Lo spingo verso chiunque sia lì davanti e quello fa fuoco con la pistola. Un proiettile attraversa il collo di Lars e va a sbattere sulle piastrelle a muro. Ora sono schizzato di sangue, viscere e pidocchi altrui. Il tiratore accende la luce e mi vede. Vede il suo socio Lars.

«Fuoco amico» gli dico e gli sparo con la Glock di Lars. Cade. Lascio scivolare Lars in una posizione che faccia pensare che lui e il socio si siano sparati a vicenda, per errore, in preda al panico, almeno finché non arrivano i supersmanettoni della scientifica. So che la situazione è abbastanza paradossale, ma non ho altra scelta se non dare credibilità a questa versione! Quindi mi infilo la calibro 45 nei pantaloni e corro a prendere Bendini. Il suo studio è pieno di finestre e lui ormai è fottuto.

Se si becca un proiettile, Bob non crederà mai che io sia innocente. E anch'io mi beccherò un proiettile. Lo trovo sotto la sua scrivania, un sottile rigagnolo di sangue gli scende lungo il viso.

«Signor Bendini. Sta bene?»

«John! Mio dio. Cosa ti è successo?!»

«Usciamo da qui. È un bersaglio facile con queste finestre!»

Lo trascino via e me la rido alla grande mentre io, Pinocchio, salvo eroicamente Geppetto dai miei stessi proiettili che sibilando entrano dalle finestre e vanno a bucare diversi orrendi dipinti inglesi di caccia alla volpe. Ma perché mai tutti i borghesi credono che l'apice della ricchezza stia nell'imitazione dell'aristocrazia inglese? Certe cose ti lasciano basito.

Due gorilla ci corrono incontro e ci prendono in consegna. Ci spingono verso una stanza blindata, come agenti dei servizi segreti che fanno irruzione per salvare il presidente. Una volta dentro, tutti i rumori scompaiono e riusciamo a vedere cosa succede grazie alle telecamere di sicurezza. I terreni circostanti sono coperti di guardie morte.

«Porca troia!» fanno le altre guardie.

Io mi costringo a vomitare nell'immondizia, tanto per non lasciare niente al caso. Vengo guardato con commiserazione e disgusto dagli addetti alla sicurezza. Una reazione perfetta per quello che credono sia uno stagista smidollato, paralizzato dalla paura.

Un gorilla entra di corsa nella stanza.

«Lars e Victor si sono sparati a vicenda. Involontariamente.»

Grazie Signor Gorilla per la tua commovente testimonianza. Sei il venditore numero uno della settimana. Hai vinto un viaggio a Maui.

«Ero lì» dico in una smorfia sporca di vomito. «È stato orribile.»

Bendini scuote la testa.

«Dilettanti.»

Sto per sbottare a ridere, ma fingo di tossire.

Dopo qualche attimo di assoluto silenzio, le mie cariche si esauriscono e tutti quanti tirano un sospiro di sollievo. Sentiamo la cavalleria delle sirene della polizia avvicinarsi rapidamente alla casa. Bendini fa per mettermi un braccio intorno alle spalle, ma alla vista del cranio spappolato di Lars ci ripensa. Decide che sarà sufficiente darmi goffamente una pacca sulla schiena.

«Mi dispiace per tutto questo, figliolo. Come vedi, ho qualche nemico.»

«Fa niente, signor Bendini. Sono solo felice che lei stia bene.»

«Grazie a te, John.»

Con lo sguardo rimprovera gli uomini della sicurezza.

«Che è più di quanto possa dire per il resto di voi primitivi, anche se mi costate una fortuna.»

Quelli borbottano 'scusi, signore' e si mettono in volto l'espressione di un branco di cuccioli maltrattati.

«Ti devo un favore, ragazzo» mi dice Bendini con voce da nonno. Forse mi regalerà un temperino tascabile e qualche dolcetto da un centesimo.

«Non lo dica neanche, signore.»

«A proposito, John. Riguardo alla faccenda apprezzerei moltissimo se potessimo mantenere il riserbo in ufficio. A sentir parlare di scontri a fuoco senza esclusione di colpi a casa di uno dei soci, i miei colleghi tendono a diventare nervosi. Non fa bene agli affari. Tu capisci.»

«Capisco assolutamente, signore. L'incidente non lascerà questa stanza.»

«Farai molta strada, John. Sappilo.»

Comincio a pensare che lavorerò da Bendini, Lambert & Locke abbastanza a lungo da potergli dare ragione.

Dipartimento di Giustizia degli Stati Uniti
Federal Bureau of Investigation
Washington, D.C. 20535

TUTTE LE INFORMAZIONI CONTENUTE SONO RISERVATE
TRASCRIZIONE DI SORVEGLIANZA: REGISTRAZIONE AUDIO – MICROFONO OTTICO A CONTATTO

Luogo: AKA Bar, East Village, Manhattan
Soggetti: John Lago e Alice (xxx)

Lago: Ehi, sveltina.
Alice: Che diavolo ti è capitato?
Lago: Aggressione. Allo sportello del bancomat.
Alice: Gesù, fortuna che non ti hanno ucciso.
Lago: Dovresti vedere l'altro tizio.
Alice: Spero ti sia ricordato di consegnare tutte le tue stronzate agli aggressori, perché assolutamente niente di ciò che c'è nel tuo portafoglietto vale la tua vita.
Lago: Dovremmo tornare al vecchio West. Alla giustizia della frontiera, cazzo. Mettere su una forca in Times Square. Sono tutti quanti al verde e pronti a fare a botte se solo li guardi nel modo sbagliato.
Alice: Sei un provinciale.
Lago: No, sono Clint Eastwood, signora.
Alice: Clint Eastwood non beve Margarita.
Lago: Non sono un gran bevitore... (strano accento) Whisky, barista. La bottiglia.
Barista: Non c'è sul menu, cowboy.
Lago: Perché la gente insiste a chiamarmi così!
Barista: Va tutto bene qui?

Alice: Sì. Grazie.

Lago: Salta in sella, signorina. Cavalchiamo verso il tramonto. O almeno fino a un bar gestito da stranieri, così possiamo fare quel che ci pare.

Alice: Basta con le stronzate alla *Gunsmoke*. Se vuoi che sopravviva.

Lago: 'E tu stai facendo qualcosa per morire.'

Lunga pausa

Lago: Dimmi che conosci la battuta.

Alice: Non mi dice niente.

Lago: Mi stai prendendo in giro, cazzo. È una delle battute più famose di Clint. Ed è in uno dei suoi film più famosi. *Il texano dagli occhi di ghiaccio*.

Alice: Non sono un'amante dei western.

Lago emette un verso, come per sputare o espettorare.

Alice: Andiamo. Sei sbronzo.

Lago: 'Io non sono un animale! Sono un essere umano!'

Alice: *Elephant Man*.

Lago: Grazie Dio, finalmente ne ha indovinato uno.

Lago ride.

Alice: Mi piacciono le commedie romantiche, cazzone. Tu probabilmente non ne sai niente.

Lago: È una sfida? Vuoi davvero che reciti la scena dell'orgasmo di *Harry, ti presento Sally*?

Alice: Per l'amor del cielo, no.

Lago: Sparane una. Prova a sfidarmi.

Alice: Okay. 'Hai detto che non potevi stare con qualcuno che non credeva in te. Be', io credevo in te. Solo che non credevo in me.'

Lago: *Bella in rosa*.

Alice: Gesù.

Lago: Anche a Gesù piace quel film. Il prossimo.

Alice: 'L'inverno dev'essere freddo per chi non ha il calore di qualche ricordo.'

Lago: *Un amore splendido*. Un vero classico.

Alice: Stai piangendo?

Lago: Sì e no. Prova con qualcosa di più difficile.

Alice: 'Amare significa non dover mai dire mi dispiace.'

Lago: Questo è un colpo basso.

Alice: Stai piangendo. Andiamo a casa.

Lago: Barista! Un altro giro!

Barista: Non penso proprio!

Alice: Non è divertente.
Lago: Chi ha parlato di divertirsi? Continua.
Alice: 'Lontano da questo mondo di brutali bugie c'è una terra per gli amanti che disprezzano la violenza, e che piangono per chi è perduto e solo. Una terra per gli amanti, per gli amanti soltanto.'
Un lungo silenzio. Lago borbotta tra sé e sé.
Alice: Ah! Ti ho fregato. *Cyrano de Bergerac*! Ti senti bene, John?
Lago: Lasciami stare.
Alice: John...
John: Ti ho detto di lasciarmi perdere, cazzo!
Rumore di bicchieri rotti. I clienti gridano insulti a Lago.
Alice: Vaffanculo, John. A mai più rivederci. Io me ne vado.
Barista: Ehi, idiota, hai finito di bere qui e te ne vai *ora*.
Lago: Toglimi le tue cazzo di mani di dosso.
Rumore di vetri e legno che si rompe, i clienti gridano.

– FINE DELLA TRASCRIZIONE –

20

Chiamata da ubriaco alla Grande Mietitrice

Regola #11:
Fate sempre da sobri quello che dite di fare quando siete sbronzi.
Imparerete a tenere la bocca chiusa

Cito Hemingway perché la notte scorsa mi sono fatto più drink di quanti non me ne sia fatti nel resto della mia vita. Tendo a evitare gli alcolici perché li ho visti trasformare in mostri gli uomini che avrebbero dovuto prendersi cura di me e perché – diciamolo – con il tempo ti rendono grasso e stupido. Visto come si è messa la faccenda di Bendini, però, ho deciso di affogare tutti i miei dispiaceri nell'alcol, come un fuorilegge alla vigilia di uno scontro che è certo di perdere. Ed è stato proprio al culmine della mia furia nichilista che è arrivata Alice, in cerca di una sveltina. E sono stato proprio il più grande dei coglioni. Non solo mi sono bruciato il contatto, l'ho proprio perso per sempre. Mi fa male, ma era l'unico modo. Dovevo togliermi il dente. Quando Alice si guarderà indietro, mi odierà con tutta sé stessa, e non ci sarà alcun rimpianto, il mio nome finirà semplicemente su una targa nel suo mausoleo dei pazzi che l'hanno delusa.

Ma non è questa la ragione per cui cito Hem. Dopo aver

quasi ucciso il barista ed essermene uscito da quel che restava del bar con passo traballante, come una sottospecie di Godzilla, ho deciso che sarebbe stata un'idea grandiosa chiamare Bob alle due di notte. Ho pensato fosse un'idea anche migliore lasciargli un messaggio in cui gli dicevo che volevo essere sollevato dal mio incarico e che doveva andare a farsi fottere – o giù di lì. Ora sono le cinque del mattino e me ne sto a faccia in giù sul pavimento della cucina, sperando non si tratti d'altro che di un brutto sogno. Poi mi squilla il telefono. Bob vuole incontrarmi in una tavola calda di Battery Park. Riattacca prima che io possa aggiungere qualcosa al 'sì'. Non sembra felice. Il quadro è completo quando una berlina nera, che potrebbe tranquillamente essere un carro funebre, si avvicina al mio palazzo per portarmi in Battery Park.

Quando arrivo, noto un rigonfiamento sospetto sotto la giacca di Bob. Direi che ha con sé qualcosa di piccolo e leggero, così da non allarmarmi. Vuol farmi credere sia 'per serpenti e altri traditori'. Ma io *sono* allarmato. Indossa anche un giubbotto in Kevlar. Badate bene, è un giubbotto della polizia, per le operazioni sotto copertura, fatto in Israele – sottilissimo e difficile da vedere sotto gli abiti civili. In più la tavola calda si trova vicino al fiume ed è piuttosto anonima. È circondata da depositi ferroviari e altri edifici industriali deserti – il massimo per uccidere qualcuno e gettarlo in acqua senza troppi testimoni. E all'esterno non dimentichiamo i due gentiluomini che si atteggiano ad agenti della polizia seduti nella radiomobile a bere caffè. Bel colpo. Capisco che sono degli specialisti perché la maggior parte dei poliziotti di New York non è così in forma. Gli assassini professionisti invece sì. Molti di loro ingollano steroidi come fossero tic tac e finiscono per avere la faccia tipica degli alcolizzati. I due tizi sono i tipici ex militari spaccaossa (forze speciali o quant'altro) tirati fino al punto di scoppiare.

So che ce ne sono altri. Se Bob volesse mettersi in vantaggio su di me, e lo sta chiaramente facendo, non verrebbe con appena due uomini di copertura. Secondo me lo staff della cucina, il cameriere e forse anche il barbone che sta cagando dentro una lattina di caffè Folgers, qui fuori, stanno solo aspettando di accopparmi per bollarmi come un babbuino di *Wild Kingdom*. Ecco come stanno le cose. E andrà come vi ho detto. Farò una cosa che non vorrei mai voi faceste: affronterò Bob. Come dicono in *Jackass*, non provateci a casa. È cento volte più pericoloso di quanto potrà mai essere un incarico e sareste idioti – degli idioti *morti* – a provarci. L'unico motivo per cui lo sto facendo è che sono piuttosto certo che andrà a finire male, e ho deciso che venderò cara la pelle. Perché mai non dovrei?

«John, non mi sarei aspettato da te una cosa simile quando avevi quattordici anni, figuriamoci adesso.» Bob tenta di contenere la propria rabbia, senza successo.

«La situazione è unica nel suo genere, Bob.»

«Quindi sei demoralizzato e vorresti chiuderla qui?»

«'Demoralizzato' non rende benissimo il modo in cui mi sento riguardo al mio incarico. Con tutto il dovuto rispetto, dire che la situazione è anomala è un eufemismo.»

Bob sbatte la mano sul tavolo facendo cadere tutto quanto vi si trova sopra. Ora devo essere pronto a qualsiasi cosa.

«Smetti di parlarmi con quel tono condiscendente del cazzo. Stiamo parlando da uomo a uomo, qui!» grida. Bob non grida mai.

«Visto che parliamo da uomo a uomo, posso dire che questo incarico è stato una merda fin dall'inizio e che stai ragionando col culo? Non ho intenzione di muovere più neanche un dito finché non smetti di fare cagate. E se non ti sta bene, vattene affanculo. La cosa incontra la tua approvazione, John Wayne?»

«Ma con chi credi di avere a che fare?»

Gli rido in faccia.

«Ti sto forse mettendo in imbarazzo di fronte alle guardie

del corpo da quattro soldi che hai ingaggiato per sventrarmi? Quella scimmia del cazzo laggiù non riesce a essere credibile neanche versando una tazza di caffè.»

Mi alzo e lancio la mia tazza al gorilla che finge di fare il cameriere. Quello si abbassa e la tazza va in frantumi contro il muro, dietro la sua testa. Mi fissa con sguardo truce. Bob non fa niente, e la cosa mi invoglia a proseguire.

«Proprio così! Sto parlando di te, bastardo! Continua così, vai a prendere i ferri che hai dietro il bancone, così posso farti saltare in aria quel pallone che hai al posto della testa!»

Quello non muove un muscolo, aspetta che il negriero, Bob, gli dia un ordine.

«Complimenti, Bob. Non riesci neanche più a trovare esseri umani.»

«John, vuoi che ti uccida? È per questo che fai lo stronzo?»

Io mi risiedo. Il tono di Bob mi sorprende. È quasi conciliante.

«Voglio che tu faccia quello per cui sei venuto e la smetta di prendermi per il culo» gli dico sbuffando.

Con assoluta nonchalance Bob fa un gesto con la mano e tutti quanti lasciano il locale.

«Okay.»

Poi infila una mano nella giacca. Io estraggo la mia Glock 18 e gliela punto dritto in faccia. Lui ride.

«Pensi davvero che proverei a estrarre una pistola dalla giacca? Forse sei tu quello che ragiona col culo, John.»

Prende una busta. Quindi dispone delle foto sul tavolo. Io gli do uno sguardo. Foto di sorveglianza di Locke, il terzo socio dello studio.

«Ho tenuto sottocchio gli altri due soci, ventiquattr'ore su ventiquattro, fin da quando è iniziato il tuo incarico.»

Bob ha ragione. Sono io lo stronzo. Colpevole di ogni accusa.

«Queste sono state fatte meno di dodici ore fa. Sta vendendo i nomi dei testimoni sotto protezione al boss di una famiglia mafiosa di Brooklyn.»

«Sei sicuro di lui?»

«Sì. Ma ora non sono più così sicuro di te.»

Gli ridò le foto.

«Allora ficcami una cazzo di pallottola nella testa e ammazzatelo da solo.»

«Credimi. Ci ho pensato. I miei soci me lo hanno consigliato vivamente.»

«Ma tu gli hai detto che merito un'altra possibilità. Perché nessun altro può farlo.»

La mia arroganza ora è solo divertente per Bob, si è rilassato e si gode questo pietoso spettacolo.

«No, John. Ho un sacco di gente che potrebbe farlo. Ho detto ai soci che meriti un'altra possibilità perché te lo devo – per anni di onorato servizio.»

«Stronzate.»

«Non ho alcun motivo di raccontarti stronzate. Sei la mia risorsa più preziosa. Ho detto loro di andare a farsi fottere e che se tu avessi mandato tutto a puttane avrebbero potuto costringere anche me alla pensione.»

«Allora che ci facciamo qui, Bob? Questo non è il genere di posto in cui la gente concede seconde possibilità.»

«Siamo qui perché mi sa che abbiamo i federali alle costole e sto ripulendo il mio ufficio.»

«Per qualcosa in particolare?»

«No, diciamo semplicemente che il mio sesto senso da Uomo-Ragno mi dice di stare all'erta. Il punto è che l'intera operazione è a rischio e ho bisogno che se ne occupi il mio uomo migliore.»

«Tra cavilli e maneggi vari sarà un casino allo studio.»

«Resta coperto per ora. Non voglio che tu attiri l'attenzione su di te.»

Bob si alza per andarsene.

«Ehi, Bob, grazie di tutto.»

«Voglio che tu faccia una cosa per me, John. Una cosa che non avresti mai sognato di fare in tutti questi anni che ti conosco.»

«Cosa?»

«Voglio che tu ti fidi di me.»

«Mi fido di te, Bob.»

«Non voglio sentirtelo dire, John. Mi basta che tu ci creda.»

21

Il diavolo veste Brooks Brothers

Appena arrivo in ufficio do una ripassata al cv di Locke e le cose cominciano ad avere un senso. Avvocato difensore, ha vinto il novantanove percento delle sue cause. È una vera e propria macchina da guerra e si mangia i pubblici ministeri a colazione. In più – e non è una sorpresa – aborre la stampa e non ha mai concesso un'intervista. È davvero un uomo in nero, che si muove dietro le quinte, agisce nell'ombra e contribuisce a tenere le strade piene fino all'inverosimile della peggior feccia possibile. La sua lista clienti è criptata, così devo fidarmi del resoconto di centinaia e centinaia di riviste legali mai sentite prima per farmi un'idea di chi si faccia. Non mi sorprende sapere che un gran bel numero di mafiosi gli debba la propria libertà.

Ma questo non gli basta. I tipi come Locke col tempo diventano sempre più avidi e affamati di potere, e l'unica cosa di cui gli freghi davvero è vincere. Così, mette le mani sulla lista della protezione testimoni e ne vende i nomi ai clienti, agli amici dei clienti, al miglior offerente ecc. Trucca le carte a favore dei clienti e mantiene le statistiche dei suoi processi vinti nella stratosfera. Il tutto si traduce in milioni di dollari, per lui e per lo studio. La ciliegina sulla torta è l'utile netto che ricava vendendo i nomi. Questa, amici miei, è quel che si dice una logica *win-win*. Lo studio, ovviamente, vuole che i soldi continuino ad affluire, senza sapere da dove arrivino, così nessuno lo chiede.

Comincio a pensare che Locke potrebbe dare del filo da torcere a Bob. Potrà anche essere un civile ma è pericoloso, potente, e tra le sue conoscenze c'è, probabilmente, il gotha del crimine organizzato. Abbordarlo con una tazza di caffè non sarà possibile. Devo trovare il modo di tendere un agguato al bastardo quando non è circondato dal suo esercito di assassini. Ha ragione Bob. Ci stiamo avvicinando rapidamente alla nostra data di scadenza per questo incarico. Mi serve una corsia preferenziale per arrivare a Locke, e devo riuscire a ottenerla senza destare alcun sospetto. Mi serve Alice. È nella squadra di Bendini, ma in quanto dipendente vera e propria ha molto più accesso rispetto a me e, a questo punto, non ho intenzione di procurarmi un'altra risorsa. Naturalmente, al momento, è più probabile che Alice mi prenda a calci nelle palle piuttosto che aiutarmi in alcun modo. Devo tornare nelle sue grazie. Mi chiedo quali vini si abbinino meglio alla generosa porzione di merda che dovrò ingoiare.

Dipartimento di Giustizia degli Stati Uniti
Federal Bureau of Investigation
Washington, D.C. 20535

TUTTE LE INFORMAZIONI CONTENUTE SONO RISERVATE
TRASCRIZIONE DI SORVEGLIANZA: REGISTRAZIONE AUDIO – MICROFONO LASER A INFRAROSSI (150 M)

Luogo: residenza di Alice (xxx)/camera da letto, East Village, Manhattan
Soggetti: John Lago e Alice (xxx)

Qualcuno bussa alla porta. Rumore di Alice che apre la porta.

Alice: Guarda un po' chi è strisciato fuori dal buco del culo del diavolo.

Lago: Tu sì che sai sempre trovare le parole giuste.

Alice: E tu no. Gira i tacchi così posso vederti con la coda tra le gambe.

Lago: Mi dispiace.

Alice: Come inizio non è un granché.

Lago: Credi che mi lascerò morire se mi respingi per avere la tua misera vendetta? Per quanto tempo pensi di continuare a giocare duro con qualcuno che è abituato a soffrire?

Alice: Non lo so. Tu per quanto tempo pensi di continuare a usare la tua sofferenza come scusa per il fatto di essere un bastardo?

Lago: Non la sto usando come scusa. Proprio no. Merda. Non sono mai stato realmente con qualcuno. Voglio dire, ho avuto un sacco di... Tu però sei la mia prima...

Alice: Ragazza? È questo ciò che non riesci a dire? La maggior parte dei ragazzi supera il trauma alle elementari.

Lago: Il periodo più lungo che abbia mai passato con qualcuno è di due settimane, poi lei è morta. Ricordi che ti avevo detto che era finita male?

Alice: E stavolta te ne sei andato tu e io ci sono rimasta male. Fai schifo.

Lago: Non cerco pietà. Sto solo cercando di farti capire con cosa hai a che fare. Probabilmente farò molti errori, casini che la maggior parte dei ragazzi ha affrontato quando era più giovane.

Alice: E vuoi che io ti dia una possibilità.

Lunga pausa.

Alice: Se non sei neanche in grado di dirlo, perché mai dovrei dartela?

Lago: Dammi una possibilità. Ti prego.

Alice: Okay.

Lago: Tutto qui? Okay?

Alice: Oh, non sei ancora rientrato nelle mie grazie.

Lunga pausa. Rumori di contatto fisico.

Alice: Porta questo culo dentro.

Lago entra. Rumore della porta che si chiude.

Alice: Ho un regalo per te. L'avevo portato con me al bar per farti una sorpresa, ma poi tu ti sei abbattuto su di me come un Kiefer Sutherland qualsiasi.

Lago: Mi piacciono i regali. Lasciami indovinare. È un cucciolo?

Alice: Divertente. Non ho voglia di dirtelo.

Lago: Dài. Sto morendo di curiosità. Dov'è il mio regalo?

Alice: Aspetta qui.

Pausa.

Alice: Ecco qua.

Lago: Cos'è?

Alice: Leggi. Uno di questi uomini è tuo padre, probabilmente.

Lago: Ridillo.

Alice: Dorothy ha fatto la sua ricerca. Ha passato in rassegna tutti i registri delle visite al reparto di terapia intensiva neonatale. Ha eliminato gli estranei sicuri e il tutto si è ridotto a dieci nomi. Dieci!

John: Porca troia.

Alice: Tutto quello che devi fare è chiamarli.

Lago: Non so cosa dire. È la cosa più carina che qualcuno abbia mai fatto per me.

Alice: Sì che sai cosa dire, tonto.

Lago: Grazie.

Alice: Non male.
Lago: Ti amo?
Alice: Ci sei vicino.
Lago: Ti amo.
Alice: Ti credo.
Lago: Tu non lo dici?
Alice: Certo che no. Sono ancora incazzata con te.

– FINE DELLA TRASCRIZIONE –

22

Non è grandioso l'amore?

L'altra sera ho strappato diverse pagine dal copione di Hugh Grant e sono andato a casa di Alice per mettere in scena il pentimento più colossale di tutti i tempi. Ho fatto praticamente di tutto, eccetto mettermi in ginocchio sotto la pioggia e, credetemi, se ci fosse stata la pioggia, sarebbe stato esattamente ciò che avrei fatto. Ho portato anche un mediocre mazzo di fiori per aggiungere un tocco di magia extra alla performance. Naturalmente conosco i fiori molto bene, e avrei facilmente potuto procurare ad Alice un mazzo di rari crochi di zafferano, ma la cosa non è in linea con il mio personaggio e avrebbe sollevato dei sospetti. In più, i tizi che conquistano le ragazze nelle commedie romantiche hanno quasi sempre dei fiori assolutamente patetici, a rappresentare la loro anima mediocre che la donna dovrà coltivare. Basti dire che Alice si è commossa di fronte alla mia performance e io ho riguadagnato accesso alle sue grazie. E al suo letto, tra l'altro.

Per lavorarmela ben bene poi, stiamo andando a pranzare in un locale da favola, dove lei fingerà di sentirsi in colpa per il mio stipendio, ma dentro di sé sarà estasiata perché sono disposto a farmi spennare, anche se, realisticamente, il mio personaggio dovrebbe vivere al limite della povertà. Non è grandioso l'amore? Lo è se riesco a convincerla ad aiutarmi ad agganciare Locke.

«Ci stai davvero dando dentro, John. Non dovevi.»

È o non è magia?

«A dire il vero vorrei parlarti di una cosa.»

«Sei incinta?»

Mi rivolge un largo sorriso. «Cerca di essere serio almeno finché non ci porteranno l'insalata.»

«Okay. Che succede?»

«Avrai sentito qualche pettegolezzo sul nostro capo, negli ultimi tempi.»

Sorride. Ovviamente sa dello spettacolo da Far West che c'è stato a casa di Bendini l'altra notte, sono sicuro che lo tenga sotto sorveglianza ventiquattr'ore su ventiquattro, sette giorni su sette.

«Le voci di corridoio dicono abbia fatto incavolare il quartetto sbagliato» sussurra. «Uno di loro ha cercato di farlo fuori durante il fine settimana.»

«Io c'ero» le rispondo con un sussurro.

Lei è giustamente sorpresa. Bene. Non sapeva che c'ero anche io.

«Ma che cazzo...? Perché diavolo non me l'hai detto?»

«Non l'ho detto a nessuno. Gli stavo consegnando la pratica Foster a cui avevamo lavorato. Voleva che gliela portassi a casa perché non ero in ufficio. Quando sono arrivato lì sembrava di essere in una cazzo di zona di guerra. Me la sono proprio fatta addosso dalla paura. Quel che mi ha fatto più paura, però, è stato Bendini. Di fatto non me l'ha detto a parole, ma mi sono sentito come se avesse voluto lasciarmi intendere, sempre con modi garbati naturalmente, che farei bene a tenere la bocca chiusa al riguardo, o potrei far incazzare le persone sbagliate.»

«Oh, mio dio.»

«E ora l'ho detto a te, quindi vedi bene di tenere la bocca chiusa.»

Lei ostenta comprensione, ma si vede chiaramente che è elettrizzata. La cosa ha conseguenze enormi per il suo caso, per me è grandioso perché la spingerà a tenere i riflettori puntati su Bendini senza che le sue indagini rischino di mandare a puttane il mio nuovo incarico di uccidere Locke. Muore dalla voglia di conoscere i dettagli.

«Quali sono state le parole di Bendini?»

«Tutto ciò che mi ha detto è che ha dei nemici. E mi ha ringraziato per avergli salvato la vita.»

«Gli hai salvato la vita?!»

I miei occhi guizzano nervosamente.

«Tienilo per te.»

«Rilassati. Che ti credi che sono, *I tre giorni del condor*?»

«È il tuo primo riferimento cinematografico azzeccato da quando ti conosco. E sì, proprio come nel *Condor* mi sento come se potessero esserci occhi e orecchie dappertutto. Come faccio a essere sicuro che la persona che ha cercato di uccidere Bendini non sappia chi sono e ora voglia farmi secco perché è convinta che possa essere un testimone?»

«Tu guardi davvero troppi film, John. Santo cielo.»

«Ha parlato l'esperta.»

Alice avrebbe proprio voglia di ribattere, ma ci ripensa e lascia perdere. Comincia a sentirsi troppo a suo agio con me.

«Ci ho pensato molto e sono giunto alla conclusione che mi sentirei più tranquillo se lavorassi per qualcun altro allo studio.»

«Non ti biasimo. Ma chi, però?»

«Le controversie legali mi interessano parecchio. Magari potrei trovarmi un posto nella squadra di Locke.»

«Lo Sterminatore di draghi? Non vedi l'ora di beccarti una bella punizione?»

«Ho sentito dire che è il migliore.» Parola di bifolco.

«È senza dubbio il migliore, ma i suoi ragazzi sono tremendi. Sembrano zombie. La battuta che si fa su di loro in ufficio è che non pranzano mai perché si mangiano tra loro.»

«Perfetto. Puoi farmi entrare?»

«Forse. Una ragazza che conosco dall'università lavora nel suo ufficio.»

La cosa mi fa molto ridere perché Alice sta cercando di farmi salire a bordo del suo Espresso delle cazzate.

«Ma ti rendi conto che Bendini si incazzerà da morire se lo fai, vero?» mi mette in guardia.

«Sì. Ma io voglio fare carriera.»

Le mie ultime parole sembrano dette da uno yuppie isterico. Sto guadagnando punti per diventare un vero figlio di puttana nonché figlio di papà.

«Giusto. Vedrò cosa posso fare.»

23

Ne hai fatta di strada, bebè da cassonetto

Dopo pranzo, vado in quel cesso cieco che è il mio ufficio e lo trovo completamente vuoto. Le pareti erano zeppe di fascicoli prima che me ne andassi. Ora ci sono solo i muri bianchi. Anche il mio computer è sparito, insieme a tutti i miei effetti personali. Faccio un sospiro e cerco di esaminare la situazione. Lo so che non sono altro che una matricola del cazzo, ma tutto questo è ridicolo.

Mentre me ne sto lì senza sapere che cazzo fare, la porta viene chiusa a chiave alle mie spalle. Faccio per prendere la maniglia. C'è solo la serratura. Presumibilmente la persona dall'altra parte ha la chiave che a me non è mai stata data. Ma ciò non ha alcuna importanza, perché la persona dall'altra parte della porta molto probabilmente sta progettando di uccidermi. Se ci pensate, la mia stanza è una trappola perfetta. Sono al secondo piano interrato, ci sono una manciata di uffici simili al mio, ma il piano viene usato soprattutto come enorme deposito per i mobili e l'archiviazione dei fascicoli. Ragion per cui è molto tranquillo e raramente vi incontro altre persone. In più non ci sono vie di fuga. A differenza degli altri piani, questo ha un'unica porta di accesso alle scale e un solo ascensore – quello di servizio. E dovete usarlo, l'ascensore di servizio del cazzo, per arrivare fin qui. Per questo adorano metterci gli stagisti, perché è buio, isolato e ti ricorda in ogni momento che stai più in basso di una blatta del locale caldaie, nella catena alimentare dello studio.

Sento qualcuno fuori dalla porta, sta sussurrando a un'altra persona. Si muovono rapidamente, e a tratti sento i loro passi pesanti sul pavimento di legno vicino all'ascensore. Mi guardo in giro nel mio ufficietto di merda. Potrei facilmente abbattere la porta con un calcio, ma non sarebbe una buona idea perché di certo la staranno sorvegliando. È probabile che abbiano mandato qualcuno in avanscoperta per assicurarsi prima che fossi qui e poi per andare a chiamare il resto della squadra. Se sono fortunato ho trenta secondi per fare la mia mossa. La porta è esclusa. Non ci sono finestre. So cosa state pensando. Il condotto dell'areazione. Be', indovinate un po', *Mission: Impossible*: c'è solo un condotto HVAC di trenta centimetri in un angolo del pavimento. Dubito di riuscire a strisciare lì dentro per sfuggire al quartier generale della CIA.

Poi noto la minuscola fessura sul fondo della parete più lontana, appena sopra il bordo del tappeto da cucina anni Cinquanta. L'altra parete con cui fa angolo presenta le stesse caratteristiche, ma è più difficile notarle a causa del mezzo centimetro di polvere accumulatosi sul tappeto. Si tratta di pannelli in cartongesso tirati su per chiudere la stanza. Naturalmente nessuno di essi è fatto a regola d'arte, e rappresentano la mia salvezza. Sento altre voci smorzate all'esterno, si muovono lungo il corridoio. Devo fare qualcosa, subito. Prendo il mio coltello e lo infilo piano nel cartongesso di uno dei pannelli. È sottilissimo per cui affonda con facilità. Lo incido disegnando una grossa croce nella parte bassa. Le voci si avvicinano. Con tutta la mia forza spingo la pesante scrivania metallica contro il pannello. Come mi aspettavo, si disintegra non appena la scrivania va a sbattere di punta al centro della croce. Sento qualcuno gridare, ma l'adrenalina mi fischia nelle orecchie come un treno merci. Non ho tempo di prendere la pistola che ho alla caviglia e non riesco più a trovare il coltello. Dev'essermi caduto quando spingevo la scrivania. Fanculo. Mi tuffo nella breccia e balzo in piedi, pronto a ributtarmi a terra.

Porca troia.

Non si tratta di un commando che non vede l'ora di scaricarmi addosso un migliaio di pallottole 9mm silenziate e trasportare il mio corpo fatto a pezzi fino a Central Park South in un furgone per gli hot dog.

È Alice, con in mano una bottiglia di champagne, in compagnia di due inservienti che portano via tutta la mia roba.

«Ma quanto cazzo stai fuori?»

«Cielo, io... Che diavolo sta succedendo qui?»

«Hanno deciso di nominarti associato. Sono venuta qui per aiutarti a portare via le tue stronzate. I ragazzi di sopra non vedono l'ora di offrirti da bere.»

Ride. Gli inservienti non ridono affatto. L'ironia della sorte è davvero assurda.

«Mi dispiace. Claustrofobia.» Rivolgo loro un sorriso imbarazzato.

Lei mi prende la mano.

«Vieni con me, caso umano.»

Lasciamo i tipi a fissare le conseguenze dell'esplosione di cartongesso. Un attimo dopo mi ritrovo a sorseggiare champagne nel mio nuovo ufficio al quinto piano – con finestra.

«Ovviamente sei ancora mio.» Alice mi sorride.

«Ovviamente.»

Bendini entra nella stanza e mi stringe vigorosamente la mano.

«Un milione di dollari di parcelle arretrate? Incredibile. Tu da solo, ragazzo mio, sei un'intera squadra di demolizione.»

«Grazie signore.»

«Tutti gli altri pensavano tu fossi una sottospecie di bifolco.

Ma io lo sapevo. Te lo leggevo negli occhi. Hai la stoffa, ragazzo. Congratulazioni!»

«Non potrei essere più felice, signore. Voglio che sappia che lavorerò ancor più duramente per dimostrare di...»

«Dacci un taglio con le fesserie, figliolo. Beviamo qualcosa.»

Il suo assistente umanoide compare dal nulla con una bottiglia grossa e tozza di costosissimo Scotch e ne versa un bicchiere a tutti i presenti.

«Al radioso futuro di questo giovane uomo» brinda Bendini.

Lo so che questo è il *Manuale dello stagista*, ma non sono più uno stagista. Sono associato junior in uno dei più blasonati studi legali di New York. Se questa non fosse in assoluto la cosa peggiore che potesse accadermi in quanto sicario, sarei dannatamente orgoglioso di me. Concepito in un buco nero di disperazione, dai fianchi di una tossica cerebralmente morta con la terza elementare, cresciuto tra stupratori, pedofili, spacciatori di eroina e ogni altro genere di sanguisuga dei sussidi pubblici, e infine adottato da un marine con tendenze omicide. Viste le premesse, da tempo avrei dovuto essere già morto o, quantomeno, chiuso in un istituto di cura. E invece, guardatemi. Ne hai fatta di strada, bebè da cassonetto.

E sapete una cosa? Me la spasserò. Almeno prima di diventare un cadavere o prima di finire in carcere. Sarò famoso per ragioni del tutto estranee al fatto di essere responsabile della maggior parte degli omicidi di alto profilo avvenuti a Manhattan nell'ultima decade. Ehi, ne ho tutto il diritto.

Dopo che Bendini se ne va, Alice si sistema alla finestra accanto a me. In effetti ho una vista più che decente della strada e di un angolo del parco. Fa cin-cin col bicchiere.

«Ferro azzurro ama Anacott acciaio.»

«Questo è il tuo servizio sveglia, Buddy» dico con un sorriso.

«Immagino che Bendini ti dovesse un favore.»

«Già.»

«E vuoi comunque provare a leccare i mocassini con le nappine di Locke?»

«No, credo che starò bene qui, grazie.»

«Goditela finché dura, perché credo che ti prenderò di mira.»

Sa quel che dice ma non dice quel che sa.

'Prenderò di mira', poi, è una gran bella scelta lessicale. Una volta tanto, sono proprio felice che Alice pensi io sia una mina vagante che lei non riesce in alcun modo a neutralizzare. D'un tratto tutta la faccenda sembra molto più divertente. Soprattutto ora che ho gioiosamente gettato al vento il manuale con tutte le sue regole. Penso che per lei sia altrettanto piacevole. Sono appena salito di livello: da quello che meritava sì e no il suo distratto interesse a potenziale attore protagonista. Le tocco il culo, solo per vedere quanto ci mette a chiudere i battenti. Invece tocca il mio. Bene. Non ha senso lasciare che il lavoro interferisca con una scopata coi fiocchi.

La notte decido di fingere che tutto questo sia reale e di godere dei frutti del mio lavoro. Dopo aver acquistato dei completi nuovi con Alice (a spese di Bob, naturalmente), ceniamo in un ristorante di lusso che sembra fatto apposta per infastidirmi a morte. Invece non sono infastidito. Sono ubriaco: in parte accecato dall'alcol ma perlopiù accecato dal potere. Ho una bellissima donna sotto braccio. E vedo chiaramente che anche lei si è calata nella parte. Tutto va bene nel mondo quando ci abbandoniamo al piacere tra le raffinate lenzuola dell'hotel del sesso. E prima di lasciarmi portar via dal sonno dico a me stesso che devo ricordarmi di questi momenti, perché mi servirà un ricordo felice quando tutto quanto esploderà, lasciando il posto a un lago di sangue.

Dipartimento di Giustizia degli Stati Uniti
Federal Bureau of Investigation
Washington, D.C. 20535

TUTTE LE INFORMAZIONI CONTENUTE SONO RISERVATE
TRASCRIZIONE DI SORVEGLIANZA:
REGISTRAZIONE AUDIO – VISORE A FIBRA OTTICA

Luogo: Flatiron Hotel, Manhattan
Soggetti: John Lago e Alice (xxx)

Contatto fisico. Lunga pausa. I soggetti respirano affannosamente.
Alice: Adoro farlo in hotel. Mi fa sentire una squillo. Che poi era il mio piano B se la storia dell'avvocato non fosse andata in porto.
John: Quanto ti devo?
Alice: Molto divertente. Dovrei farti pagare, in effetti. Mi hai appena fatto perdere un'ora fatturabile.
Lago: E ho diritto a uno sconto? Come cortesia professionale?
Alice: Puoi dormire sul luogo del delitto. Nessun costo aggiuntivo.
Lago: È più che generoso.
Alice: Allora, sei felice ora, isterico stronzetto? Hai il lavoro, la ragazza, l'ufficio cazzuto.
Lago: Già. Non pensavo fosse possibile, ma sono davvero... oserei dire... felice. Probabilmente per la prima volta in vita mia.
Alice: E devi tutto quanto a me, ovviamente.
Lago: Ovviamente, cara.
Esplosione di un tappo di champagne
Lago: È del minibar! Ci costerà una fortuna.
Alice: È un'occasione speciale. Dobbiamo festeggiare.
Lago: Pensavo avessimo già festeggiato.

Alice: Non è per il lavoro o per quanto sia favolosa a letto. C'è molto altro.
Lago: Oh, mio dio. Sei incinta.
Alice: Molto divertente. No, ho una sorpresa per te.
Lago: Che cosa?
Alice: Devi promettermi di non fare il matto.
Lago: Per una sorpresa? Com'è possibile?
Alice: Prometti e basta.
Lago: Okay, lo prometto.
Alice: Si tratta di tuo padre. Ho chiamato le persone della lista. Mio padre lavorava per il governo e ho chiesto a uno dei suoi vecchi colleghi di aiutarmi. So che in passato è stata dura per te. Ce l'hai con me?
Lago: Certo che no. Allora, che cosa hai scoperto?
Alice: Sono abbastanza sicura di averlo trovato.
Lunga pausa.
Alice: Stai bene?
Lago: Certo. Sono solo un po' scioccato.
Alice: Immagino. Ma è anche eccitante, no?
Lago: Assolutamente. Come si chiama?
Alice: Marcus (xxx).
Lago: Wow. Che gran nome da papà.
Alice: Che ti aspettavi?
Lago: Col mio passato, un qualche soprannome da gangster da strapazzo, tipo Levriero o Palla di neve.
Alice ride.
Lago: Ma Marcus (xxx) ...Accidenti. Suona come il nome di uno dei tizi dell'ufficio, sai. Stile mafia dello squash e gin.
Alice: Lo so. Probabilmente porta il fazzoletto al collo e le scarpe da barca.
Lago: Grazie. Apprezzo davvero il tuo aiuto. Sei stata straordinaria, non ce l'avrei fatta senza di te. Ti amo.
Alice: Io ti amo. Chiamalo.
Lago: Lo farò.

– FINE DELLA TRASCRIZIONE –

24

A letto con il nemico

Le due settimane successive sono surreali. Sono così sovraccarico di lavoro che quasi mi dimentico il vero motivo per cui sono qui. O meglio, preferirei non ricordarlo. In ogni caso, mi trovo a mio agio nella mia nuova classe sociale. Gli altri associati junior, i miei colleghi, hanno tutti un'alta istruzione e sono persone interessanti. Gli piaccio perché pensano io sia una specie di becero geniaccio arrivato dalle terre selvagge. Bob li ha descritti nel modo più efficace. Si riconoscono tra loro – la scuola privata, l'Ivy League, le estati al circo di Southampton – ma sono disposti ad accettarmi come convertito. Sono desiderosi di adottarmi e prendersi cura di me come di un bastardino. Così mi invitano alle loro feste e alle partite di squash. Mi chiedono consigli sulle loro cause e mi portano il dolce fatto in casa dalla nonna. Mi dicono che quest'anno devo andare a sciare con loro a Beaver Creek e mi chiedono di unirmi al loro club di canottaggio. E io prendo tutto. Lo faccio perché potrebbero essere tutti risorse di grande valore quando si tratterà di raccogliere informazioni su Locke. Ma anche perché questi sono davvero i primi amici che io abbia mai avuto. Da bambino, potevo considerarmi fortunato se un gatto randagio con tre zampe mi faceva le fusa, figuriamoci i boss di buona famiglia dell'élite di potere di Manhattan.

Ad Alice piacciono alcuni di loro, ma non a tutti loro piace Alice. Le donne sono particolarmente riluttanti ad accoglierla, perché è tutto ciò che loro non saranno mai: è vivace, fieramente indipendente, fisicamente forte e bella in un modo in cui solo un meticcio può essere bello – un originale assoluto, senza l'aura da Reese Whiterspoon emanato da ogni singolo esemplare di quella che mi piace definire la Congrega delle Barbie.

Mentre me ne sto nel mio ufficio umile ma ben arredato ad ammirare il panorama parziale ma spettacolare, comincio a sperare che le cose restino così per sempre. Magari Bob deciderà che me lo merito e manderà qualcun altro a uccidere Locke. In fondo, non sono più quella brezza leggera che si infiltrava e usciva dalle situazioni con la stessa facilità. È una fantasia gradevole. Potrei passare alla mia nuova carriera immediatamente. Con il mio istinto da killer potrei risalire la piramide sociale aziendale e spodestare tutti quelli che stanno sopra di me. Potrei davvero conquistarlo questo posto del cazzo. Fare l'avvocato non è poi così diverso dal fare l'assassino. Entrambi i lavori richiedono una mentalità da predatore. Entrambi lasciano dietro di sé il più totale scempio. Di fatto, io mi limito a uccidere le persone. Gli avvocati le distruggono, come una mafia in doppiopetto dai poteri divini. Ehi, se gli avvocati possono far assolvere uno come O.J. Simpson, possono anche camminare sull'acqua, cazzo, e far aprire i cancelli dell'inferno. Questa carriera è perfetta per me, sotto tutti gli aspetti.

Eppure non è che una cazzo di chimera, nutrita di illusioni. La fantasia è un lusso che non posso permettermi, e ne ho la conferma quando Bob mi risveglia mettendomi il pepe al culo. Mi dice che le persone che hanno ordinato il colpo stanno diventando molto impazienti. Vogliono i fatti, e ci hanno dato due settimane per chiudere la missione o manderanno qualcun altro – una squadra per spedire noi in pensione. Non è la prima volta che ci viene chiesto di accelerare il tutto. Ma è la prima volta che riceviamo minacce. Gli prometto che moltiplicherò i miei sforzi, lui mi legge nel pensiero e mi consiglia di non farmi venire strane idee, di non tirarla volutamente per le lunghe, così a lui faranno la pelle e io potrò essere libero di giocare a fare l'avvocato per il resto della mia vita. Lui scherza, ma a me il pensiero era davvero passato per la mente.

Dipartimento di Giustizia degli Stati Uniti
Federal Bureau of Investigation
Washington, D.C. 20535

TUTTE LE INFORMAZIONI CONTENUTE SONO RISERVATE
TRASCRIZIONE DI SORVEGLIANZA: REGISTRAZIONE AUDIO

Luogo: intercettazione telefonica wireless – cattura IMSI/microspia
Soggetti: John Lago e Alice (xxx)

Alice: Ti mancherò?
Lago: Certamente.
Alice: Certamente cosa?
Lago: Wow... Dici sul serio?
Alice: Ho bisogno di sentirtelo dire.
Lago: Mi mancherai.
Alice: Anche tu mi mancherai.
Lago: Perché così formale?
Alice: Perché è così che mi sembri.
Lago: Cielo.
Alice: Non ti incazzare.
Lago: Non sono incazzato.
Alice: E dài... Cosa c'è che non va?
Lago: Non vedevo... be', non vedevo l'ora di vederti. Ecco. Contenta?
Alice: Ora mi fai sentire in colpa, ti comporti come un vero e proprio fidanzato[12].

---

[12] In inglese *You're being all honest injun and boyfriendly*. L'espressione *honest injun* può considerarsi l'equivalente – politicamente scorretto – del nostro 'parola di lupetto'. La 'scorrettezza' è dovuta al fatto che nello slang la parola *injun* è usata per riferirsi in modo offensivo ai nativi americani.

Lago: Un vero e proprio fidanzato? Ehi, ma sto parlando con Miley Cyrus[13]?

Risate.

Alice: Anch'io non vedevo l'ora di vederti. Ma è solo questione di tempo.

Lago: Sì. Assolutamente.

Alice: Grazie per essere così comprensivo. Mia zia ha davvero bisogno di me.

Lago: Quando hai il volo?

Alice: Tra un paio di ore. Il funerale è domani pomeriggio.

Lunga pausa.

Lago: Cosa c'è che non va?

Alice: Sto solo pensando a quanto sia facile perdere qualcuno, sai? Tu, ad esempio, potresti sparire in un batter d'occhio.

Lago: Non vado da nessuna parte, io. Be', vado a farmi una bistecca. Quella la farò sparire davvero.

Alice: Ah-ah. Non far finta di non aver capito. Tutto quanto è così fugace e caduco. Se ci penso potrei veramente impazzire, cazzo.

Lago: È per questo che non si può mai dare niente per scontato.

Lunga pausa. Si sente Alice piangere.

Lago: Mi dispiace. È solo che sento che la vita è breve, e io voglio viverla tutta, nel bene e nel male.

Alice: È un buon modo di pensare. Ma per certi versi fa schifo. Talvolta mi fa venir voglia di mandare tutti a farsi fottere e darci un taglio.

Lago: Darci un taglio?

Alice: Già. Girare i tacchi. Magari lasciare persino il Paese. Far perdere le mie tracce e godermi il resto della vita da qualche altra parte.

Lago: Non è nel tuo stile. Impazziresti. Tu adori l'azione.

Alice: Non ne sono più tanto sicura.

Lago: Per quel che vale, se tu sparissi dalla circolazione... be', allora sparirei anch'io con te, cazzo.

Alice: Grazie, John. Sei un bravo ragazzo.

Lago: Vorrei che fosse vero.

Alice: Perché mai dici una cosa del genere? Mi hai forse tradito?

Lago: Oh, mio dio. Wow.

---

[13] È risaputo che la famiglia della cantante statunitense discenda dai Cherokee (in questo caso, quindi, il riferimento è tutt'altro che offensivo).

Alice: Okay, scusa. Ma... seriamente, perché mai dire una cosa così?

Lago: Vuoi saperlo davvero?

Alice: Sì. Voglio saperlo davvero. Voglio essere sicura che non mi sto scopando Ted Bundy[14].

Lago: Se solo fossi bello come lui.

Alice: E dài.

Lago: Un'altra volta. Non hai certo bisogno di sentire la litania dei miei peccati ora che stai andando a un funerale.

Alice: Ti costringerò a mantenere la parola. Mi devi una confessione.

Lago: Sì, padre. Ma stai attenta a ciò che desideri.

– FINE DELLA TRASCRIZIONE –

---

[14] Serial killer statunitense, responsabile di oltre trenta omicidi.

25

La morte prematura dello Zio Sam

Dopo una partita a squash con uno dei miei nuovi amichetti dell'ufficio, prendo un taxi per andare a cena con Alice, ma lei mi chiama e annulla tutto. Uno dei suoi zii è morto, e deve prendere un volo per Washington stasera stessa per andare al funerale. Washington? Possibile che si tratti dello Zio Sam? Proprio come me, anche lei probabilmente deve fare il punto della situazione con i propri superiori, per discutere dei mancati progressi. Almeno non dovrà star lì a farsi minacciare. O, quantomeno, non si tratterà di minacce di morte. Le dico che mi dispiace e faccio di tutto per sembrare sincero. Lei si comporta come se fosse davvero a pezzi per lo zio. Non chiedo il suo nome per mera cortesia professionale. Odio quando mi si dice una menzogna e so che questa lo è, così risparmio a entrambi l'imbarazzo.

Decido di fare una visita all'appartamento di Alice per cercare di ampliare le mie informazioni. Il mucchio di dati grezzi che sto scaricando ogni giorno dal dispositivo installato dentro il suo portatile è enorme, impressionante, e ci vorrebbe davvero troppo tempo per passarlo al setaccio senza le squadre di droni di Bob. Lei ha lasciato l'ufficio ed è andata dritta all'aeroporto, quindi so che il portatile è ancora a casa.

Non lo porta in ufficio perché probabilmente i federali non vogliono che i loro dati se ne stiano nello studio legale più grande e potente di Manhattan. Potrebbe essere il mio colpo da maestro.

Decido di farlo in modalità invisibile. I suoi vicini mi conoscono bene e di certo le direbbero di avermi visto lì da solo quando lei non c'era. Vive in uno di quei palazzi – oltremodo fastidiosi – da cooperativa di abitazione, in cui tutti quanti pensano di aver comprato anche il diritto di farsi gli affari tuoi, insieme alla loro scatoletta da scarpe senza ascensore, con una sola camera da letto, mezzo bagno e senza acqua calda. E poi – non sono certo se sia per paranoia o per i miei sensi da felino della giungla –, dopo lo spettacolo pietoso a casa di Bendini mi sento come se qualcuno mi stesse spiando. Badate bene, sono già stato spiato in passato, e a dire il vero mi piace abbastanza il brivido esibizionista che la cosa mi suscita. In questo caso specifico, però, potrebbe trattarsi dei compari di Bendini o della squadra d'appoggio di Alice, così devo prendere qualche precauzione extra per evitare che seguano i miei movimenti. A parte questo, la modalità invisibile è molto divertente. Ti devi infilare una di quelle fighissime tute da ninja e attraversare la città passando dai tetti – come Batman o Robert De Niro nel primo *Padrino*.

Così prendo un taxi, con la mia roba infilata dentro una borsa di tela, e arrivo alla YMCA, a quattro isolati dall'appartamento di Alice. Sono socio, ed è una cosa che vi raccomando vivamente, perché è un po' come avere un deposito in ogni parte di Manhattan. Potete affittare un armadietto privato in ogni sede e tenerlo quanto vi pare. E chiedono solo la vostra YMCA card – su cui c'è la vostra identità falsa – insieme a una carta di credito – non rintracciabile ovviamente, un'altra delle specialità di Bob. Niente patente, passaporto o altre stronzate da far venire i sudori notturni a chi li ha falsificati. Entro in sede senza guardare nessuno e vado dritto al mio armadietto.

Avrete sentito parlare dei ninja. Sono certo che anche solo sentire la parola vi fa scoppiare a ridere. Questo perché credete che tutto ciò che riguarda le culture straniere possa essere tranquillamente ridotto a una comparsata da talk show in seconda serata. E sì, conosco il film di Chris Farley, *Mai dire ninja*. Certe persone trovano assolutamente divertente il ninjutsu, ma se lo conoscete almeno un po', saprete che non c'è proprio niente di divertente al riguardo.

Tanto per cominciare, i ninja sono in giro dal XII secolo. Come per noi, le funzioni del ninja comprendono lo spionaggio, il sabotaggio, l'infiltrazione e l'assassinio. In effetti, Bob ha creato tutto quanto il programma di stage basandosi su quattro dei diciotto precetti del ninjutsu: Hensōjutsu (travestimento e impersonamento), Shinobi-iri (infiltrazione silenziosa), Bōryaku (tattiche di combattimento non convenzionali) e Intonjutsu (fuga e occultamento). Come dire, i quattro pilastri della RU s.r.l.

Uno dei momenti più radiosi della mia carriera ha a che fare con un incarico nel quale seguii per la prima volta tutti e quattro i pilastri senza il minimo errore. Ironia della sorte, il mio bersaglio era un uomo d'affari giapponese di nome Raiden Sanjuro, e il suo bisbisnonno era stato un ninja al servizio dell'imperatore. Aveva praticato il ninjutsu da bambino, ma aveva disonorato la propria famiglia rigettandolo e abbracciando la cultura occidentale – che amava più della propria. Cionondimeno quest'ultima gli era stata inculcata fin dai primi anni di vita, dimenticarla per lui era impossibile.

Aveva una compagnia ben avviata che forniva personale esterno a imprese manifatturiere, ma in realtà non era che una copertura per la sua vera attività – una rete di cellule di spionaggio industriale che raccoglieva informazioni sensibili dalla Silicon Valley alla Hudson Valley per rivenderle al governo cinese. I cinesi sono i migliori imitatori al mondo e hanno capito già molti anni addietro che è molto più redditizio e semplice rubare la proprietà intellettuale e i successi altrui, concentrando i propri sforzi sul perfezionamento del processo di ingegneria inversa e trovando modi più economici ed efficienti per la produzione e la distribuzione di massa. In tal modo spendono una minima parte di ciò che gli altri spendono in ricerca e sviluppo, mantenendo il ruolo di leader nel progresso tecnologico e soffocando i creatori dei prodotti originali con i loro articoli identici ma a prezzi infinitamente più bassi. Sanjuro era uno dei più grossi fornitori di dati commerciali sensibili della Cina e veniva pagato profumatamente per i propri servigi.

I cinesi sono bravi anche a proteggere i propri investimenti. Di conseguenza questo tizio aveva la sicurezza più impenetrabile che avessi mai visto e che mai vedrò, probabilmente, a meno che non mi lasci coinvolgere in un omicidio politico. Aveva un piccolo esercito di soldati cinesi – tutti quanti formati negli Stati Uniti per quanto riguarda la lingua e l'integrazione culturale ma addestrati in Cina a essere duri come i chiodi di una bara del cazzo e a non fregarsene un cazzo di perdere o meno la propria vita. In fin dei conti, a questa gente fanno il lavaggio del cervello fin dalla nascita, affinché pensino di essere nient'altro che organi del corpo politico e niente più. Se muoiono, ci sono già pronti un miliardo di altri candidati che non aspettano che di prendere il loro posto, e la grande madre Cina non perderà neanche un colpo.

Sanjuro era il mio bersaglio, e potreste pensare che ottenere uno stage presso la sua compagnia, per me, un ragazzo bianco, fosse un'impresa davvero troppo difficile. Bob, invece, riuscì a fare centro. Mi fornì un addestramento militare con i controcazzi, forte di esperienza tecnica. Sostanzialmente ero un ex pilota di droni con specializzazione in comunicazioni satellitari, avionica remota e sistemi geomagnetici di posizionamento globale. Roba davvero interessante, cazzo, devo ammetterlo. Avendo il pallino per la tecnologia ne sono andato subito pazzo e l'azienda di Sanjuro andò pazza per me. Hensōjutsu (travestimento e impersonamento). Fatto.

Mi mandarono a lavorare con Zhen, uno dei direttori vendite di Sanjuro. Il tizio in questione però non era il solito manzo da campo da golf, alticcio e godereccio. Era stato nell'intelligence militare cinese ed era lo stronzo più colossale che abbia mai conosciuto in tutta la mia vita. Quando gli serviva qualcosa ero il suo servo debitore, con i diritti di un fuco in un formicaio. Ciò che lo impressionò particolarmente fu la mia assoluta disponibilità a fare qualunque cosa mi chiedesse, senza domande o lamentele – un atteggiamento che, secondo la sua esperienza, i caucasici erano persino incapaci di comprendere. Ero reperibile a tutte le ore e c'erano volte in cui non dormivo per ventiquattr'ore di fila. Come tutti gli altri, Zhen fu conquistato dalla libertà che gli davo, facendo sostanzialmente il lavoro al posto suo e, alla fine, anche lui esagerò nel concedermi libertà di movimento. Superato tale scoglio, in un batter d'occhio, guadagnai l'accesso a Sanjuro.

Shinobi-iri (infiltrazione silenziosa). Fatto.

Poi arrivò il colpo vero e proprio. Potevo anche aver narcotizzato Zhen a forza di compiacerlo, ma Sanjuro era tutta un'altra storia. Era creativo nella sua paranoia e nella caccia ai nemici in agguato e spesso mi faceva perquisire in cerca di armi nascoste. Io accettavo in silenzio e amabilmente tutto ciò che esigeva, ma ciò sembrava renderlo ancor più diffidente. Mi disse che avevo gli occhi scaltri di una volpe e che non credeva fossi chi dicevo di essere. Eppure non mi allontanò, perché ad ogni giorno che passava diventavo sempre più prezioso per la compagnia.

Conoscendo la sua scorta, il caso necessitava di notevole Bōryaku (tattiche di combattimento non convenzionali) se volevo riuscire nel mio intento. I miei migliori scenari di assassinio, però, non comprendevano alcuno scenario accettabile di fuga e occultamento (Intonjutsu). Sanjuro era il tipo che si era creato una costosa rete di uomini di fiducia. E aveva organizzato i propri affari in maniera tale che essi procedessero senza intoppi, che lui ci fosse o meno. Quindi, lo scopo non era il colpo in sé, ma smantellare l'intera organizzazione con il colpo. Altrimenti, che senso aveva farlo?

Mi venne in mente che avrei potuto trovare la risposta presso i clienti di Sanjuro, i cinesi. Se avessi potuto fare in modo che l'omicidio avvelenasse la fonte anche per i cinesi, essi avrebbero sistematicamente fatto fuori tutti gli uomini rimasti, al fine di tagliare ogni legame con l'organizzazione di Sanjuro. Riuscirci avrebbe significato stravincere. Se i cinesi si fossero sentiti minacciati da Sanjuro, si sarebbero mossi rapidamente per aggiustare la situazione. Pensando a questo, trovai immediatamente la risposta che cercavo. Un tale livello di fallimento sarebbe stato devastante. Sarebbe stato disonorevole per lui che, anche se aveva reciso i propri legami con gli antenati giapponesi, viveva comunque secondo il codice del guerriero ninja: morte prima del disonore. Così, l'unico modo che gli restava per salvare la faccia sarebbe stato compiere il suicidio rituale conosciuto con il nome di seppuku. Talvolta si riesce a portare uno squalo a divorare sé stesso, se si versa nell'acqua sangue sufficiente.

Riuscii a crackare il portatile di Sanjuro – tutto merito di quel culo moscio di Zhen e della squadra di smanettoni di Bob – e misi insieme una quantità sufficiente di file per distruggerlo una volta per tutte. Quindi nascosi i file in un pacchetto dati fantasma, sul server di posta sicuro di Sanjuro. Il pacchetto era settato in modo tale che all'accesso successivo si sarebbe inviato automaticamente a diverse persone decisamente interessate al contenuto: FBI, CIA, Sicurezza nazionale, i soliti sospetti. Nella lettera di accompagnamento lo stesso Sanjuro spiegava di volere protezione dai cinesi, l'immunità da qualsiasi procedimento giudiziario ecc. Ovviamente la polizia segreta cinese ha collaboratori in ogni parte del nostro governo – come noi nel loro –, quindi sarebbe stata solo questione di ore prima che i clienti di Sanjuro scoprissero il suo tradimento. A quel punto Sanjuro avrebbe commesso il suicidio per riequilibrare le cose con Buddha, e io, alla RU, sarei passato alla storia come un fottuto genio.

Le cose, però, non andarono proprio come avevo pianificato. La mail fu inviata e Sanjuro fu incluso nella lista cinese dei 'dieci uomini più ricercati per essere torturati e uccisi', ma avevo sopravvalutato la sua dedizione ai costumi giapponesi. Invece di darsi da fare con il coltello, in vero stile Bushido, e sventrarsi sul pavimento della cucina, prese tutti i soldi che riuscì a infilare nella propria Louis Vuitton e tentò di fuggire dal Paese. Bob non ne fu affatto felice. Al fine di rimettere ordine in ciò che era ormai divenuto un formidabile bordello, dovevo prenderlo prima che un elicottero lo prelevasse dal tetto di un lussuoso hotel di L.A. Se ne stava rintanato nella suite riservata alle overdose delle celebrità, appena sotto alla piattaforma di decollo. Sanjuro era scortato da una decina di gorilla ed era armato fino ai denti. Gli uomini di Bob intercettarono la chiamata per l'elicottero e mi nascosero nella stiva di quello che mandammo al posto dell'altro ordinato da Sanjuro. Mentre il pilota raccontava stronzate alle due guardie piazzate sul tetto, io scivolai fuori e discesi nella suite. Dieci tizi sembrano molti, lo so. Tuttavia tenete a mente che Zhen non faceva parte dei dieci, né ne facevano parte le altre guardie militari cinesi della squadra originaria; tutta colpa del nuovo ordine impartito loro di uccidere Sanjuro senza esitazione. Così, aveva messo insieme un branco di energumeni – volendo proprio essere generosi. Alla luce di ciò, la mia preoccupazione maggiore era Sanjuro stesso. A questo punto, però, sapevo anche che era una cazzo di fighetta e che avrebbe cercato innanzitutto di scappare. Così, quando provò a fuggire verso la piattaforma, il pilota dell'elicottero lo aspettava con una siringa piena dello stesso intruglio che aveva già usato per stendere i tizi della sicurezza – ricetta mia, ovviamente.

Nel frattempo, nella suite, i dieci gorilla mi attaccarono in modi ridicolmente prevedibili. La sfida maggiore fu impedire loro di far fuoco prima che io li uccidessi. L'ultima cosa di cui avevo bisogno era che la sicurezza dell'albergo, seguita dal dipartimento di polizia di L.A., facesse irruzione per neutralizzare eroicamente uno scontro a fuoco nella suite presidenziale da 10.000 dollari a notte. In più, dovevamo portar via gli stronzi senza lasciare traccia, per cui un bagno di sangue non era un'opzione praticabile.

Ciò che seguì avrebbe reso il bisbisnonno ninja di Sanjuro orgoglioso – di me, s'intende. Avevo studiato la loro tecnica di combattimento fin dai miei inizi alla RU. Tutto il mio corpo era un'arma. Ogni punto, dalle dita delle mani a quelle dei piedi, i gomiti, le ginocchia, il mento, l'arco sopracciliare, i talloni, tutto quanto. E quando cerchi di combattere silenziosamente, tendi ad affidarti ai colpi letali più efficaci. Non hai tempo di rompere una sedia sulla testa di qualcuno o di sollevarlo e scagliarlo contro una vetrata. È un ballo corpo a corpo, occhi negli occhi.

I primi due provarono a estrarre le loro mitragliatrici MAC-10 – un'arma da quattro soldi, inaffidabile, ma molto amata dalle gang. Affondai la canna nella cavità oculare di uno e usai la cinghia per spezzare il collo dell'altro. Il piccolo scambio di vedute mi fece sembrare vulnerabile agli altri. Si illusero di potermi prendere mentre ero impegnato a uccidere i loro amichetti. Quel che non sapevano era che si trattava esattamente di ciò che volevo far credere loro.

«Fatevi un bel tuffo, ragazzi. L'acqua è una meraviglia.»

I due che mi attaccarono da dietro finirono per cadere l'uno sull'altro, quando scivolai tra loro e frantumai la gola di entrambi con i piedi, in una mossa che si chiama Falco afferra Topo. Quando gli altri sei lo videro, notai chiaramente che si pentirono di essersi avvicinati troppo, ma sapevano anche che la ritirata non sarebbe stata possibile. Due di loro stupidamente fecero correre la mano verso la pistola. Entrambi ricevettero un colpo a mano aperta sul naso, per cui i frammenti dello scheletro facciale gli finirono dritti nei lobi frontali. Altri due provarono davvero a darsela a gambe e si beccarono la specialità dell'uomo delle caverne – afferrare i capelli sulla nuca e colpire le vertebre cervicali per un'uscita di scena rapida e indolore. Gli ultimi provarono a farmi il vecchio giochetto dell'alto-basso. Uno mi si buttò sulle gambe, mentre l'altro provava ad afferrarmi per la testa e il busto. Presi il tizio in alto per la sua di testa e lo sollevai sopra le mie spalle, spezzandogli il collo e al contempo usando il suo corpo come una mazza, che affondai sul tizio in basso, fracassandogli il petto e spappolandogli il cuore.

Il pilota dell'elicottero portò dentro Sanjuro e lo adagiò sul divano. Quando tornò in sé avevamo già tolto di mezzo i cadaveri della scorta e ripulito la stanza, facendola tornare immacolata. Inizialmente gli sembrò un sogno, ma quando vide il mio volto sorrise.

«Non sono sorpreso» disse.

«Io sì.»

«Perché?»

«Perché questo non è il comportamento di un uomo onorevole, fuggire dal fallimento.»

Poi smise di sorridere e chinò la testa. Avrei potuto benissimo aver deflorato sua sorella, stando al modo in cui il suo corpo si afflosciò per la vergogna.

«Per rispetto dei tuoi antenati, però, sono pronto ad aiutarti a fare la cosa giusta» dissi con voce piatta.

Posai una katana sul tavolino. L'avevo presa dal suo appartamento. A giudicare dal tessuto sfilacciato dell'impugnatura e dai minuscoli puntini del metallo, era in condizioni eccellenti ma molto antica. Pianse quando la vide.

«Tu sei un uomo d'onore» sussurrò.

Si inchinò profondamente di fronte a me, poi si infilò la lama appena sotto il costato. E non ebbe bisogno di sventrarsi, perché l'affondo iniziale gli recise l'aorta superiore, e questo è quanto.

Bob ne fu soddisfatto. Alla fine avevo ottenuto quel che volevo e tutto era finito come doveva, ma mi mise comunque in guardia dicendomi di non lasciare mai niente al caso in futuro. Non lo feci più. Fino a questo incarico, naturalmente.

26

Stronzate da fidanzati

Tornando all'YMCA, indosso quella che sembrerebbe la tradizionale uniforme ninja ma in realtà è un ibrido di mia invenzione per le operazioni in incognito. Il tessuto è un misto di microfibra e Kevlar. Di conseguenza è traspirante, flessibile e a prova di lame, punte, aghi e persino proiettili, fino a un calibro di 9mm. In più è davvero fighissima. Indosso scarpini neri da rocciatore con suole in gomma grippante e guanti in gel gommato e adattabile che si attaccano come colla a qualsiasi superficie senza lasciare la minima traccia. Salendo le scale fino al tetto, mi infilo il cappuccio con le sottili fessure per gli occhi ed entro in modalità ninja letale.

Poi arriva la parte migliore – saltare sui tetti. C'è un motivo per cui nei migliori film d'azione e nelle migliori serie televisive poliziesche ci sono scene di inseguimenti sui tetti. Tanto per cominciare sono divertenti. Le controfigure, uomini o donne che siano, *adorano* farle. Ovviamente loro hanno le corde di sicurezza, ma posso garantirvi che vorrebbero non averle. Saltare dal tetto di un grattacielo all'altro è la cosa più simile a volare. Già, potreste fare paracadutismo. Ma sapreste di avere il paracadute. E volare significa andare dal punto A al punto B. Gli uccelli, di solito, non cadono perpendicolarmente dal cielo per arrivare a terra, a meno che non attacchino una preda. In fondo non state neanche saltando troppo lontano. È l'esposizione che vi fa sentire Iron Man. Quando invece fate un salto di oltre quattro metri, avendo sotto di voi uno strapiombo di trenta, è come fare base-jumping dal Chrysler building.

L'altra cosa che mi piace del saltare da un tetto all'altro – così penso mentre percorro saltellando i quattro isolati fino all'appartamento di Alice – è che soffro di vertigini. È praticamente l'unica paura che ho. Non per vantarmi, è solo la realtà. Da bambino, ho avuto un ritardo nella crescita (per ovvi motivi) e non ho mai sviluppato un sano senso di paura o di apprensione. In più, quando avevo sette anni, sono stato tenuto per le caviglie fuori da un edificio di dieci piani da uno spacciatore, la cosa potrebbe avere a che fare con la mia fobia. Vi sembrerà strano, ma da quel momento in poi ho sempre cercato la stessa scarica di paura. Un po' come se sentire finalmente una cosa qualsiasi mi avesse reso d'un tratto un essere umano. Fino a quel momento ero sempre stato convinto di essere un robot. Non mi ammalavo mai né mi sentivo male per alcun motivo. È una cosa primordiale probabilmente, per tornare al mio argomento preferito. Nel mio cervello non c'era spazio per le emozioni perché esse (a) avrebbero intralciato i miei istinti predatori o (b) non mi avrebbero fornito alcun vantaggio sul mondo esterno.

Così, starmene quassù nutre, in mancanza di una parola migliore, la nostalgia della mia giovinezza. Alcune persone si sentono nello stesso modo quando vedono un campo da baseball o sentono sfrigolare la trota sulla griglia. Io ricevo questa sensazione dalle vertigini e dalla fantasia freudiana di cadere verso morte certa, sul marciapiede sottostante. O magari su un furgoncino che vende hot dog! Lo adoro quando succede nei film! *Bam!* Un corpo che precipita e distrugge un furgone Nathan's rugginoso. Il marciapiede viene inondato di acqua bollente e i wurstel sguazzano sul pavimento come pesci sul ponte di una barca. Un classico.

Quando atterro sul tetto di Alice – in assoluto silenzio, mi raccomando – penso a quanto lei troverebbe tutto questo molto figo. Magari una volta potremmo andare insieme a saltare sui tetti, per qualche isolato, fino in centro, e mangiare una cosa. Molto meglio che scansare i passanti, i turisti obesi e tutte quelle persone che sembrano incapaci di camminare seguendo una cazzo di linea retta. Come potrei proporglielo senza suscitare sospetti? O forse dovrei suscitare qualche sospetto. Farlo, suscita sempre altre cose.

Scendo lungo la scala antincendio e riesco ad aprire la finestra della cucina. Come un gatto mi infilo nell'appartamento e trovo il portatile diligentemente posato sulla piccola scrivania della sua stanza. Stavolta ho portato l'artiglieria pesante – programmi bulgari per crackare le password che, non solo disattivano la crittografia, ma, tenetevi forte, sono capaci di conservarne una quantità tale, dopo l'accesso forzato, che il computer stesso non è in grado di generare un rapporto di log-in. Così, tanto per cominciare non saprete mai di aver subìto l'attacco di un hacker. Li ho scaricati gratis da un sito di cui non farò il nome, perché se c'è un gruppo di individui che non si deve *mai* far incazzare è senz'altro la comunità degli hacker. Sono veramente in grado di disfare la vostra vita come un vecchio maglione da quattro soldi, e l'unica cosa che potete fare è mettervi comodi e starli a guardare.

I programmi di hacker fanno la loro magia e in meno di cinque minuti sto caricando tutto quanto il disco rigido di Alice sul mio cloud server. Mentre la cosa procede comincio a pensare alla scorta di Pop-Tart di Alice e mi torna in mente la scena di *Pulp Fiction* in cui Bruce Willis torna al suo appartamento per prendere l'orologio di suo padre – quello che era finito nel culo di Chris Walken nel campo di prigionia vietnamita. Alice tiene nascoste le sue Pop-Tart in fondo a quel suo antipaticissimo armadio ad angolo con piano girevole, su cui se ne stanno ammassate pentoline e pentolone che non usa mai. Non le nasconde perché io non le mangi. Le nasconde perché così non so che le mangia lei. Alice ha un po' di ciccia sulle chiappe, una cosa che io *adoro*. È il classico caso di sindrome da carboidrato nell'armadietto. Le faccio un favore a condannare due Pop-Tart a morte per tostapane.

Il caricamento dei dati intanto finisce con un soddisfacente *ping*, chiudo il portatile di Alice lasciandolo esattamente come l'ho trovato. A ciò segue un soddisfacente *pop* da parte del tostapane. Seguo l'aroma inebriante dello sciroppo ad alto contenuto di fruttosio caldo e della farina arricchita attraverso il soggiorno.

Quando arrivo in cucina mi trovo la canna di una pistola puntata dritto in faccia.

I miei occhi spostano il fuoco dalla canna al proprietario della suddetta pistola – come la macchina da presa in un film di Hitchcock – e vedo Alice che mi guarda fisso.

«Mettiti in ginocchio lentamente, mani dietro la schiena.»

Cazzo cazzo cazzo cazzo. Mi schiaffeggio mentalmente più forte che posso perché so che non dovrei lasciarmi influenzare dal fatto che sia Alice a tenere la pistola né dovrei evitare di reagire come farebbe un qualsiasi predatore messo all'angolo. Poi comincio a pensare che la situazione è una di quelle potenzialmente superarrapanti e devo schiaffeggiarmi di nuovo mentalmente, stavolta un po' più forte. Il che rende tutto ancor più arrapante. *Cazzo!*

Sono così tante le domande. Che ci fa qui? Perché mai mi ha mentito riguardo a Washington? Sa che sono io? Certo che no, cazzo. Anche se i suoi uomini mi tengono d'occhio, non è possibile che quei babbei mi abbiano seguito sui tetti in una notte nuvolosa e senza luna, e con un completo nero da ninja assolutamente non riflettente! Quindi ha mentito. Aveva bisogno di ritagliarsi un po' di tempo lontano da me con la stronzata dello zio. O forse ha semplicemente dimenticato qualcosa?

«Sei sordo, stronzo? In ginocchio, subito!»

Glock calibro 22. Scatto cinque libbre. È a circa un nanosecondo dal bucarmi due volte la faccia con un paio di punte cave 9mm. Guardandola in faccia in questo momento, ho la percezione fugace della vera Alice – quale che sia il suo nome – e la sua forza selvaggia mi fa correre un brivido lungo la schiena. Devo fare la mia mossa, e subito, o mi ucciderà. Faccio come mi dice e mi lascio scivolare in ginocchio. Questo mi permette di atterrarla colpendola lateralmente alle gambe. Quando cade di peso picchiando la testa e perdendo la pistola, penso che chi lavora per le forze dell'ordine è davvero svantaggiato. Deve prima provare ad arrestarti. Non può sparare e basta, vale a dire la cosa che avrebbe dovuto fare Alice se avesse davvero voluto qualche possibilità di sopravvivere. In questo momento si sta sicuramente maledicendo per non aver sparato e poi messo insieme una storia qualsiasi da rivendere ai propri superiori. In fin dei conti, un ninja armato fino ai denti che si infila in casa tua giustifica una letale autodifesa.

Ma sto pensato un po' troppo perché si è già alzata da terra e si è messa in piedi con la mia stessa velocità. Ci prepariamo a combattere. La sua faccia da battaglia è così divertente che vorrei sbellicarmi, finché non mi sbatte il piede nelle budella, facendomi restare quasi senza fiato. Dico quasi perché il Kevlar smorza l'impatto, distribuendo la forza su una superficie più ampia. Comunque... cazzo se fa male. Il mio piccolo vantaggio mi permette di contrattaccare anziché piegarmi su me stesso e sforzarmi di respirare. Non importa quanto siate duri, un colpo allo stomaco vi riporta immediatamente all'istinto di sopravvivenza: penserete solo a inspirare il fiato che vi ridarà la vita e che vi è stato appena spinto fuori con la violenza di un palloncino scoppiato. Perché pensate che pugili e lottatori di arti marziali miste facciano migliaia di flessioni? La corazza di muscoli vi evita di ritrovarvi nella posizione perfetta per prendervi una ginocchiata al naso e di finire con i fanali spenti per sempre.

Per contrattaccare, fingo di piegarmi su me stesso ma poi le afferro il ginocchio quando lo vedo avvicinarsi. Lo fermo sotto al braccio, poi eseguo una rapida torsione con slancio verticale. Lei vola all'indietro. Le sue ginocchia sbattono contro il ripiano della cucina, facendo sì che il busto venga catapultato in avanti. La mano con cui tenta di proteggersi la testa schiocca. Un dito si è spezzato, e Alice grida per il dolore. D'improvviso mi sento una persona orribile e mi odio per questo.

In quel momento capisco che non posso ucciderla – anche se sarebbe la migliore scelta tattica per un infinito numero di motivi –, la mia purezza muore con lei. Non posso farlo, e ora devo darmi una cazzo di mossa e andarmene da qui senza far troppo danno. Ciò che però mi intralcia il cammino verso il mio obiettivo è proprio Alice. Usa la mano buona per schizzare in piedi e sistemarsi il dito rotto con un'unica manovra. È incazzata. Ma non tanto da compromettere il proprio giudizio. Incazzata per il fatto di aver permesso che la storia arrivasse fino a questo punto, una sensazione che è chiaramente nuova per lei.

Solleva le mani. Keysi Fighting Method del cazzo. Se ci sa fare almeno un po' sarà un casino. Questo sistema prevede un fronte di attacco rotante a trecentosessanta gradi e l'uso di qualsiasi oggetto disponibile. Mentre cerco di pensare allo stile di combattimento più adatto per contrastarla, lei fa saltare il tappo di una saliera e con fare esperto mi getta il sale negli occhi. Ecco qua. Sono completamente cieco, e i miei occhi sono in preda a un dolore lancinante. Vorrei gridare 'il vecchio trucco del sale negli occhi, eh?' ma non ne ho l'opportunità perché Alice mi viene addosso con tutto ciò che si trova in cucina – in pieno stile Jackie Chan. Usa uno sgabello per piegarmi le ginocchia, poi mi frantuma un pesante vaso sulla schiena. Percepisco i suoi pantaloni quando si avvicina per finirmi con un frullatore KitchenAid e uso il tessuto per scalare letteralmente il suo corpo con i miei guanti. Il frullatore cade, senza aver colpito, mentre la imprigiono nella stretta morsa di un Artiglio d'aquila, facendola girare di fronte a me e cingendole il collo con il braccio libero. Per evitare il suo piede che si muove per schiacciarmi, balzo indietro, con lei tra le mie braccia, e attero sul ripiano della cucina. La cingo con le gambe intorno al petto e la tiro a me, come una lontra di mare con l'ostrica che sta per mangiare.

Ma non la spacco. Invece di schiacciarle la trachea, uso le mie gambe per comprimerle la cavità toracica – come un boa constrictor. Tale mossa, di fatto, costringe il sangue verso la testa e il cuore rendendole impossibile respirare. Sviene, ma solo a causa dell'aumento di pressione nel cervello, trasmesso dalle vene che tornano al cuore. È una cosa comune nei pazienti con lesioni da schiacciamento. Faccio così perché non voglio che subisca danni cerebrali irreparabili, conseguenza di un'insufficienza di ossigeno.

Se non è amore questo, non so cosa lo sia.

Controllo i suoi organi vitali distendendola a terra. Il battito cardiaco è vigoroso. Il sistema nervoso autonomo ha preso il controllo e lei respira in modo costante. L'aspetto e i versi che emette sono quelli di quando siamo a letto insieme, e la cosa mi rattrista un po'. Ma non c'è posto per la tristezza in questo lavoro. E non c'è posto per quello che credo di provare in questo preciso istante. È ciò che le ha salvato la vita stasera, e la mia fine, ora me ne rendo conto.

Mentre me ne sto lì seduto alla finestra della cucina cercando di riprendere fiato, guardo di nuovo verso Alice: non c'è più. Qualche secondo più tardi apre il fuoco. Salto attraverso la finestra che separa la cucina dalla sua minuscola sala da pranzo e scivolo sul tavolo. Scatto verso la finestra della camera da letto mentre lei, da vera esperta, fa fuoco attraverso il muro seguendo quella che ipotizza essere la mia traiettoria. Io, però, cammino rasoterra. Se fossi stato in posizione eretta mi avrebbe ucciso di certo. Balzando avanti per scansare le pallottole, spero di ricordare bene e che ci sia davvero un cassonetto nel vicolo sotto alla finestra del bagno di Alice.

So cosa state pensando, perché state leggendo il manuale e avete fatto attenzione alle mie parole riguardo alla vita che imita l'arte: funziona solo nei film.

È vero. Ma nella vita reale è una possibilità, anche se non particolarmente piacevole. Diciamo subito una cosa: la spazzatura non è morbida. È un po' come saltare in una trappola per tigri birmana, al posto dei bastoni appuntiti ci sono bottiglie, grucce di fil di ferro e pezzi di plastica. Cazzo, un cartone del latte somiglia più a un blocco di cemento quando ci cadi sopra a velocità terminale. Ma è sull'aria che c'è nei sacchetti dell'immondizia che faccio affidamento. Anche se sarò tagliuzzato da ciò che c'è dentro, la frazione di secondo in cui spingerò l'aria verso le estremità del sacchetto, costringendolo a esplodere, creerà un certo attrito che impedirà la mia rapida progressione verso il duro fondo d'acciaio del cassonetto stesso. Detto questo, non so neanche se ci sia veramente laggiù, il figlio di puttana. Per evitare di beccarmi una pallottola, mi tufferò dalla finestra sperando di evitare per un pelo le scale antincendio da entrambi i lati. Sostanzialmente tenterò qualcosa di simile a ciò che fa Trinity in *Matrix*. Allarme spoiler!

Mi concentro, scatto e salto come Superman, con i pugni in avanti. Non ho tempo di girarmi e mettere avanti i piedi. Alice gira l'angolo mentre sono a mezz'aria e svuota il caricatore. I proiettili mi passano accanto, sibilando con quell'orribile rumore di aria lacerata che si sente un attimo prima che diventi rumore di carne lacerata o ossa rotte. Quando frantumo il vetro, sento un proiettile squarciarmi la scarpa e cavarmi un bel pezzo di tallone. Poi faccio un doppio salto mortale, come un tuffatore messicano dagli scogli, e punto i piedi verso il basso.

L'unica cosa che vedo sotto di me è un furgone degli hot dog.

27

Una folgorazione

Stavo scherzando. Sotto di me c'è un cassonetto ed è pieno. Grazie al cielo non è giorno di raccolta. Mi sento come se stessi cadendo da un'eternità, e faccio roteare le braccia per mantenere l'orientamento e la traiettoria sul bersaglio. I miei piedi vanno a sbattere contro i primi sacchetti, e sento rompersi una tonnellata di vetro. Ma perché gli stronzi che abitano a Manhattan non fanno la raccolta differenziata? Sento le schegge addentare la mia tuta mentre affondo nel cuscino di plastica pieno di spigoli, schifezze e puzza. Alla fine tocco il fondo e la stilettata di dolore per il tallone ferito viene sparata al cervello come un elettroshock da 10.000 volt. Questo e la puzza di centinaia di pannolini putrescenti mi fanno vomitare all'istante. Un proiettile penetra tra i sacchi e rimbalza nel cassonetto. Alzo lo sguardo. Alice sta scendendo lungo la scala antincendio per trovare una buona posizione di tiro. Io salto su e sparisco nel vicolo. Quando lei raggiunge il marciapiede ormai sono lontano da un pezzo.

Di nuovo nel mio appartamento, mentre mi curo le ferite, comincio a dare un'occhiata ai dati che ho caricato dal portatile di Alice. Sono in estasi al vedere che l'FBI considera Bendini il principale sospettato per il furto dei dati della protezione testimoni. Più a lungo stanno alla larga da Locke e meglio è. Mi sento leggermente deluso dalle abilità di detective di Alice, ma poi mi ricordo che non ha a disposizione le risorse che ho io. I suoi ragazzi devono raccogliere informazioni legalmente. I miei con ogni mezzo necessario. La cosa più interessante è che, a un certo punto, i suoi superiori le raccomandando di trattarmi come un presunto reo. Porca troia. Purtroppo però non accennano mai alla motivazione nelle loro email.

Alla fine, lei risponde di non essere d'accordo con il loro giudizio e la cosa finisce lì. Alice la monella. Che vi avevo detto? L'amore vince su tutto. Mi sta proteggendo! Chissà cosa avrebbero trovato se fosse stata d'accordo a scavare nella mia vita.

E ora parliamo del convitato di pietra: Alice ha mentito riguardo al suo cosiddetto zio e riguardo al fatto di lasciare la città. Perché? I vari scenari mi ronzano in testa come mosche disgustose quando mi squilla il telefono – non il telefono di Bob, ma quello assegnato al mio personaggio. Guardo il display. È Alice. Merda. Merda. Merda. Lascio che si attivi la segreteria, così ho il tempo di pensare e lei si convince che il telefono non prende e si sposta altrove per richiamare. Nella sua camera da letto c'è il segnale migliore, così probabilmente sta andando lì, mentre tenta di rimettersi a posto il dito rotto, prima che arrivi la sua squadra delle pulizie a spargere polvere, in cerca di impronte e di altre prove della mia presenza che non troveranno mai.

Il telefono squilla di nuovo. Rispondo.

«Ehi, com'è Washington?»

«Ho bisogno di vederti. Subito. Dove sei?»

Sembra disperata e impaurita.

«Aspetto un tavolo al Marton's. Tu dove sei?»

«A casa.»

«Alice, che sta succedendo?»

«Vieni qui appena puoi e basta, ti prego.»

Riattacca.

Fantastico. Non ho idea di cosa succederà adesso. Fare ulteriori domande non farà altro che destare i suoi sospetti. E non presentarmi non farà che consolidare i suddetti sospetti. Se vuole vedermi perché crede fossi io quello nel suo appartamento stasera, allora con lei ci saranno dei rinforzi, e proveranno a farmi fuori. Di certo non affronterebbe l'argomento se non fosse pronta a una sfida all'OK Corral[15]. A Bob questo *non* piacerà. Neanche un po'. Il fatto che gli abbia nascosto che Alice è un agente federale è già un motivo sufficiente per farmi ammazzare. Far potenzialmente saltare l'operazione, infilandomi in un vespaio con una squadra di agenti federali che mi considerano il principale sospettato e credono che abbia aggredito una loro collega è sufficiente per farmi bruciare vivo. Non ho altra scelta che affrontare la cosa da cowboy. Andrò all'appartamento sperando per il meglio ma preparandomi al peggio.

Tento di ispezionare la zona man mano che mi avvicino al palazzo. Non vedo segnali rivelatori di uomini con un arsenale che aspettano solo di saltarmi addosso. E non ci sono stronzi sotto copertura che si sforzano di sembrare naturali. Non ci sono auto nere o SUV parcheggiati in posti strani. Sul serio, i federali dovrebbero comprarsi delle auto normali che sembrino del tutto simili a quelle di chiunque altro. Crown Victoria e Tahoe sono indizi inequivocabili. Ho anche un minuscolo ricevitore nell'orecchio, con un'antenna ultrasensibile. E continuo a passare da un canale all'altro in cerca del loro cicaleccio. Questi tizi non chiudono mai la loro cazzo di bocca. Non so dirvi quante volte ho scoperto la presenza dei federali per via del loro incessante chiacchiericcio via radio. È come stare ad ascoltare un branco di banditori su di giri al salad bar di uno strip club.

---

[15] Celebre scontro a fuoco della storia del Far West, che ha ispirato numerosi film come quello interpretato da Burt Lancaster e Kirk Douglas.

Busso alla porta di Alice. Nella tasca sinistra della mia giacca ho una granata stordente. Nella destra una pistola mitragliatrice automatica Glock 18 con una scorta di diciassette colpi. Una tale potenza di fuoco mi concederà almeno la possibilità di tentare una fuga dall'edificio. E se la faccenda va a puttane, Alice diventerà il mio scudo umano e farò saltare chiunque si frapponga tra me e la porta; e comunque lei si beccherà una pillola sotto al mento prima che io abbia messo il culo fuori di qui. Mi aspettavo che potesse capitare qualcosa di brutto, ma mai mi sarei aspettato niente del genere. Riesco a sentire il sudore gocciolarmi lungo i fianchi.

Apre la porta e per un attimo mi guarda. Poi mi abbraccia e comincia a piangere.

«Che diavolo sta succedendo?»

Mi tira nel suo appartamento e si mette sotto al lampadario. Vedo tutti gli orribili tagli e le ferite sul suo corpo, mi sento come se dovessi vomitare di nuovo. Almeno posso usare la cosa a mio vantaggio per fingere più facilmente sorpresa per ciò che le è accaduto.

«Oh, mio dio. *Cosa è successo?*»

«Qualcuno è entrato in casa. John, ha cercato di uccidermi.»

«Quando? Pensavo dovessi partire stasera.»

«Qualche ora fa. Mi dispiaceva lasciarti solo per cena, così ho prenotato un volo più tardi. Volevo cambiarmi per incontrarti. Quando sono arrivata a casa, c'era lui.»

Mi odio. Più del solito.

«Cos'è successo?» dico guardando i fori lasciati dalle pallottole nel muro.

«Abbiamo lottato. Ho una pistola, così...»

«*Tu hai una pistola?*»

«Un sacco di donne hanno una pistola a New York, John.»

Ho esagerato. Devo tornare sui miei passi.

«Scusa. Sono solo scioccato. Hai chiamato la polizia?»

«Sì, sono già stati qui.»

È allora che noto il casino lasciato dalla sua squadra delle pulizie – guanti in lattice, polvere per le impronte digitali, pacchetti di carta per tamponi e quant'altro. Che balordi del cazzo.

«Cosa hanno detto?»

«Ho compilato un rapporto. Non lo prenderanno mai. Indossava una maschera, così non ho potuto neanche fare una descrizione.»

«Una maschera? Cielo.»

«Puoi abbracciarmi e basta? Non ho voglia di parlarne in questo momento.»

«Sì. Mi dispiace così tanto.»

Ci abbracciamo. È un abbraccio molto forte. Sembra quasi che abbia paura di precipitare e di non riuscire ad arrestare la caduta se mi lascia andare.

«Mi dispiace per la tua bistecca.»

«Dimenticala. Sono solo felice che tu stia bene.»

«Andiamo a letto.»

«Sei sicura?»

«Sì. Credo che esploderò se non lo facciamo.»

Ride. Il suo labbro spaccato si apre e sanguina. Mi sento di nuovo male. La bacio e sento il sapore del suo sangue. Lei comincia a spogliarmi. Io comincio a fare lo stesso, ma poi mi ricordo del mio tallone. Se mi tolgo il calzino sono finito. Vedrà la fasciatura insanguinata e capirà. Se pensate che non sappia cosa ha colpito con la sua pistola, ricredetevi. Una notte ho trovato la sua collezione di bersagli in una scatola da scarpe, mentre ficcavo il naso in giro. Ovviamente va fiera della sua mira. Posso garantirvi che ricorda di aver colpito il suo assalitore al piede, meno di tre ore fa. Senza contare il fatto che sono coperto di graffi e ammaccature dopo il mio piccolo tuffo nel cassonetto.

Poi ho una folgorazione. Tutto questo è comunque irrilevante. Alice non è più una risorsa per me, per cui tenere in piedi la farsa dei fidanzatini è del tutto inutile. Ho avuto da lei quel che mi serviva. Non sospetta che sia io quello che ha trovato nel suo appartamento. Sono libero, ho finito con lei e non si tratta più di lavoro, così non ha alcun senso continuare a rischiare tutto con Bob.

Parte di ciò che provavo venendo qui era senso di responsabilità. Sentivo di volerla proteggere e confortare. Non sono sentimenti che si provano per una risorsa. Sono potenzialmente letali. Non solo per me, ma anche per lei. Mosche verdi. Un altro cadavere grigio e gonfio giace, non visto, per le strade di Gotham, finché il tanfo non diventa insopportabile per la signora Shavitz del terzo piano. La pellicola di morte, color ambra sporco, sui suoi occhi senza vita. Questo triste diorama non farà altro che riempirsi di altre cose orribili, se continuo con Alice. Penso al mio incarico e al mio benessere personale e mi rendo conto che, semplicemente, non me ne frega un cazzo di me o della RU s.r.l. Me ne frega di Alice, invece. Il mio sentimento di responsabilità per lei, ciò che mi ha spinto a venire qui stasera è anche l'unica cosa che mi farà uscire da quella porta. Si sentirà ferita, ma ferita è sempre meglio che morta.

Questo è il mio momento di lucidità.

Smetto di baciarla e mi stacco da lei. So perfettamente cosa la farà alterare, cosa avvelenerà la fonte. So come si uccidono le persone e allo stesso modo so come disinnescare questa situazione.

«Qualcosa non va?»

«Be', semplicemente non credo che sia una buona idea. Dopo quello che è successo.»

«Ma sono io la persona a cui è capitato, e io penso che sia una buona idea.»

«Non sei dell'umore giusto in questo momento.»

«Ma di che cazzo stai parlando?»

«Pensi che il sesso farà passare tutto, ma non è così.»

«Non credo che il sesso farà passare tutto. Penso che mi farà sentire meglio, più al sicuro, confortata e supportata. Lo so che sei una cazzo di macchina, ma cerca di vedere le cose da una prospettiva umana, una volta tanto.»

«Perché devi attaccarmi se non riesci a ottenere quello che vuoi?» Sto davvero esagerando. «Cos'è, fai i capricci?»

«Già, ottengo sempre quello che voglio. Si chiama 'avere le palle'. Dovresti procurartene un paio qualche volta, tanto per provare.»

«Forse è meglio che me ne vada.»

«Perfetto. Ogni volta che rischi di provare una cosa *qualsiasi*, l'unico pensiero che ti viene in mente è correre verso quella cazzo di porta. Guardami! Ti tocca anche questo, stronzo. Non solo il divertimento e i giochi. Sono a pezzi, sono impaurita, e ho bisogno di te in questo momento. Guardami negli occhi e dimmi che hai intenzione di uscire da quella cazzo di porta.»

A questo punto sono completamente fuori dal mio elemento. Non ho idea di cosa dire. Non ho idea di cosa fare. Tutto ciò che riesco a fare è guardarmi i piedi. E sento il sangue che mi inzuppa il calzino. Spero che non smetta. Voglio solo dissanguarmi e farla finita con questa storia.

Lei mi guarda in attesa di una risposta.

Io non riesco a guardarla.

Se lo faccio, non so cosa possa succedere. Conosco la sensazione. È la stessa che provo quando qualcuno mi punta una pistola alla testa o mi preme un coltello sulla gola. Vorrei sforzarmi di alzare lo sguardo. Ma non voglio vederlo succedere. Una pallottola sarebbe la benvenuta in confronto a questo. Una pugnalata al cuore sarebbe come una coperta calda vicino a un fuoco crepitante. Poi sento sbattere la porta della sua camera da letto, ed è tutto finito.

«Alice?» dico tranquillo, senza tentare davvero di sollecitare una risposta.

E non c'è una risposta. Né mai ci sarà. Quando Alice ha finito con qualcuno o qualcosa, ha davvero finito. Una volta mi ha detto di aver lasciato il fidanzato dopo aver scoperto che si sentiva con la sua ex su Facebook. Non gli ha mai più parlato, e vivevano già insieme.

Lei è tutto o nulla. E io ora non sono nulla.

Dipartimento di Giustizia degli Stati Uniti
Federal Bureau of Investigation
Washington, D.C. 20535

TUTTE LE INFORMAZIONI CONTENUTE SONO RISERVATE
TRASCRIZIONE DI SORVEGLIANZA: REGISTRAZIONE AUDIO

Luogo: intercettazione telefonica wireless – cattura IMSI/microspia
Soggetti: John Lago e Marcus (xxx)

Marcus: Pronto?
Lago: Marcus?
Marcus: Chi parla? Come ha avuto questo numero?
Lago: Mi chiamo John. Ho trovato il suo numero tramite la chiesa mormone. Aiutano gli orfani e chi è stato adottato a trovare i propri genitori biologici.
Marcus: Oh, cielo.
Lunga pausa.
Lago: Marcus? È ancora lì? La prego non riattacchi.
Marcus: Sono qui, John. Qual è la tua data di nascita?
Lago: Stando ai miei documenti, il 2 febbraio 1989.
Marcus: E dove sei nato? In che circostanze?
Lago: Nel New Jersey. Mia madre è stata uccisa e io sono nato prematuro di diverse settimane. Si chiamava Penny.
Marcus: Mio dio.
Lago: Sei...?
Marcus: Sì, credo di sì. Avevo una fidanzata di nome Penny. È rimasta incinta. Eravamo in una situazione davvero orribile, John. Mi dispiace.

Lunga pausa.

Marcus: John, sei ancora lì?

Lago: Sì. È solo... Non riesco a credere che sia tu.

Marcus: È sconvolgente anche per me. Quando mi sono svegliato stamani non avrei mai pensato di parlare con mio figlio.

Lago: Sei felice che ti abbia chiamato?

Marcus: Sì. Naturalmente. Perché me lo chiedi?

Lago: Non lo so. Sembrava che... visto che tu non lo hai fatto, be'... che tu non mi volessi prima...

Marcus: Non è che non ti volessi, John. Se fossi rimasto nei paraggi ancora un po' sarei finito in prigione. Come ti ho detto, tua madre e io eravamo in una situazione molto brutta. Droga. La polizia pensava che le avessi sparato io.

Lago: E lo hai fatto?

Marcus: No. Io la amavo. È stato il nostro spacciatore. È complicato.

Lago: Lo so. L'ho letto sul mio fascicolo. Ma non c'è alcun accenno al nome dello spacciatore.

Marcus: È morto.

Lago: Che peccato. Avrei proprio voluto rendergli il favore.

Marcus: Credimi, lo avrei voluto anch'io. Ma non ero l'unico. È stato ucciso in prigione.

Lago: E tu hai lasciato il Paese.

Marcus: Non avevo scelta. Le accuse di droga mi rendevano complice della morte di tua madre. Mi sarei beccato venticinque anni.

Lago: È esattamente la mia età.

Marcus: John... non so dirti quanto mi dispiaccia...

Lago: Non c'è bisogno che tu lo dica, durante gli anni dell'affidamento ho avuto a che fare con un sacco di tossici...ehm, tossicodipendenti . So come cambia le persone.

Marcus: Ma io sono tuo padre. E ti ho messo in pericolo. Dovresti... dovresti odiarmi.

Lago: Ci ho provato. Credimi. È difficile da spiegare. Non ho sentimenti. Voglio dire, non sono una persona emotiva.

Marcus: Perché mi hai cercato, John?

Lago: Semplicemente perché dovevo sapere da dove venivo. Chi sono. Nel bene o nel male. Penso che non starò in giro ancora per molto.

Marcus: Cosa...?

Lago: Anch'io sono in una... brutta situazione. Tale padre, tale figlio.

Marcus: Droga?
Lago: No. Altro. Non posso parlarne al telefono. Ci sono persone che potrebbero... be', volermi togliere dall'inquadratura.
Lunga pausa.
Marcus: Devi venire qui, figliolo. Di chiunque si tratti, qui non ti troverà. Nessuno mi ha ancora trovato.
Lago: Io ti ho trovato.
Marcus: Sarai al sicuro. Te lo prometto. Verrai?
Lago: Vorrei... Devo pensarci.
Marcus: Okay. Posso capirlo. Sappi solo che sei il benvenuto. Quando vuoi.
Lago: Grazie. Farò bene ad andare ora.
Marcus: Okay. Mi chiamerai?
Lago: Sì. Credo di sì. Ciao, Marcus.
Marcus: È stato un piacere parlarti, John.

– FINE DELLA TRASCRIZIONE –

28

Sul sentiero della grande resistenza

Il mattino successivo ricevo una chiamata da Bob, alle quattro in punto. Vuole vedermi prima che vada al lavoro. Una volta tanto non vedo l'ora. Dopo aver rotto con Alice ho bisogno di un reboot alla RU s.r.l. Devo focalizzare la mia mente sul gioco e liberarmi di tutte le potenziali distrazioni. Sono pronto a prendere palla e portarla alla meta, e non me ne frega un cazzo di chi devo travolgere per arrivarci.

«Credo di avere una possibilità di svolta per te.»

Bob sembra più ottimista del solito. Non posso esserne certo ma credo di avergli visto un luccichio negli occhi.

«Non mi dire.»

«Il consiglio di Bendini, Lambert & Locke si riunisce una volta all'anno. Il regolamento dello studio stabilisce che è obbligatorio che tutti i soci vi partecipino. È certo quindi che Locke ci sarà. E il consiglio si riunisce sempre fuori sede.»

«Fin qui mi piace. Il bastardo è praticamente invisibile in ufficio, ed è sempre meglio catturare la preda fuori dal suo habitat.»

«Stando alle nostre informazioni, si tratta sempre di un qualche luogo tropicale top secret. Locke *odia* andarci e si lamenta di non sentirsi al sicuro.»

«Tizio sveglio.»

«Già, non è il suo primo rodeo.»

«Quindi pensi di farlo in hotel?»

«Non si fidano degli hotel. Affittano sempre una villa o qualche altra mostruosità e la imbottiscono all'inverosimile di addetti alla sicurezza.»

«Okay, quando mi dai la buona notizia?»

«La buona notizia è che non proveremo a prenderlo quando è protetto. Lo prenderemo nell'unico luogo in cui non può essere protetto al cento percento. Ti do tre possibilità.»

«Non stai dicendo sul serio.»

«Riguardo alle tre possibilità?»

«No, riguardo al luogo per il colpo. Ho già indovinato. E ho capito perché sei così felice oggi.»

«Sono felice perché finalmente abbiamo una strategia di gioco valida che ti permetterà di portare a termine il tuo incarico. Una cosa che dovrebbe rendere felice anche te.»

«Restiamo con i piedi per terra. Vuoi che lo finisca sull'aereo, giusto?»

«È perfetto. Il jet aziendale parte da un aeroporto municipale di Long Island. È un Gulfstream 650. La sicurezza all'aeroporto è una cosa da niente. E c'è tutto lo spazio che vuoi per nasconderti finché non sono in volo.»

«E non potrà portare che una piccola parte della sua scorta. I migliori però.»

«Esatto. È la nostra unica possibilità.»

«I tempi?»

«Ci stiamo lavorando. Cambiano spesso la data per evitare di essere prevedibili. Ma sarà senz'altro nei prossimi sette giorni.»

«Questo è un sollievo, Bob. Hai una simulazione?»

«La squadra ha già pronto un modello di simulazione con cui poterti allenare.»

«Bene.»

«John, non voglio che tu pensi ad altro che all'esecuzione.»

«Certamente. Perché me lo dici?»

«È il tuo ultimo incarico. Tutto qui. Ciò che fai dopo averlo portato a termine è affar tuo. Non ti intralcerò.»

«Bene. Meglio che mi metta al lavoro.»

Quando esco dall'ufficio di Bob sono sollevato e un po' eccitato.

Vedo la luce alla fine del tunnel degli orrori e sento di essere di nuovo il vecchio me stesso. Posso affrontare la mia giornata in ufficio senza dovermi preoccupare di incontrare Alice e sentirmi in imbarazzo. Sono concentrato. Tra sette giorni sarò libero e potrò fare tutto quel che cazzo mi pare. Sarà tutto finito. La RU s.r.l. e Bob saranno nel mio specchietto retrovisore. E Locke sarà un uomo morto.

Quando arrivo all'ufficio passo la giornata facendo semplicemente il lavoro che mi è stato assegnato. Non vedo mai Alice. So che mi sta evitando ed è un sollievo. Bendini viene a trovarmi un paio di volte alla mia scrivania e gli porgo centinaia di migliaia di fascicoli esigibili, per evitare che tenti di fare conversazione. Riesce comunque ad invitarmi al matrimonio di sua nipote, tra otto settimane. Io accetto con entusiasmo per togliermelo dalle palle e farlo uscire dal mio ufficio. Lui mi lancia il suo sguardo da Geppetto e mi dà una pacca sulla schiena, la firma con cui chiude ogni nostro incontro. Gli sorrido a mia volta, come un Pinocchio che si guarda crescere il naso con cui trafiggerà il cuore del suo povero vecchio.

Dopo il lavoro mi reco in un'aviorimessa del New Jersey. La squadra di Bob ha noleggiato un jet G650 e ci mettiamo a lavorare sulla simulazione. Più tardi passa anche lui all'hangar e discutiamo tutto nei dettagli. Dal momento che il colpo è molto più sofisticato di quanto potrebbe mai mettere in piedi un mafioso, decidiamo di creare un profilo di vendetta che ruotai attorno a un lavoretto di pulizia della CIA. A quanto pare, Locke ha venduto uno dei loro agenti operativi che usava la protezione testimoni come copertura per infiltrare una cellula terroristica domestica, formata da spie di Al-Qaeda che acquisivano informazioni per il proprio sceicco – o qualcosa del genere. Il nome dell'operativo diventa pubblico e lui e altri cinque agenti finiscono in un'auto bomba. La CIA non reagisce bene a questo genere di stronzate. Per cui mi preparo a un'operazione fantasma – e la definizione è appropriata, perché chiamare suicida questa missione è un eufemismo.

29

Finché morte non ci separi

Dopo due giorni di pianificazioni Bob diventa irrequieto. I suoi operativi stanno avendo difficoltà a scoprire l'itinerario esatto della riunione del consiglio – cosa che è tenuta sotto strettissimo segreto, per ovvi motivi. Così, ancora una volta, raccogliere informazioni diventa il mio lavoro. Provo ogni via praticabile in ufficio ma me ne torno a casa a mani vuote. Neanche la sezione Viaggi aziendali conosce l'itinerario. Una società terza pianifica tutta quanta la riunione e si trova a Washington. Come al solito, Bob non esita a scaricare agli altri l'incombenza di risolvere il problema.

«E che ne è della ragazza che ti sei lavorato?»

«L'ho eliminata. È stato spiacevole, ma è venuto un lavoro pulito.»

«Potrebbe essere la nostra unica speranza. Ci pensi tu?»

«Tu che dici?»

«Capisco... Non è il tuo settore, John.»

«Esattamente. E a questo punto siamo ben oltre i fiori e i cioccolatini. Ci vorrebbe un cazzo di miracolo perché si degnasse anche solo di guardarmi di nuovo.»

«Metto una squadra al lavoro.»

Credo fortissimamente alla legge di Murphy, quindi non

sono affatto sorpreso da questa piega degli eventi. E Bob ha ragione riguardo ad Alice. Il suo accesso è di gran lunga migliore del mio. Bendini ha un debole per le belle donne e gli piace averla intorno il più possibile. Alice dovrà assicurarsi che lui abbia i fascicoli di cui ha bisogno prima di partire, così da poterli rivedere durante il viaggio. La semplice deduzione ci porta a pensare che la scadenza a cui dovrà attenersi Alice, la sera prima della partenza, corrisponderà al mio momento di entrata in gioco. Ma dal momento che Alice e io non ci parliamo, una conversazione casuale da cui potrei facilmente attingere l'informazione è tutt'altro che plausibile. Al momento mi sta snobbando alla grande, e quando la vedo in ufficio mi evita come un topo appestato.

E non c'è modo di venirne a capo. Dopo il nostro piccolo incontro di arti marziali miste nel suo appartamento il bureau avrà senza dubbio potenziato la sua sicurezza. Il segnale che mi trasmetteva i dati dal suo portatile è scomparso. Il suo appartamento è un unico enorme firewall, senza più dati né in entrata né in uscita – nessuno che io sia in grado di intercettare, almeno. La spiacevole verità è che devo fare in modo di spingerla a parlarmi. Ci vorrà grande delicatezza. In qualche modo, devo far sì che Alice ricordi quanto sia grande il suo amore per me e che lo faccia in maniera autentica, da lei stesa voluta, non da me. Dobbiamo ricordare che ad Alice piace avere il controllo. Così, se si sentisse manipolata in qualsiasi maniera si chiuderebbe a riccio, e la mia ultima possibilità sarebbe fottuta oltre ogni ragionevole dubbio. Alla fine, però, insieme ai 'social coach' della RU, gente che Bob ingaggia per far sembrare umani dei robot come noi, me ne esco con un piano magistrale.

Fase uno: un piede nella porta.

Per metterla in atto la squadra mi fornisce proprio il piede di un manichino con la parola JOHN scritta direttamente sul tallone. Sono io il suo tallone d'Achille. Capito? Lo infilo nella porta del suo ufficio quando va in bagno, poi aspetto nella sala relax, lì accanto. Quando torna, alla vista del piede Alice si blocca. Lo fissa per qualche istante, poi lo solleva e legge cosa c'è scritto sul tallone. Proprio lì c'è una minuscola telecamera, così la squadra e io possiamo giudicare la sua reazione e, per non lasciare niente al caso, ho piazzato nel suo ufficio una telecamera (quella del suo computer a dire il vero) e un paio di microfoni (nelle casse del suo computer) per la fase successiva. Torno nella mia stanza e aspetto. La squadra mi chiama. La Fase uno è stata un successo. Le abbiamo estorto un accenno di sorriso. Me ne mandano una copia cartacea. Non riesco a crederci. Conosco quel sorriso. È lo stesso che Alice sguaina quando vuole fare sesso o ordinare thailandese.

Fase due: *La Cucaracha*.

Alice ha la fissa di una bettola messicana a qualche isolato da qui, così l'abbiamo completamente imbottita di telecamere e microfoni. Mentre lei consuma il suo pranzo, i nostri mariachi si avvicinano fluidamente al suo tavolo suonando *La Cucaracha*. È quasi sul punto di dir loro di togliersi di mezzo quando sente il nuovo testo che abbiamo scritto per lei. La canzone parla di come John sia La Cucaracha. Lei non riesce a evitare di scoppiare a ridere. Si guarda intorno, per vedere se sono nei paraggi e la sto spiando. Sembra leggermente delusa quando si rende conto che non sono saltato fuori da nessuna parte. Questo però le fa capire che sono rispettoso dei suoi spazi e che non sono troppo insistente. Funziona. Quel pomeriggio ricevo un messaggio da parte sua con una piccola citazione dall'esibizione dei mariachi. Scrive solo *hijo de puta* che significa 'figlio di puttana'. Insultandomi, soprattutto in spagnolo, si sta preparando a perdonarmi. È il suo modo di riaprire il dialogo, continua a esprimere la propria rabbia ma lo fa in maniera zuccherosa. Mi conosce abbastanza da sapere che potrei pensare che essere chiamato figlio di puttana in spagnolo sia divertente. Ha quasi colto nel segno.

Fase tre: Un diamante è per sempre.

So cosa state pensando. Ma alla fine questo figlio di puttana le chiederà davvero di sposarlo? La risposta è sì. Quando un lupo si prepara a uccidere la preda, punta dritto alla gola. I predatori hanno bisogno di garanzie. A me serve una garanzia. E fareste bene a convincervi che anche Alice ha bisogno di una cazzo di garanzia, perché anche lei è un predatore. E niente, se non il sapore del mio sangue sulle labbra, le darà soddisfazione.

Per la fase finale, la squadra mi dota dell'arma più letale che abbia mai tenuto in mano: un anello di fidanzamento Harry Winston con un diamante da due carati. Due carati perché un associato junior di Merdatown dovrebbe vendersi entrambi i reni per ottenere una pietra più grossa in cambio dei propri soldi. Harry Winston perché Alice ha l'ossessione per *qualsiasi* servizio sul red carpet di qualsiasi cerimonia di premiazione, e i gioielli lì sono sempre di Harry Winston.

Continuiamo con la presentazione. Alice è una grande fan di Batman. Così la squadra piazza un potente riflettore con un gobo a forma del simbolo di Batman sulla terrazza della suite Getty, al Pierre Hotel. Il Bat-segnale. Alice lavora fino a tardi, come al solito, e di tanto in tanto esce sulla terrazza di Bendini per fumarsi una sigaretta di nascosto, come al solito. Quando è lì fuori accendiamo il riflettore. Il Bat-segnale fa la sua comparsa, in tutta la sua gloria, sullo sfondo delle nubi più basse ed è chiaro su quale tetto si trovi il gobo. Quindi le mando un messaggio, la mia prima comunicazione diretta in questa piccola operazione. Dice solo 'Alla Bat-caverna' – la frase che Adam West usava ogni volta che lui e Robin (la sua puttana in calzamaglia) ricevevano una richiesta di aiuto da parte del commissario Gordon (la sua puttana in gessato). Qualche minuto più tardi ricevo un messaggio da lei: '*Pow*!'

Dipartimento di Giustizia degli Stati Uniti
Federal Bureau of Investigation
Washington, D.C. 20535

TUTTE LE INFORMAZIONI CONTENUTE SONO RISERVATE
TRASCRIZIONE DI SORVEGLIANZA: REGISTRAZIONE AUDIO – MICROFONO LASER A INFRAROSSI (300 M)

Luogo: Surrey Hotel/tetto, Manhattan
Soggetti: John Lago e Alice (xxx)

Alice: Scuse straordinariamente elaborate, Batman.
Lago: Se io sono Batman, tu sei Catwoman o Batgirl?
Alice: Tutti quanti vogliono essere Catwoman. In fondo è come un'oca che si veste da puttana per Halloween. Quindi, direi senz'altro Batgirl.
Lago: Che peccato. Catwoman è sexy.
Alice: Già, ma si è fatta tutto il quartiere.
Lago: E Batgirl è più 'ragazza della porta accanto'?
Alice: Quella che porti a casa e presenti a mamma.
Lago: Io ti porterei a casa per presentarti a mamma. Se avessi una mamma.
Alice: Affascinante.
Lago: Ci sto lavorando.
Alice: Impegnati di più, okay?
Lago: Okay.
Alice: Questo cos'è?
Lago: Aprilo.
Alice: Mmm... ma che diavolo è?
Lago: Sono io che mi sto facendo crescere le palle.

Alice: Davvero? Vediamo un po'.

Lago: Vediamo cosa?

Alice: Mi sembrava tu avessi appena detto qualcosa riguardo al dire le cose che vanno dette.

Lago: Vuoi sposarmi?

Alice: Perché sei ancora in piedi?

Lago: Che ne dici di questo? Mi sa che ho anche messo il ginocchio su una merda di piccione.

Alice: Meglio. Ritenta.

Lago: Vuoi sposarmi?

Alice: Perché dovrei?

Lago: Perché ti amo.

Alice piange e ride.

Alice: Anch'io ti amo, figlio di puttana.

Lago: È un sì?

Alice: È un sì, cazzo.

Pausa. Contatto fisico.

Alice: Harry Winston. Bella mossa.

Lago: Ora puoi fare il red carpet.

Alice: Quelle cagne sembreranno delle sfigate in confronto a me.

Lunga pausa. Contatto fisico.

Alice: Sei riuscito ad avere una camera di sotto o ci aspetta una scopata qui al fresco?

Lago: Ci stai sopra.

Alice: Come no!

Lago: Davvero.

Alice: E chi hai dovuto ammazzare per avere una terrazza con vista su Central Park?

Lago: L'addetto alla reception. E il direttore. E buona parte del personale delle pulizie. È stato un bagno di sangue.

Alice: Ma ne è valsa senz'altro la pena, giusto?

Lago: Assolutamente.

Alice: Non posso credere che sto per sposarmi.

Lago: Siamo in due allora.

Alice: Non prendertela ma ho sempre desiderato sposarmi in grande stile. Porca troia. Come diavolo farò a trovare il tempo per organizzare il matrimonio?

Lago: Posso suggerire una fuga? Possiamo andare in qualche località esotica e divertirci sul serio. Senza pressioni. Senza servizi catering che arrivano tardi o terribili cantanti da cerimonia. Solo tu e io.

Alice: I miei genitori mi ucciderebbero. E poi ucciderebbero te.
Lago: Ma pensaci un attimo. Potremmo andarcene stanotte.
Alice: E sprecare questa suite? Neanche per sogno!
Lago: Allora questo fine settimana.
Alice: Mi stai dicendo che vuoi scappare e sposarti questo fine settimana?
Lago: Sì.
Alice: Non so se tu sia pazzo o solo molto deciso.
Lago: Entrambe le cose?
Alice: Ma certo. È questo che adoro di te. Stai completamente fuori. Come me.
Lunga pausa. Contatto fisico.
Alice: È tutto vero?
Lago: Cosa vuoi dire?
Alice: Cioè, sta succedendo davvero? Ne sei convinto o sei solo disperato perché vuoi riavermi?
Lago: Sono davvero convinto. E voglio riaverti disperatamente.
Alice: Ottima risposta.
Lago: Quando mi hai sbattuto fuori, mi sono sentito morire. Non voglio provarlo mai più.
Alice: Mi dispiace. È stato ingiusto. Ho questa tendenza a cancellare le persone quando sono ferita. Brutta abitudine.
Lago: Se non avessi messo su tutto questo, pensi che mi avresti mai più riparlato?
Alice: Ne dubito. Mi sarei convinta che tu non fossi altro che uno zombie, una perdita di tempo con un completo elegante.
Lago: Un gran bel completo per uno zombie.
Entrambi i soggetti ridono.
Alice: Mi hai sorpresa stasera.
Lago: Come ti ho detto, me ne sto facendo crescere un paio. E ho fatto ciò che mi sembrava giusto.
Alice: Vedi. Hai sempre avuto un cuore, Uomo di latta.
Lago: Già, e per tutto questo tempo mi ero illuso di avere un cervello.
Lunga pausa.
Lago: È tutto vero per te? Sei sicura di voler andare a vivere con un verme come me?
Alice: Mi piacciono i vermi. Se tu avessi un furgone e delle carame...
Lago: Sul serio. Voglio che tu sappia in cosa ti stai imbarcando.
Alice: In cosa mi sto imbarcando? Hai una doppia vita e sei un si-

gnore della droga cubano, o uno di quei tizi con mogli sparse in tutto il Paese? Oh, magari un serial killer. Ma non c'è problema, perché possiamo procurarci una casa con un'ampia intercapedine sotto al pavimento.

Lago: Possiamo essere seri per un minuto?

Alice: Se insisti. Ma se provi a convincermi a non sposarti, ti butterò giù da questo fottuto balcone.

Lago: Non voglio farlo. Solo che... Ciò che è accaduto in passato non capiterà più. Ma non sono perfetto e...

Alice: E hai paura che io ti crocifigga per i tuoi errori?

Lago: Già.

Alice: Ti crocifiggerò. Ma hai la mia parola, non ti sbatterò mai più fuori.

Lago: E tu hai la mia parola che cercherò di ragionare con la testa e non col culo.

Alice: Mi fa piacere, perché con la testa al posto del culo diventa un po' difficile baciarti.

Lago: Hai voglia di devastare la suite di un hotel come farebbe Keith Richards?

Alice: È possibile che ci facciamo arrestare?

Lago: Praticamente garantito.

Alice: Allora sì.

– FINE DELLA TRASCRIZIONE –

30

Reduci dal Paese delle meraviglie

La mia serata con Alice è stata un enorme successo. La squadra della RU ha lavorato alla grande e non ce l'avrei fatta senza di loro. Alice ha accettato la mia proposta di matrimonio e si è convinta che sono follemente innamorato di lei. Abbiamo trascorso la notte in hotel, ma stasera mi ha invitato a cena nel suo appartamento. Scherzando mi ha detto che avrebbe cucinato lei e che avrei dovuto assaggiare tutto prima di decidere di sposarla. Quando sarò lì, clonerò la sua chiave magnetica così da avere accesso all'ufficio di Bendini e impossessarmi dell'itinerario di viaggio segreto dei soci. Dopodiché, io e Bob potremo portare a termine il nostro progetto di esecuzione.

Regola #13: Tutto è un'arma

Se vi accostate a questo lavoro pensando che le uniche armi che avete a disposizione siano armi da fuoco, coltelli, veleni, esplosivi e i soliti cliché, allora sarete morti prima di vedere la vostra prima busta paga. Pensate al predatore. I predatori davvero efficaci non si avvicinano alla preda facendo gli spacconi e tentano di sopraffarla sempre e solo con l'uso della forza bruta. Inseguono, adescano e seducono perfino. So di un branco di coyote – tra i predatori più efficaci e incompresi del mondo – che usa uno dei metodi di adescamento e cattura più brillanti mai visti al mondo. Come alcuni di voi già sapranno, venendo da luoghi come la California, l'Arizona o il Colorado, i coyote hanno capito che gli animali domestici possono essere un'integrazione notevole al loro menu. Ma con i loro rifugi elaborati – la casa di qualcuno – non sempre sono facili da acchiappare. Ho visto il summenzionato branco di coyote mandare una femmina in calore a adescare un cane maschio non sterilizzato per stanarlo dalla sua casa, affinché i coyote maschi potessero farlo a pezzi una volta che si fosse infrattato per scopare. Questo non è solo uccidere, è la danza della morte, un valzer fluido con un climax di sangue.

Ve lo dico perché, al di là di quello che mi accadrà, voglio che sappiate quale è la mia vera intenzione con Alice. Se fallisco, Bob darà la colpa a lei e dirà che è lei il motivo per cui ho perso la concentrazione. Ma voi siete stati con me ad ogni passo del percorso e sapete che le cose non stanno così. Avrò anche fatto più del necessario per sedurla. Potrò anche essere andato oltre in molti sensi con lei. Ma, in fin dei conti, so che Alice ha giocato un ruolo di rilievo in quello che credo sia il mio palese successo nella missione. E alla fine, anche se userò gli arnesi che tutti noi associamo convenzionalmente alla parola arma, non mi troverei nella posizione di usarli se non avessi usato le vere armi di un predatore – l'astuzia, la perseveranza, e soprattutto la pazienza.

Dipartimento di Giustizia degli Stati Uniti
Federal Bureau of Investigation
Washington, D.C. 20535

TUTTE LE INFORMAZIONI CONTENUTE SONO RISERVATE
TRASCRIZIONE DI SORVEGLIANZA: REGISTRAZIONE AUDIO

Luogo: Intercettazione telefonica wireless – cattura IMSI/microspia
Soggetti: John Lago e Marcus (xxx)

Marcus: Pronto?
Lago: Marcus?
Marcus: John?
Lago: Sì. Puoi parlare?
Marcus: Certamente. Sono felice che tu abbia richiamato.
Lago: Sembra che ci sia qualcuno lì con te.
Marcus: È giorno di festa oggi. Giù in strada. Non ricordo quale santo.
Lago: Non ho chiamato tanto per fare due chiacchiere. Spero non ti dispiaccia.
Marcus: Bene. Anch'io non sono tipo da conversazione. Che ti frulla in mente?
Lago: Quando mia madre è morta, come è stato?
Marcus: In che senso?
Lago: Cioè, per te. Come è stato per te?
Marcus: È stato... Difficile da descrivere. Pensavo che sarei morto anch'io. Volevo morire.
Lago: Perché la amavi?
Marcus: Davvero molto. Siamo stato insieme così tanto, non riu-

scivo a immaginare la vita senza di lei. Era l'unica vera famiglia che avessi mai avuto.

Lago: Eravate sposati?

Marcus: Sì. Eravamo fuggiti insieme in Honduras alcuni anni prima della sua morte. Ci siamo sposati in una piccola chiesa fuori città.

Lago: È per questo che sei tornato lì?

Marcus: Sì. Cioè, dovevo andarmene dal Paese, e quel luogo aveva una qualche connessione con lei.

Lago: Sono innamorato.

Marcus: John, è grandioso. Come si chiama?

Lago: Non ancora. Okay?

Marcus: Sicuro. Almeno puoi raccontarmi qualcosa di lei?

Lago: Sì. È bellissima.

Marcus: Questo aiuta sempre.

Lago: Di certo non peggiora le cose.

Marcus: E com'è?

Lago: È una tosta, niente stronzate con lei. È come un ragazzo, sai? Ma è anche molto femminile. Fin troppo, se capisci cosa voglio dire.

Marcus: Credo di sì. Non ce ne sono molte così.

Lago: Esatto! Non ne hai idea, davvero. Anche mia madre era così?

Marcus: No. Era molto calma e gentile. Senza pretese. Non credo che abbiamo mai alzato la voce. Eppure erano tempi duri.

Lago: Anch'io mi trovo in un momento difficile.

Marcus: Ti va di parlarne?

Lago: Ci proverò. Io... be' sai, in questo tipo di lavoro non è molto raccomandabile avere una relazione.

Marcus: Come mai?

Lago: È pericoloso.

Marcus: Puoi dirmi qualcosa di più? Magari posso aiutarti.

Lago: Non posso dirti niente. Non per telefono. Né in altro modo, probabilmente.

Lunga pausa.

Marcus: John, sei lì?

Lago: Sì. Sono così stanco.

Marcus: Vuoi parlarne più tardi?

Lago: No. Sto finendo il mio tempo.

Marcus: Perché? John, potrei aiutarti.

Lago: E come? Sei in Honduras.

Marcus: Sono una persona dalle mille risorse. Non sarei durato così a lungo se non lo fossi.

Lago: Nessuno può aiutarmi, Marcus. Ho solo bisogno di parlare un po'.

Marcus: Parliamo allora.

Lago: Se tu avessi potuto fare qualcosa per proteggere mia madre, anche se la cosa avrebbe comportato la tua morte, lo avresti fatto?

Marcus: Sì, senza dubbio. E dal momento che era incinta di te, sarei andato dall'altra parte del mondo.

Lago: Ci sei, Marcus?

Marcus: Sì. È solo che è dura pensare a tutto questo.

Lago: So come ci si sente.

Marcus: È in pericolo? La donna che ami?

Lago: Sì.

Marcus: Allora devi fare quello che puoi per proteggerla. Sei mio figlio e non voglio che tu ti metta in pericolo. Ma non voglio neanche che tu viva con ciò con cui ho dovuto convivere io. Non è vita.

Lago: Devo dirle tutto. È l'unico modo.

Marcus: Allora fallo. Confessale tutto se servirà a proteggerla.

Lago: Probabilmente mi rifiuterà.

Marcus: Non se ti ama.

Lago: Lo credi davvero?

Marcus: Lo so. Ho fatto cose che avevo paura di dire a tua madre. Cose orribili legate alla mia dipendenza. Ma lei mi ha ripreso. L'amore è così. È una cosa che le due persone coinvolte non possono controllare. Vive di vita propria.

Lago: Ho paura.

Marcus: Bene. Così affronterai la situazione con la giusta dose di cautela. La paura è una grande risorsa se la usi nel modo giusto.

Lago: È una cosa interessante da dire.

Marcus: Perché?

Lago: Non lo so. Direi che non mi aspettavo che tu fossi così interessante.

Marcus: Perché sono un vecchio ex tossico che si nasconde in Centroamerica?

Lago: No... sì.

Marcus: Un giorno mi conoscerai, John. E credo che ti sorprenderò.

– FINE DELLA TRASCRIZIONE –

31

Non sono mai stato così sincero

La cena con Alice è stasera. Non so cosa mi renda più nervoso, se doverla drogare per clonare la sua chiave elettronica, aspettandomi che i federali facciano irruzione in qualsiasi momento, come in una specie di guerra lampo, o parlare di 'matrimonio'. Porto una bottiglia di cabernet Silver Oak, il giusto tipo di medicina per alleviare entrambi i mali. Sulla porta, suono il campanello. Nessuna risposta. Dovendo tirare a indovinare direi che è nella doccia, dato che Alice è cronicamente in ritardo. È il suo modo di dire 'sono importante e a voi poveracci non resta che aspettare che *io* sia pronta per voi'.

Ora che sono il suo promesso sposo, mi ha graziato concedendomi una chiave del suo appartamento. Mentre apro le diciassette serrature della porta (i due cardini potrebbero essere fatti saltare con facilità da un ladro che sappia il fatto suo), accarezzo l'idea di farla mia e prendermi la serata libera. Bob può far fuori Locke da solo, muovere il culo, una volta tanto, e guadagnarsi da vivere come il resto di noi. Ho un sacco di soldi, per cui la gratifica non mi serve realmente. E Bob sarà così indaffarato a prendersi cura di Locke, onde evitare che i 'clienti' si prendano cura di lui, che non avrà tempo di darmi la caccia. Almeno non subito. Nel tempo che ci mette a ritagliarsi il tempo per farlo, saremo ormai lontani. Sono certo che la vera Alice preferisca vivere come una regina in qualche sconosciuta località tropicale, piuttosto che dover faticare giorno per giorno all'FBI per i prossimi dieci anni, per mettere insieme una paga al limite dell'indigenza mentre tutti gli altri maschi vengono promossi.

La porta si apre ed entro a grandi passi, sono l'uomo di casa.

«Tesoro, sono a casa!» declamo con la mia miglior voce anni Cinquanta, presa in prestito da TV Land.

Nessuna risposta. Probabilmente è in bagno a fare cose da ragazze. Apro il vino e ne verso in due bicchieri. Quando il primo sorso mi scalda la gola mi sento stranamente a casa. Comincio di nuovo a pensare alla storia della fuga. Alice ha detto di volersene andare a tutti i costi da questo posto del cazzo. L'alcol comincia a parlarmi con i suoi vapori di quercia, convincendomi a portare via Alice questa sera stessa e a mettere la RU e Bob nello specchietto retrovisore. Passato il tempo che ci metto a vuotare il bicchiere, sono ansioso di darle la buona notizia.

Attraverso il soggiorno e mi blocco all'istante quando vedo qualcosa uscire da sotto la porta della sua camera da letto. L'appartamento è piuttosto buio, così inizialmente penso che si tratti soltanto di un'ombra. Poi accendo la luce del soggiorno e non c'è scampo di fronte al fatto che si tratti di una pozza di sangue. Estraggo la pistola e mi metto in ascolto, per scoprire se non ci sia qualcuno che si muove dall'altra parte della porta. Mi si ferma il battito quando non sento niente.

Faccio un passo per costringermi ad affrontare il problema. Poi un altro. E sono davanti alla porta, la mia scarpa completamente inzuppata. Continuo a non sentire niente. Mi infilo i guanti e stringo la mano intorno al pomello della porta della camera da letto. È allentato, e scivola immediatamente, atterrando con un rivoltante tonfo bagnato sul tappeto inzuppato di sangue. Me ne resto lì con lo sguardo fisso sulla porta e dico a me stesso che so già cosa cazzo ci sia lì dentro e che non devo vederlo per forza. Posso lasciare il privilegio ai mosconi e agli uomini con la tuta di gomma. La mia mano si tende.

«Ma perché sto aprendo questa cazzo di porta?»

Sentire la mia voce così, in una situazione che richiede il più assoluto silenzio è terrificante. Per la prima volta in assoluto la mano mi trema. L'ultimissima goccia di saliva ha lasciato la mia bocca e la testa mi pulsa così forte che penso che i bulbi oculari mi possano esplodere fuori dalle orbite da un momento all'altro. Entro nella stanza. È buio pesto, ma la luce del soggiorno penetra nella stanza come un rasoio.

Poi la vedo.

Mi mordo il labbro tanto forte da farne uscire il sangue, solo così riesco a trattenermi dal gridare. Il suo corpo è a faccia in giù sul tappeto, in una densa pozza di sangue. Mi avvicino, nonostante il mio istinto mi dica di scappare. Le mani sono piene di ferite da autodifesa – tagli profondi e contusioni violacee dovute alla resistenza opposta. I capelli sono arruffati sul cranio, inzuppati del sangue uscito dalle molteplici ferite provocate da un corpo contundente. Le gambe sono selvaggiamente distorte e spezzate in diversi punti. La schiena nuda è ricoperta di pugnalate che hanno l'aspetto di centinaia di bocche rosse e urlanti. Trattenendo il vomito con versi gutturali, le sposto delicatamente la testa con il piede. Il suo volto, picchiato tanto brutalmente da non essere più riconoscibile, mi fissa. È la maschera violacea e gonfia di randellate date senza alcuna pietà, gli occhi neri da overdose sono iniettati di sangue e mi fissano attraverso due fessure rosse. Ho ucciso molte persone, ma non ho mai deturpato nessuno così orribilmente né ho mai sottoposto nessuno a una simile agonia. Chiunque lo abbia fatto è un mostro, e ci teneva a farlo sapere in giro.

«Perché li hai fatti entrare?» chiedo.

La mia voce è impalpabile, infantile.

«Pensavo fossi tu» rispondo al suo posto, con un sussurro colpevole.

«Volevo chiederti di fuggire con me» dico.

Le mie parole gocciolano sul tappeto e si mescolano al sangue. Resto lì in piedi per lungo tempo, a fissare l'anello che ha al dito, pensando che non ero mai stato così sincero come con Alice. Il dolore scoppiato nel vederla così ridotta non ha alcun luogo dove andare. E mi è così estraneo che sembra quasi un fantasma che mi ha attraversato il cuore, fermandolo per un momento. All'inizio reagisco violentemente, un'ondata di rabbia accecante che mi risale il viso e le mani. Mi sento sull'orlo della follia, un buco nero mi risucchia al suo centro con una forza di gravità emotiva che so mi distruggerà. Poi, come un interruttore di sicurezza, si innesca l'insensibilità, e mi ritrovo immerso nelle sue acque cupe. Le sfilo l'anello di fidanzamento dal dito rigido e gonfio. Il mio corpo si fa freddo e permetto ai miei sentimenti per Alice di disperdersi sul pavimento. Il nostro vuoto ora è l'unica cosa che condividiamo.

Lascio la sua stanza, il mio sguardo da rettile si focalizza sul motivo per cui sono venuto e sulla necessità di cancellare ogni traccia della mia presenza.

Dipartimento di Giustizia degli Stati Uniti
Federal Bureau of Investigation
Washington, D.C. 20535

TUTTE LE INFORMAZIONI CONTENUTE SONO RISERVATE
TRASCRIZIONE DI SORVEGLIANZA: REGISTRAZIONE AUDIO

Luogo: Intercettazione telefonica wireless – cattura IMSI/microspia
Soggetti: John Lago e Marcus (xxx)

Marcus: John.
Lago: Ti ho svegliato?
Marcus: Fa nulla. Che succede?
Lago: Sono in... Una cosa terribile. Mi sento male.
Marcus: John, hai bevuto.
Lago: Scusa.
Marcus: Fa nulla. Voglio solo sapere dov'è la tua testa in questo...
Lago: È morta.
Marcus: Oh, mio dio. Cos'è successo?
Lago: Così dolce... Hanno...
Lago sta piangendo.
Lago: Il suo viso. Non potrò mai... Quello che hanno fatto.
Marcus: Racconta.
Lago: L'hanno pestata. Le sue mani...
Marcus: Cos'hanno le sue mani?
Lago: Si è difesa. Sono stati degli animali. Senza pietà.
Marcus: Chi sono loro?
Lago: Non lo so. Potrebbe essere stato chiunque. L'intero elenco telefonico.

Marcus: Non hai idea di chi siano?
Lago: No. Voglio trovarli. Ho una cosa... per loro.
Grida, farneticazioni incomprensibili.
Marcus: John. Aspetta. John? Cerca di calmarti.
Rumore di vetri e mobili rotti.
Marcus: John. Fermati! Qualcuno chiamerà la polizia! Fermati!
Lago: La polizia?
Marcus: Qualcuno. Ti sentirà e chiamerà. Non vuoi questo.
Lago: Li ucciderò.
Marcus: John. Non ucciderai nessuno. Mi hai capito?
Lunga pausa.
Lago: Sì.
Marcus: Dimmi di lei.
Lago: Ci stavamo... per sposare... La vedo quando chiudo gli occhi. Vedo quello che le hanno fatto. Non era più lei. Non era più lei.
Marcus: Mi dispiace così tanto.
Lago: Mi dispiace così tanto. Mi dispiace così tanto. Mi dispiace così tanto.
Rumore di Lago che si dispera.
Marcus: John? Stai bene?
Lago: S... sì. Sto male. Sto così male, cazzo.
Marcus: Lo so. È capitato anche a me. È bene buttare fuori tutto. Ti senti un po' meglio?
Lago: Meglio. Ho bisogno di dormire.
Marcus: No. Non dormire ancora. Resta al telefono. Bevi un po' d'acqua. Hai del caffè?
Lago: So fare il miglior caffè.
Marcus: Ripensandoci, lascia perdere il caffè. Non voglio che tu ti faccia male.
Lago: Il miglior caffè.
Marcus: Acqua, John. Bevine un po'. Okay?
Lago: Sì.
L'acqua scorre. Lago beve e farfuglia.
Lago: Oh, dio.
Marcus: Bene. Ora siediti e concentrati sulla mia voce.
Lago: Marcus. Grazie.
Marcus: Va tutto bene. Ascolta e basta. Ho alcune domande importanti.
Lago: Proverò a rispondere.
Marcus: Le persone che hanno fatto questo, sanno di te?

Lago: Non lo so.
Marcus: Sanno dove trovarti? Dove vivi?
Lago: Impossibile.
Marcus: Sei sicuro?
Lago: Non c'è nessun collegamento. È impossibile.
Marcus: Che significa che 'non c'è nessun collegamento'?
Lago: Non posso parlarne.
Marcus: E che mi dici del lavoro? Sanno dove lavori?
Lago: Questo è possibile. Questo è... Sì.
Marcus: Non tornarci. Non tornarci e basta.
Lago: No.
Marcus: Esattamente. Non puoi. Ti aspetteranno lì.
Lago: Mi aspetteranno. È lì che li troverò. Io li aspetterò.
Marcus: No, John. Non è una buona idea. *Non* tornare lì.
Lago: Voglio... voglio far vedere loro una cosa.
Marcus: Non puoi rischiare. Capisco cosa vuoi fare.
Lago: Voglio... Ho una pistola. Un sacco di pistole.
Marcus: John. Non dire cose del genere. Devi concentrarti, fallo per me. Ti prego.
Lago: Concentrarmi... su... di te.
Marcus: John, hai preso altro oltre all'alcol stasera?
Lago: Ossicodone.
Marcus: Quando?
Lago: Non lo so. Qualche ora fa.
Marcus: Probabilmente l'hai già vomitato. Non prendere nient'altro, okay?
Lago: Marcus?
Marcus: Sì, John.
Lago: Aiutami.
Marcus: Ci sto provando. Mi spiace non essere lì.
Lago: Te ne sei andato.
Marcus: Mi dispiace.
Lago: Fa niente. Io sono un predatore. Sopravviverò.
Marcus: Lo so. E faremo in modo che le cose restino così, giusto?
Lago: Sì.
Marcus: Voglio che tu venga qui, John. Dove vivo io.
Lago: A casa tua?
Marcus: Sì. Verrai?
Lago: Verrò.
Marcus: Bene.

Lago: Come farò ad arrivarci?
Marcus: Te lo dirò. Te ne ricorderai?
Lago: Non lo so.
Marcus: Posso chiamarti domani? Quando ti sentirai meglio?
Lago: Sì.
Marcus: Come? Mi serve un numero.
Lago: Ti chiamo io.
Marcus: È un telefono fisso?
Lago: Sì. Devo dormire.
Marcus: Parleremo domani e ti dirò come arrivare da me.
Lago: Okay. Marcus?
Marcus: Sì?
Lago: Grazie.
Marcus: Nessun problema. Ci sentiamo...
La conversazione si interrompe.

– FINE DELLA TRASCRIZIONE –

32

Ti sei fottuto il cervello?

Ricordate quando vi ho parlato di disturbo esplosivo intermittente – la rabbia accecante e incontrollabile che vi trasforma in pazzi violenti e talvolta omicidi? È importante accennarvi, perché se non riuscite a controllarla, scoprirete che lei è assolutamente capace di controllare voi. In questo preciso istante sta controllando me. Posso sembrarvi lucido, ma vi assicuro che non lo sono affatto. Sono le cinque del mattino e sto camminando per strada scalzo. Ho sangue e vetri rotti tra i capelli. Le pulsazioni che sento al cranio sono il risultato della mia ebbrezza rabbiosa o del trauma cerebrale dovuto all'incidente ferroviario da cui sono appena uscito. Sono in centro e sto andando da qualche parte con uno scopo ben preciso. Giro l'angolo e quando vedo gli edifici familiari so esattamente dove mi trovo: a due isolati dalla RU s.r.l. Ho la mia Glock 18 in una delle tasche della giacca e un pugno di caricatori nell'altra.

Cerco di ricordare perché sto andando in ufficio, soprattutto viste le mie condizioni. Poi me ne ricordo. Che stupido: sto andando a uccidere Bob.

'Ti sei fottuto il cervello?'

Questa è la domanda che senza dubbio vorreste farmi in questo momento. La risposta è sì. Mi sono fottuto il cervello.

E sì, è a causa di Alice. Ne ho viste un bel po' di situazioni di merda nel corso degli anni, ma nessuna regge il confronto con ciò che è capitato a lei. Sono sicuro che Bob sapesse perfettamente quel che provavo per lei, e sono proprio quegli stessi sentimenti che ora mi spingono a uccidere lui. Dal momento che era consapevole di ciò che provavo per lei, non ha esitato a farla fuori appena ha smesso di esserci di alcuna utilità. E ora sono anche dannatamente sicuro che sapesse che era dell'FBI. Ovviamente, tipico di Bob, ha cercato di creare per Alice una scena del crimine che potesse essere riconducibile alla mafia e al suo amore per le mazze da baseball (eguagliato soltanto dall'odio per i federali). Tutto questo, sa del metodo di Bob, e ora io andrò a sottoporgli il mio metodo.

«Metti giù la pistola.» Prova a disarmarmi emotivamente, con un tono che dovrebbe spingermi a vedere la futilità delle mie azioni.

«Fanculo.»

Siamo nel suo ufficio. È troppo presto perché qualcuno di voi possa essere già qui. Peccato, perché vi perderete un discreto spettacolo. Gli punto la pistola dritto in faccia. Questo lo fa arrabbiare parecchio.

«Perché?»

«Perché cosa, John?» I denti gli stridono per la rabbia.

«Lo sai di cosa cazzo sto parlando.»

«No, non lo so. Metti giù la pistola.»

«Altrimenti *cosa*?»

Gli rido in faccia.

«Altrimenti non te lo chiederò una seconda volta.»

«Non ce ne sarà bisogno.»

«Non è da te, John.»

«Ah, no?»

«Guardati.»

«Peccato che mi stia guardando, Bob. Sono uno psicopatico sulla quarantina che crede di avere il diritto di far fuori chiunque gli vada. Sono maestro nella manipolazione, con uno sciacallo rabbioso al posto dell'anima. Sarò te se non ti faccio fuori subito.»

«Hai finito?»

«No.»

«Sì invece.»

Sono troppo confuso e agitato (il bacio della morte su entrambe le guance) per vedere la granata stordente che ha posato in cima ai propri fascicoli, al posto del fermacarte. Bob si lascia andare abilmente a terra quando esplode. La detonazione mi toglie il terreno da sotto ai piedi e mi getta contro il muro retrostante. Il lampo di luce, poi, mi mette fuori gioco per il tempo che serve ai due energumeni di Bob per afferrarmi e trascinarmi fuori dal suo ufficio. Quando torno in me sono nell'infermeria della RU. I gorilla mi tengono fermo mentre il dottor Hatchet e la sua allegra banda di infermiere ex spogliarelliste preparano gli aghi.

Non appena riesco a sentirmi di nuovo le mani, affondo uno degli aghi nel collo di Gorilla #1. Gorilla #2 prova a stringermi alla gola, azione che lo costringe a scoprire il lato destro della cassa toracica. Il mio gomito gli fracassa la trachea. Mentre cerca disperatamente di respirare, gli affondo la seconda siringa nella gamba. Buonanotte, testa di cazzo. Il dottor Hatchet se la dà a gambe, abbandonando al loro destino quei rifiuti umani di infermiere urlanti.

Mi concedo una rapida valutazione. Sono in un edificio pieno di assassini. Sono mezzo cieco e a malapena capace di arrancare a un'andatura da vecchio. Pistola. Perquisisco Gorilla #1 e trovo la mia Glock nella tasca della sua giacca. Niente caricatori di riserva. Cazzo. Ho diciassette colpi. Non è male, ma come ho detto, sono in un edificio pieno di assassini – e con armi molto più grosse di questa. La cosa bella è che la sopravvivenza non è il mio obiettivo. Devo solo infilare una pallottola dentro Bob e poi accettare le conseguenze, come un vero uomo. Sono pronto a morire per Alice? No. Voglio che Bob muoia per Alice. Come direbbe lo stesso Bob, la mia morte non sarebbe altro che un danno collaterale.

Guardo l'orologio. Le sei e trenta del mattino. Ormai voi siete tutti nell'area di addestramento e Bob se ne starà già andando in giro, impettito come un gallo da combattimento, a magnificare le virtù delle sue tecniche superiori. Vado in quella direzione, l'idea è di tendergli un agguato prima che il dottor Hatchet diffonda la notizia della mia fuga. Quando arrivo al nostro dojo il posto è scarsamente illuminato. Al centro della stanza Bob è in compagnia di alcuni di voi e vi sta insegnando alcune tecniche di combattimento cieco. Tutti quanti indossano delle bende e le tolgono quando mi sentono entrare. Bob lascia la sua sugli occhi.

«John.»

«Bob.»

«Hai voglia di combattere un po'?»

Due gorilla entrano con le rivoltelle, io getto la mia Glock a terra. Mi incammino verso Bob e il suo scuro cerchio di morte.

«Solo per dimostrarti che ti stai sbagliando, ti darò la possibilità di attaccarmi. Mettete giù le pistole!»

I gorilla obbediscono in silenzio.

«Puoi toglierti la benda, Bob!»

«La lascerò al suo posto. Questo è quel che si chiama un momento istruttivo.»

Infatti insegno a Bob a cadere di faccia, atterrando.

«Un colpo basso, stronzo» dice una delle reclute più sguaiate.

Quando mi concedo il tempo di lanciare un'occhiataccia alla recluta, Bob, ancora sdraiato, mi assesta un calcio laterale alle palle. Io mi piego su me stesso e rischio quasi di vomitare, tanto forte è il dolore. Bob coglie l'occasione per colpirmi alla mascella con un calcio circolare. Faccio un bel volo, buttando a terra tre o quattro reclute. Mi dispiace davvero. Mentre me ne sto lì sdraiato, tentando di rimettere insieme la mia mente un pezzo alla volta, Bob comincia la sua lezione d'allenamento come se l'accaduto ne fosse parte integrante.

«Non c'è alcun colpo basso in una situazione di vita o di morte» pontifica Bob. «Esiste solo un vantaggio o uno svantaggio.»

Poi mi tira su usando una vecchia mossa da wrestling chiamata Presa del pompiere, e mi scaraventa contro una rastrelliera di legno piena di attrezzi per la pratica. Quella esplode come una scatola di bastoncini shanghai a misura d'uomo. Riesco a malapena a vedere a causa del sangue che si riversa dallo squarcio che ho sul cranio.

«Pensate che John mi abbia colpito alla gamba perché mi ha colto alla sprovvista? O credete piuttosto che io gli abbia permesso di farlo, anticipando un commento da parte di uno dei miei studenti meno raffinati – un commento che lo avrebbe momentaneamente distratto, permettendo a me di trarne vantaggio?»

Borbottio da parte delle reclute.

«Lo hai fatto apposta» se ne esce una delle ragazze. «È più giovane e più forte. L'hai distratto per trarne vantaggio. Poi lo hai messo fuori gioco con il calcio alle palle e hai tratto di nuovo vantaggio dalla situazione. Dopodiché hai volto a tuo favore il fatto che fosse intontito dal calcio alla mascella.»

Bob si volge verso di me.

«Una delle mie studentesse migliori.»

Poi mi fa cenno di 'venire avanti'. Io mi metto in piedi e assumo la posizione dello stile kung denominata Sopracciglia bianche. Bob si mette in posizione Scimmia.

«Sopracciglia bianche contro Scimmia. Chi vincerà?» domanda Bob.

«Lo stile Sopracciglia bianche è superiore» fa la studentessa saputella.

Attacco. Bob reagisce con uno scioccante livello di ferocia. Io sono debole e ho lo stomaco sottosopra per via della sbronza, senza contare quella che, molto probabilmente, è una violenta commozione. La cosa peggiore è che riesce ad anticipare con facilità ogni mia mossa. Mi sta davvero pestando a sangue. Il suo tallone mi colpisce dietro l'orecchio e mi manda al tappeto. Me ne resto sdraiato lì, semicosciente e la lezione continua.

«Come vedete, John è stato ben addestrato. Ma io sono quello che lo ha addestrato!»

Passa al jujitsu e prova ad afferrarmi. Io passo al Silat, uno stile del Sudest asiatico creato esclusivamente per uccidere o ferire gravemente. Non me lo ha insegnato Bob, così riesco a massacrarlo fino a fargli sputare sangue, tanto per cambiare. Tutti voi restate a bocca spalancata.

Gli do un calcio così forte che fa una capriola all'indietro atterrando prima sul petto e poi di faccia. E se ne resta lì, annaspando.

«Sfortunatamente per Bob, ho usato uno stile che non mi ha insegnato lui. Bob ha commesso l'errore di credere che avrei impiegato solo il suo addestramento.»

Gli salto addosso per sferrare un poderoso colpo, teso a spezzargli la spina dorsale, ma lui rotola via. Al posto suo colpisco il pavimento, fracassandomi la rotula. Lui scivola sul pavimento come una specie di animale e mi mette le braccia intorno al collo. Io lotto per divincolarmi, ma Bob è davvero troppo abile nel Gracie, e mi ritrovo in una stretta mortale, completamente alla sua mercé.

«Ma non ho fatto l'errore di pensare che avresti fatto la cosa più saggia, usare un'arma per metterti in posizione di vantaggio. In effetti hai fatto proprio ciò che sapevo avresti fatto – provare a finirmi con una mossa spettacolare vista in qualche film, anche se la tua pistola è poco più in là. Che te ne pare di questo?»

33

L'angelo caduto

Sono sveglio, in una camera d'ospedale. È una camera d'ospedale molto strana. Quasi troppo bianca e immacolata. Inizialmente penso di essere morto e che non sia altro che l'inferno. Poi penso che sia solo un sogno, finché non entra una infermiera bruttissima per controllarmi i parametri vitali, ha l'odore di un conservificio di sgombro. Non sogno mai donne del genere. Poi mi rendo conto che l'ospedale è strano perché non è affatto un ospedale. È l'unità medica della RU. Sono l'unico paziente. Il dottor Hatchet mi sorride con i denti macchiati di nicotina.

«Come ci sentiamo? Abbiamo ancora voglia di fare gli stronzi?»

«Esci da qui, cazzo» gli ordina Bob.

Il dottor Hatchet esce e Bob si avvicina.

«Ciao, John.»

«Ciao, Bob.»

«Come ti senti?»

«Non male.»

«Bene.»

Mi dà un pugno dritto sulla mascella. Sto per perdere conoscenza quando mi colpisce allo stomaco. Questo mi risveglia e mi costringe a respirare.

«La pancia prima del cervello. Giusto, John?»

Ansimando gli faccio cenno di sì. Lui mi afferra per il colletto. Con gli occhi velati di lacrime vedo che è furioso, ma anche profondamente deluso.

«Dio scagliò l'angelo nell'abisso più profondo. E non era neanche lontanamente deluso quanto lo sono io da te, John.»

Provo a rispondere ma non riesco ancora a respirare.

«Se non fossimo così addentro all'operazione ti darei fuoco, ora. Oggi. Ma una simile soddisfazione è un lusso che non posso permettermi. Sono ben oltre la scadenza con il cliente e abbiamo un'unica possibilità per chiudere la questione. Ma questo lo sapevi già questo, non è così, John?»

«Sì, Bob. Lo sapevo.»

«Buon per te. Potrai anche pensare di essere molto scaltro, ma un sacco di gente stupida lo pensa. Al massimo sei scaltro abbastanza da bruciarti completamente. Esattamente quello che hai fatto mettendomi in questa posizione. Dimentica il tuo futuro. Questa storia è finita per te. Trovare una cazzo di forca a cui appenderti sarà la mia ragione di vita.»

«Per me va bene, Bob.»

È furioso, sull'orlo delle lacrime. Ed è sconcertante vederlo così, perché non avrei mai creduto che ci fosse tutto questo in lui.

«Sei così saccente, John. È così bassa la tua considerazione di me. Hai dimenticato che ti abbiamo tirato fuori dal carcere minorile e ti abbiamo evitato di diventare la puttana di qualche gangster?»

«No, Bob. Non l'ho dimenticato. Non si trattava di...»

«Chiudi quella cazzo di bocca. Sei una vergogna, e non meriti neanche di stare nella stessa stanza con me o con chiunque altro della RU. Potrai avere qualche qualità sotto la cintura, ma ora valgono praticamente quanto una goccia di piscio nell'oceano.»

«Ho ucciso un sacco di persone, Bob. Non lo definirei qualche qualità.»

«No. Sei un assassino d'élite. Addestrato dai migliori al mondo per far fuori i peggiori. Compi un servizio essenziale per la società. Uccidere è solo il mezzo, John. Ma considerando le tue azioni odierne vedo chiaramente che avresti anche potuto gettare al vento tutto ciò che ti ho insegnato.»

«Non avresti dovuto ucciderla, Bob.»

Rabbiosamente estrae una pistola, mette il colpo in canna e me la porge.

«Se pensi davvero che l'abbia uccisa io, allora prenditi la tua vendetta.»

Tengo la pistola. Sembra la cosa più pesante che abbia mai tenuto in mano. Guardo Bob. Se l'ha uccisa lui, allora è clinicamente impazzito, ma sappiamo tutti che è impossibile per un sociopatico come Bob.

«Potrò anche aver calpestato un insetto o due in passato, John, ma non mi butto nel fuoco uccidendo un agente federale solo perché tu te la scopavi!»

Riprende la sua pistola e scarica il colpo contro il muro e l'attrezzatura medica. Vetri, fumo e ovatta riempiono l'aria. Getta la pistola dall'altra parte della stanza. Non l'ho mai visto così. Mi sento come se intorno a noi si sbriciolasse tutto quanto, un castello di carte fatto di lastre di cemento, raffiguranti tutte re suicidi.

«Non insultare di nuovo la mia intelligenza, John.»

«Mi dispiace, Bob. Ho perso il controllo.»

«Hai proprio ragione, accidenti, hai perso il controllo. E mi sento male a vederti in questo stato. John, mi fai sentire un fallito.»

Fatti un piantino allora, penso mentre me ne sto seduto in silenzio, sguazzando in quella che voglio che Bob pensi sia autoflagellazione. Si ammorbidisce un po'.

«La buona notizia è che la tua grossolana incompetenza non ci ha uccisi. Abbiamo trovato la chiave magnetica e il portatile della tua fidanzata in uno dei bar dai quali ti hanno buttato fuori. Non siamo riusciti a entrare nel sistema, così la notte scorsa abbiamo mandato qualcuno allo studio con la chiave magnetica e ci siamo procurati l'itinerario di viaggio crittografato. Hai ventiquattr'ore di tempo per ripigliarti.»

«Credi ancora che possa farcela?»

«Non ho scelta. O ce la fai e ce ne andiamo tutti cavalcando verso il tramonto, o non ce la facciamo e verremo tutti fatti fuori. E non si tratta semplicemente di te e di me, John. Tu manda tutto a puttane e tutti quanti pagano, persino le reclute con il moccio al naso di fronte alle quali ti sei messo in imbarazzo.»

«Ce la farò.»

Fa una lunga pausa, guarda l'orologio e poi me.

«Chi l'ha fatta fuori, Bob? Qualche idea?»

«La famiglia di Brooklyn. Un vecchio caso. Si sono vendicati per qualche pezzo grosso che ha fatto fuori. Se ti è di qualche consolazione, ho fatto ammazzare tutta quanta la squadra. Non volevo che anche tu perdessi tempo con loro.»

«Grazie, Bob.»

Mentre esce dalla stanza, mi vedo nello specchio e ricordo cosa ha detto dell'angelo caduto. Sono io, a esigere dal mondo che paghi col sangue e col dolore. È un'immagine che Bob usa spesso. In fondo è solo un'altra cosa che lo aiuta a garantirsi il proprio ritorno sull'investimento. L'unico motivo per cui sono ancora vivo.

34

Il cielo benevolo

La notte avvolge tutto come una marea scura. Una luna piena, color rosso sangue, si sta levando all'orizzonte, anticipando l'imminente battesimo di fuoco. Sto procedendo attraverso i campi umidi, verso un aeroporto privato nella parte orientale del New Jersey. Riesco a vedere il G650 che porterà Locke e il suo seguito in un fortino su un'isola a largo della costa del Belize. I suoi soci viaggeranno a bordo di altri aerei verso la stessa destinazione. Nel mondo imprenditoriale lo chiamano 'gestione del rischio'. Se un aereo precipita non perdono tutta la dirigenza. Locke e il suo seguito non sono ancora arrivati. Dovrebbero partire all'una. C'è una sola guardia armata appostata vicino all'aereo e un'altra nell'hangar. Non sono professionisti. La rugiada sulle sterpaglie mi inzuppa le gambe e l'interno delle scarpe. Non me ne curo perché penso che questa potrebbe essere l'ultima volta che provo una simile sensazione. Potrebbe essere l'ultima volta in assoluto che sento qualcosa.

In passato non ho mai avuto simili pensieri. Li ho adesso perché sono convinto che tra qualche ora sarò morto. Finora ho sempre dato per scontata la mia breve vita del cazzo. Venticinque anni è una goccia nell'oceano. È meno di niente. E io ne ho trascorsa la maggior parte resto attaccato al dolore del passato o in attesa del futuro. Finora non c'è mai stato alcun *ora* per me. Ma stanotte sono io il lupo. Respiro il mio mondo percependolo con tutti i miei sensi. Non solo con la vista, il meno affidabile di tutti, ma anche con l'odorato e il tatto. Ed è dolce e amaro. Ma mi rifiuto di lamentarmi.

Sono un killer. Ho messo fine a molte vite. Qualunque cosa mi accada, me la sono cercata. Non si tratta di una ritrovata moralità che mi rende più immedesimabile per l'uomo della strada. Lui è una cazzo di ameba e mangia, caga, scopa o lotta per farsi largo in quello che è il suicidio più prolungato dell'universo. Mentre per me significa conoscere me stesso per la prima volta.

Io sono scarpe bagnate.

Io sono fiato freddo e umido.

Sono mani sudate.

Io sono la gravità che schiaccia l'erba sotto ai miei scarponi.

Io sono Kevlar e metallo e piombo.

Io sono il mirino laser.

Sono la morte.

E sto arrivando.

Nubi nere si addensano in cielo, lo prendo come un segno, una metafora da parte dell'Altissimo che mi consiglia di prepararmi, come un samurai, a ceneri e polvere. Ma abbraccio il mio destino. Sono dentro all'oscurità e mi ci sento a mio agio.

Mi muovo con determinazione sulla pista di decollo, usando tutto ciò che trovo per nascondermi alle guardie. Sono più interessate ai loro fottuti iPhone che al loro lavoro. Vedo il bagliore degli schermi dei cellulari sul loro volto mentre controllano le email, aggiornano Facebook per diventarne ancora più schiavi, sognano di vivere, respirare e scopare protetti dell'anonimato di testi e meme. Sono bloccato dietro a un camion di carburante, in attesa di un'opportunità per avvicinarmi al velivolo senza essere visto. Poi le nubi scure che un attimo fa mi mettevano in guardia circa il mio destino imminente recano un dono inatteso – la pioggia. Quando le gocce cominciano a cadere, Idiota 1 lascia la pista di decollo e si precipita nell'hangar, per aspettare che smetta di piovere insieme a Idiota 2. Grazie dissociazione. Ancora una volta mi mostri la bellezza di un universo con la personalità scissa.

Mi accovaccio e striscio sotto all'aeroplano, poi mi infilo nell'alloggiamento del carrello d'atterraggio. È a questo punto che la simulazione diventa particolarmente utile. Immerso nella totale oscurità, devo arrampicarmi nel ventre dell'aereo e procedere a tastoni verso il fondo. Uso la mia lampada a infrarossi per localizzare i pannelli d'accesso, sopra di me. Trovo quello che conduce alla cabina passeggeri principale e ci faccio un segno con un pennarello a luce nera.

Poi mi spingo il più possibile all'interno della pancia. Se sarò troppo vicino al carrello quando verrà retratto nell'aereo, verrò schiacciato o perderò almeno uno dei miei arti. Al fine di non soffocare, ho con me un respiratore che mi fornirà quindici minuti di ossigeno vitale, da circa 25.000 piedi (quando la pressione dell'aria è zero e le cose cominciano a mettersi male per gli esseri umani) a 51.000 piedi (quando gli esseri umani muoiono direttamente). E non dimentichiamo l'ipotermia. Raggiunta l'altezza di crociera, la temperatura precipiterà a meno quarantacinque o cinquanta gradi Celsius. So di poterlo sopportare per circa dieci minuti, prima di perdere conoscenza. Ovviamente ho una vagonata di speed per tenere la mente ben lucida e per incrementare la performance complessiva del mio sistema nervoso. Ho anche l'Acetazolamide, un farmaco che gli alpinisti estremi usano per prevenire il mal di montagna. Rende il sangue più acido e più efficiente nel trasportare ossigeno agli organi principali. E ho con me anche un blister di cianuro. Lo so, stronzate da spie della vecchia scuola. Penso che nell'improbabile eventualità che mi catturino senza uccidermi, me ne andrò come si faceva ai tempi della Guerra fredda e lascerò a questi stronzi nient'altro che il mio cadavere schiumante in preda alle convulsioni.

Divertente, no? A dire il vero, quella che ho descritto è la parte divertente. Il resto è una schifezza totale. Quando raggiungeremo l'altezza di crociera, ammesso che sia ancora vivo e cosciente, devo sollevare il pannello d'accesso alla cabina principale per strisciare dentro. Spero che mi resti almeno un po' di energia per uccidere tutti quanti i presenti a bordo, ma non si può mai sapere, così ho una siringa piena di adrenalina, che si unirà chimicamente all'amfetamina e mi trasformerà in un mostro inarrestabile e insensibile con la forza di cinque oranghi. In passato ho usato uno speedball a reazione come questo solo una volta in passato e, se la memoria non mi inganna, allora ho strappato il braccio di un uomo e l'ho usato per picchiarlo a morte.

Li sento caricare i bagagli sull'aereo. Hanno cominciato anche a fare il pieno di carburante, cosa che speravo tanto avessero già fatto prima che salissi a bordo. È uno schifo. Ora tutto il mio sistema respiratorio sarà maledettamente irritato, dettaglio non da poco considerando che, per come stanno messe le cose, tra poco sarò appena capace di respirare. Affondo il naso nel giacchetto di Kevlar e provo a contenere il danno. Dopo quella che mi pare un'eternità, mi sento stordito (ed è un male per l'intero sistema sangue-cervello-ossigeno). Sento arrivare i mezzi pesanti sulla pista di decollo; a bordo ci sono Locke e i suoi uomini. A giudicare dal baccano, ha con sé un branco di ex militari esaltati e alcolizzati, perché si avvicinano all'aereo guidando come dei disturbati, sgommano e continuano a chiacchierare allegramente come un branco di studentelli per tutto il tempo che ci mettono a entrare nello scompartimento passeggeri. E sono anche molto pesanti. L'aereo si abbassa di un paio di centimetri sulle ruote quando tutti i bistecconi si sistemano sui sedili di pelle.

Il che significa che le cose potrebbero mettersi davvero molto male. Uomini ben piazzati e che siano anche combattenti esperti sono una gran rottura di palle. Si sentono gladiatori e proveranno sempre a spingervi ad affrontarli 'corpo a corpo' se avete la meglio su di loro. Adoro quando ti dicono *mano y mano* e non hanno la minima idea che significa 'mano a mano' in realtà. E iscriviti almeno a un cazzo di corso di spagnolo per principianti. In fondo lo parla solo la metà della nazione. Comunque non lasciatevi abbindolare dalle loro stronzate. Muoiono proprio come tutti gli altri se fate il vostro lavoro come si deve. Il fatto di essere un duro e di saper stringere i denti non potrà aiutare neanche l'idiota più grosso a domare la catastrofica perdita di sangue dovuta all'aorta lacerata. Pensate a voi stessi come agli operai di un macello. Non avvicinatevi troppo al bestiame e usate la giusta tecnica per stordirli e farli dissanguare.

Alla fine i piloti accendono l'aereo e cominciano a rullare. Mi preparo assicurandomi ad ogni componente di metallo che trovo con cinghie di tessuto da 2260 chili. Questo mi eviterà di essere risucchiato fuori dall'alloggiamento del carrello nel caso dovessi perdere coscienza durante il decollo. Un Gulfstream 650 è di base un razzo spaziale con comodi sedili in pelle e tettone che servono sandwich di carne. Ci mette meno di circa due chilometri per staccarsi da terra a una velocità di 300 nodi. Ha una velocità massima di Mach .925 e ci arriva in un attimo. Finché non saremo in un assetto di ascesa meno aggressivo, da 10.000 piedi in su, me ne starò attaccato al metallo, incapace di muovere un cazzo di muscolo.

Il pilota è un cazzo di cowboy perché non modera la velocità neanche mentre rulla e si mette in posizione di decollo. Poi schiaccia a tutto gas. A giudicare da quel che sento, usa circa un chilometro di pista per staccarsi dal suolo, e ci ritroviamo sparati praticamente dritti in cielo. A causa dell'assetto dell'aereo – con la punta quasi verticale – mi ritrovo ora alla mercé della forza di accelerazione e della gravità in persona. Non ho il minimo controllo sul mio corpo, dunque potete immaginare il mio sgomento quando mi sento scivolare verso il basso e le mie gambe penzolano fuori dall'alloggiamento, in balia del vento – un vento che soffia a 650 chilometri orari. In questa posizione, quando tra qualche secondo il carrello si solleverà, finirò per essere tagliato in due.

Così, sposto la mano come la pinna spezzata di una foca e prendo il mio speedball dalla tasca sul petto della giacca in Kevlar. Mi sembra quasi di fare sollevamento pesi con una Volkswagen quando provo ad avvicinarmi la dose. Con i denti riesco a togliere il cappuccio della siringa, mentre sento il pilota che tenta di retrarre il carrello. Al momento uno dei miei pezzi di cinghia lo sta bloccando, concedendomi secondi preziosi. Mi ficco la siringa nel collo e la spingo. Mi sento gasato all'istante. Quindi mi faccio strada arrampicandomi verso l'interno dell'alloggiamento, intanto i servomotori si aprono un varco nella cinghia. Quando rimetto i piedi dentro, le mie manovre diventano molto più facili, ed è un bene perché la cinghia che stava rallentando il servomotore del carrello si è appena strappata. L'improvviso rilascio del carrello lo fa balzare verso l'alto, dentro l'alloggiamento, spingendomi nel mio buco con la forza di un treno merci. L'ultima cosa che vedo è la mia mano, un attimo prima che il mio viso ci vada a sbattere contro.

35

Mano y mano

Quando mi risveglio sono in ipotermia e mi affanno a respirare perché siamo quasi all'altezza di crociera. Mi metto rapidamente il respiratore e divoro famelicamente un po' di ossigeno. Le mie mani e le altre estremità sono intorpidite, i ragni neri del congelamento cominciano ad affondarmi nella pelle. Se potessi sentirlo, proverei un dolore lancinante alla clavicola rotta. So che è rotta perché c'è sopra un grumo delle dimensioni di una pallina da golf. Che altro? Senza dubbio qualche dito rotto e forse una distorsione alla caviglia, ma di nuovo, l'intorpidimento copre qualsiasi dolore.

L'orologio mi dice che mi resta circa un minuto d'aria nel respiratore, così mi do una mossa. Con mano tremante prendo gli arnesi dalle zip e mi metto a lavorare al pannello che mi sono allenato a rimuovere a occhi chiusi. Nel giro di qualche secondo è aperto. Un'esplosione di calore mi colpisce dritto in faccia, ma non perdo tempo perché so che la falla nello scafo potrebbe innescare un allarme di perdita di pressione. Così mi infilo nel pannello di accesso e mi ritrovo accovacciato nello scompartimento bagagli di poppa. Rimetto rapidamente il pannello al suo posto e lo sigillo con stucco marino.

Finalmente mi concedo un momento per godere di alcuni

dei piaceri della vita: l'ossigeno, il calore, la vita ecc. Il mio mesencefalo mi dice che, in fondo, questo è tutto ciò di cui abbiamo bisogno. Tutto il resto ha solo funzione decorativa. L'ipossia ha ancora la meglio su di me, così mando giù un altro po' di Acetazolamide.

In un attimo la sensazione di annebbiamento sparisce e sento di avere nuovamente il pieno possesso delle mie facoltà fisiche e mentali.

Stando ai miei dati, da qualche parte nella parete tra la toilette di poppa e lo scompartimento bagagli dovrebbe esserci il quadro dell'impianto elettrico della cabina dei passeggeri. Incido la parete di plastica stampata finché non lo trovo. L'impianto in questione alimenta anche il riscaldamento e i regolatori di tensione, così devo fare attenzione a non tagliare anche quelli. Se lo facessi, moriremmo tutti quanti congelati prima che il capitano possa scendere a un'altitudine più ospitale. Quindi li scosto e taglio invece i cavi che danno corrente alle luci.

L'aereo resta al buio.

Sento gli altri, di fuori, discutere tranquillamente del problema. Indosso i miei occhiali da visione notturna. Ho qualche secondo per farlo prima che trovino l'interruttore delle luci di emergenza, che è qui, dove mi trovo io. Aspetto che arrivi il primo tizio, quello con un po' di cervello più degli altri, per azionarlo. È enorme. Un samoano di centoquaranta chili con il suo prodigioso ciuffo di capelli raccolto in un piccolo crocchio sulla nuca. Sono pronto per accoglierlo, brandendo quella che è l'unica arma che si può usare su un aereo in tutta sicurezza. È composita e ha un raggio di azione di trenta centimetri. Ricordate quello che vi dicevo riguardo al mattatoio? Di fatto è proprio come una pistola elettrica da mattatoio. Si basa su un dispositivo che viene definito storditore a proiettile libero. La maggior parte delle moderne pistole stordenti ha una punta acuminata retrattile che perfora il cranio ma poi viene ritratta.

Il proiettile libero era stato progettato per le eutanasie d'emergenza in campo aperto di grossi animali da fattoria sfuggiti al controllo. Un po' come il mio nuovo amico, Mr Samoano. Quella che ho in mano, in particolare, l'ho progettata con un cilindro simile a un revolver, e dal momento che i dardi sono sottili, può contenerne quindici.

Pop!

Il primo animale di grossa taglia, Mr Samoano, è stato sottoposto a eutanasia. Cade faccia a terra. Uno dei suoi amici si avvicina correndo per vedere cosa è successo e *Pop!*, cade addosso al Samoano. Io mi abbasso quando uno dei gorilla della scorta comincia a lanciar coltelli più o meno nella mia direzione. Ne estraggo uno dalla parete e, da vero fenomeno da circo quale sono, lo scaglio da sei metri di distanza dritto nella fronte di Mr Lanciatoredicoltelli. Lui si indica la testa come per dire 'Ho qualcosa qui?' e cade su un vassoio di cocktail. I ragazzi si sono già messi tutti quanti al riparo, così è difficile contarli, ma direi che sono rimasti nove tipi della scorta, e il mio obiettivo non si vede da nessuna parte. Va benone però, perché questi ragazzi devono senz'altro seguire un protocollo, e Locke è probabilmente nascosto in qualche stanza antipanico appositamente allestita o, se sono davvero in gamba, nella cabina di comando con i piloti, anch'essi armati.

Mi faccio strada nella cabina passeggeri. C'è un gran bel casino, bicchieri rotti dappertutto, tre cadaveri e il divertimento è appena iniziato! Uno dei gorilla estrae una pistola ad acqua elettrificata con un getto d'acqua ad alta conduttività, piena di sale e altri minerali. Mi spara alle palle. Il Kevlar che indosso, però, assorbe l'acqua quasi completamente e non conduce affatto elettricità. Ciononostante è comunque doloroso sentirsi sparare qualche migliaio di volt sul pacco. Lo svantaggio di queste armi è che, a differenza del Taser che ho io, non sparano barbigli affilati come rasoi, che penetrano nella pelle come ami da pesca e ti permettono di elettrofottere un qualsiasi bastardo per tutta la durata delle batterie. Gli sparo nelle palle per vedere se a lui piace. Poi infilo un tappo di sughero nel paragrilletto e l'amico viene elettrizzato finché non gli fuma la testa.

Infine, giunge il momento dell'energumeno che ne ha 'avuto abbastanza di questa merda' e che vuole – l'avrete già capito – 'affrontarmi *mano y mano*!'. Anche lui è una montagna umana. La sua strategia è saltarmi addosso. Io passo immediatamente alla modalità torero. Invece di provare a contrastare anche solo in parte la forza che questo bestione più pesante, più forte e più furioso vuole liberare su di me, faccio un elegante passo laterale, come un matador, e... Si becca un dardo nella nuca.

Adesso mi arriva addosso altra acqua elettrificata, e il getto mi colpisce sotto il collare protettivo. La scarica mi atterra e cado dritto sul samoano morto. Rotolo giù dal suo corpo e nella cambusa, e un altro energumeno mi è già addosso. È proprio ciò che vuole: un combattimento corpo a corpo in cui può soffocarmi con i suoi muscoli e la sua virilità. Gli vedo il volto quando stringe il mio braccio in una presa insolita ed estrae un coltello da combattimento, affilato come un rasoio, con l'intenzione di affondarmelo nella gola. La mia mano libera lo ferma, ma non per molto. Lui ha il leveraggio, il peso e la forza dalla sua parte. Io ho le dita mezze congelate dal freddo e sono esausto.

C'è qualcosa nel suo sorriso sadico che mi colma di una rabbia incontrollabile. Che avanza sotto la mia pelle come un'ondata di calore liquido. Prendo a sudare. E le orecchie mi ronzano sotto l'effetto di quello che intuisco essere un picco di adrenalina. Senza esitare afferro la sua mano armata di coltello e affondo la lama nella mia carne, sopra la caviglia rotta, completamente, fino al pavimento. Il dolore è sconcertante, ma il coltello del bestione ora è fuori uso e lui è praticamente disarmato. È allora che lascia libero l'altro mio braccio per afferrare qualcosa. Grosso errore. Gli afferro i capelli e gli spingo due dita in profondità nelle orbite. Tenta di allontanarsi da me con un salto, ma io uso le mie ginocchia per farlo girare e poi cadere sulla schiena. Estraggo il coltello dalla mia caviglia e glielo affondo dietro l'orecchio, recidendogli il tronco cerebrale.

«Chi ride ora, stronzo?»

Salto in piedi e attacco gli altri tre, loro fanno lo stesso. Invece di colpirli frontalmente, mi butto sulle ginocchia di uno di loro con tutto il peso del mio corpo. Le gambe vacillano e sento lo schiocco che annuncia la rottura dei legamenti e dei tendini. Mentre il tizio se ne sta lì sdraiato a piagnucolare, gli sbotto a ridere in faccia.

«Oh, ti ho fatto male, culone?»

Gli schiaccio il collo con il ginocchio, fracassandogli la trachea e rompendogli la spina dorsale. Ne restano due. Estraggono le pistole. Stanno pensando che se si limitano a imbottirmi di proiettili a bassa velocità, possono farmi fuori rapidamente e senza mettere in pericolo il velivolo o Locke.

«Fate pure, stupide teste di cazzo. Sparate. Farete saltare questo aereo come una lattina di soda, uccidendoci tutti quanti.»

Non dicono niente, si limitano a venirmi addosso in silenzio, spingendomi verso la parete della cambusa che è abbastanza spessa da fermare un proiettile. Devo agire rapidamente, così estraggo il mio Taser e sparo al petto di uno dei gorilla. La scarica che gli do lo fa sussultare e sparare con la pistola contro il pavimento. *Ops.* Mentre continua ad agitarsi in preda alle convulsioni, l'altro tizio prende posto a sedere e si prepara alla perdita di pressione della cabina e alla successiva caduta dell'aereo. Io gli avvolgo intorno i cavi del Taser e lo tiro verso il pavimento. Poi vedo una delle loro pistole ad acqua elettrificate e la acchiappo.

«Al luna park hai mai fatto quel gioco in cui spari in bocca al clown con la pistola ad acqua e gonfi il palloncino?»

E scarico quella fottuta pistola in faccia a lui e al suo socio, dirigendo il getto nelle narici, in bocca e nelle orecchie. Friggono come detenuti del braccio della morte seduti sulla sedia elettrica, i bulbi oculari avvolti dalle fiamme. Copro le loro teste con una coperta per evitare che appicchino il fuoco a tutto l'aereo e peggiorino ulteriormente la situazione. I gorilla sono tutti morti. Il mio uomo non si vede da nessuna parte. Poi si illuminano gli schermi al plasma, e compare Locke.

Sta pilotando l'aereo.

«Ciao, stronzo» dice cordialmente attraverso l'interfono.

Non dico niente, la testa mi ronza per il quasi totale sfinimento.

«Lo stagista. Davvero in gamba. Per chi lavori?»

«Per il giudice Judy[16].»

Sorride.

«Hai mai sentito parlare della Vomit Comet? È un aereo che usano per simulare un ambiente privo di gravità negli spettacoli a tema spaziale. Le persone entrano in quella che è sostanzialmente una fusoliera vuota e l'aereo fa delle salite paraboliche, seguite da stalli a zero gravità. In pratica mandano in stallo i motori e l'aereo, semplicemente, precipita.»

«Sembra divertente.»

«Mettiti la cintura di sicurezza, potremmo incontrare qualche turbolenza.»

Schiaccia l'acceleratore e cominciamo a salire verticalmente come un razzo. Io cado all'indietro, andando a sbattere contro la parete della cambusa, che va in frantumi sotto il mio peso.

«*Ops*. Sembra che ti abbia fatto male.»

Poi il motore va in stallo e il jet precipita. Mi ritrovo immediatamente a galleggiare senza peso nella cabina. Cerco di attaccarmi a tutto ciò che riesco a trovare per farmi strada verso il portellone della cabina di comando. Poi Locke dà di nuovo gas e risale. Perdo la presa e vengo sparato in cabina

---

[16] Programma televisivo statunitense di tipo giuridico non istituzionale.

come un proiettile, colpendo ogni oggetto affilato o duro sulla mia traiettoria. Mi proteggo la testa con le braccia mentre vado a sbattere contro il minibar, distruggendolo completamente. Le schegge di vetro esplodono in ogni direzione.

«Ecco cosa succede a chi tenta di fottermi.»

Bam! Torniamo a precipitare, ma stavolta l'aereo si avvita su sé stesso, e io mi sento come un calzino spaiato nella centrifuga. Non so dove sia il sopra e dove il sotto, ma so di certo che non posso tollerare tutto questo ancora a lungo. Sento il sangue uscirmi dal naso e dalle orecchie e capisco di avere una commozione grave, forse persino un timpano esploso.

Prendo due coltelli dalle guardie morte e li pianto nel pavimento. Li uso come artigli metallici, così da potermi arrampicare fino alla cabina. Se Locke fa qualche altra manovra posso rapidamente affondare le lame nella superficie opposta. Come un ragno, mi faccio strada un centimetro alla volta, e sono così concentrato che non mi accorgo che le mani mi cominciano a sanguinare.

«La porta che pensi di sfondare è di titanio, con quadruplo rinforzo e una spessa lastra di Kevlar al centro. Buona fortuna.»

«Non ho bisogno di sfondarla, perché sarai tu ad aprirla per me.»

Lui ride e cerca di scrollarmi via, ma io continuo ad avvicinarmi.

«Perché mai dovrei aprirla io per te?»

«Perché tua figlia è rinchiusa in quel cazzo di cesso e se non apri tu, mi farò venire in mente un altro giochetto da luna park.»

«Non so di cosa tu stia parlando.»

«Sei proprio uno stronzo, Locke. L'ho vista nascondersi lì dentro quando ho mandato al tappeto il tuo primo tirapiedi.»

«Cosa ti fa credere che sia mia figlia?»

«Ma dici sul serio? È così che pensi di giocartela, bulletto? Era sulla tua lista dei passeggeri.»

«È la mia segretaria. E non scommetterci neanche un centesimo, non me ne frega un cazzo di lei.»

Torno verso la toilette, un artiglio dopo l'altro e apro il portellone con un calcio. La piccola figlia ricca di Locke è dentro, assicurata allo strapuntino. La trascino fuori e la metto a sedere su una poltrona.

«Okay, penso che scommetterò.»

Raccolgo una delle pistole dei gorilla e gliela punto sulla nuca.

«Papà!» grida lei.

«Sembra proprio che abbiamo un vincitore!» grido io.

Silenzio dalla cabina di pilotaggio.

«Credo che ci sia qualcosa che le frulla per la testa. Vediamo di che si tratta.»

Sollevo il cane della pistola per fare scena e la porta della cabina si apre. Locke è fermo e mi fissa, una pistola in mano.

«Metti giù quella cazzo di pistola. Subito.»

«Fottiti.»

Spara un colpo ma mi manca, e fa invece un bel buco nel pavimento della fusoliera, qualche centimetro dietro l'ala sinistra. Scattano gli allarmi. Il pilota automatico libera le maschere dell'ossigeno e cala di quota in una ripida discesa. Io rotolo lungo il corridoio andando a sbattere contro la parete vicino alla porta della cabina di comando. Locke mi aspetta, la pistola puntata sul mio volto.

«Stupido figlio di puttana» sputo fuori.

«Talvolta fare quel che è necessario sembra folle, ma è la forma più alta di sanità mentale.»

«Dillo a tua figlia laggiù, stronzo.»

Quando la vede singhiozzare nella poltrona, gridare, incapace di respirare, si rende conto di cosa ha appena fatto. Poi viene colpito alle palle dal mio piede. Finisce a terra tenendosi l'inguine e sussultando. Lo sollevo per il colletto e lo trascino nella cabina.

«Ora farai atterrare questo cazzo di aereo e poi io ti ucciderò. Ma se pensi di prendermi per il culo ucciderò anche lei, e proprio davanti ai tuoi occhi. Capito?»

Annuisce e riprende il comando. L'aereo trema fottutamente quando Locke tenta di stabilizzare la discesa. Dopo più o meno quindici minuti di paura ci stabilizziamo a un'altezza di circa 18.000 piedi.

«Dove siamo?»

Dà un'occhiata al sistema di posizionamento satellitare.

«A circa centosessanta chilometri a sud di Miami. Cerco un aeroporto privato su Grand Cayman o su Barbados.»

«Modifica la rotta per l'Honduras. C'è un campo d'aviazione appena fuori da Puerto Cortés.»

«Honduras? Potremmo non farcela con quel buco nella fusoliera.»

«Fallo e basta.»

36

La Cucaracha

Due ore più tardi, atterriamo in Honduras. Locke rulla fino all'unico edificio del campo di aviazione e vede che è vuoto.

«Fermati qui.»

Lui arresta l'aereo. Io lo spingo fuori, nella cabina passeggeri e lo faccio sedere accanto alla figlia. Gli metto la pistola sulla fronte e sollevo il cane.

«No! Papà!»

«Zitta» le dico.

«Ti prego, non uccidere mio padre.»

«Sai chi è davvero tuo padre? Lo sai?»

Lei piagnucola.

«Vende i nomi delle persone sotto protezione testimoni al miglior offerente – la mafia, i cartelli, Aryan Nations, e quant'altro.»

Lei scuote la testa e singhiozza.

«Lasciala stare e facciamola finita!»

«Sta' zitto!» gli urlo io.

Lo colpisco al volto con la pistola, aprendogli un profondo squarcio sulla guancia e sul naso. Mi volto verso sua figlia.

«Mi dispiace che tu debba assistere a tutto questo, ma devi sapere che razza di uomo ti ha cresciuta. Devi sapere che è un pezzo di merda con le mani macchiate di sangue innocente. Devi sapere che merita di morire.»

Gli premo la pistola contro la fronte.

«Sono stato mandato per ucciderlo. È il mio lavoro...»

Premo la canna più forte per una frazione di secondo... poi allontano la pistola dalla sua testa.

«Ma non lo farò.»

Locke e sua figlia alzano lo sguardo verso di me, sbalorditi.

«Perché sono appena andato in pensione.»

Raccolgo tutte le munizioni e le armi che riesco a trovare sui cadaveri dei gorilla e apro il portello passeggeri.

«Avete abbastanza carburante per arrivare in Messico. Vi suggerisco di levarvi dai coglioni al più presto, prima che l'esercito del cartello scopra che c'è un jet privato da 80 milioni parcheggiato sul suo campo d'aviazione.»

Sono entrambi senza parole, io abbasso la scaletta ed esco dall'aereo, nel mattino caldo e umido. A mia volta, sono senza parole e cerco di farmi strada in un territorio sconosciuto. Anche voi sarete senza parole, probabilmente, perché ho concesso a Locke di vivere. Non preoccupatevi. Non è perché ho trovato Gesù, ho visto la luce o che so io. È per via del primo comandamento della mia Bibbia personale: sopravvivere. Con Locke vivo, Bob ha buone probabilità di finire morto, liquidato dai suoi stessi clienti.

Il risultato finale è: lasciando vivo Locke, mi sono tolto di mezzo Bob per sempre, e ora sono ufficialmente in pensione. Delusi? Mi dispiace se non vi ho regalato il finale Disney/Pixar che vi aspettavate. È come vi ho sempre detto: bisogna essere pronti a tutto. Non si sa mai dove si fermerà la bottiglia, e ci si potrebbe ritrovare a baciare sia la principessa che il ranocchio. Queste sono le regole. Se non le rispettate, allora avrete meno di niente, e niente non è un granché per gente come noi. Magari non me ne sto andando dalla RU s.r.l. con l'orologio d'oro e la pensione. Però me ne sto andando. E più mi avvicinavo a questo momento, più mi rendevo conto di quanto fosse improbabile che accadesse. Perché mai avrei dovuto fidarmi di uno come Bob? È semplicemente stupido.

Per quel che vi riguarda, il mio consiglio è pianificare rapidamente una strategia d'uscita. Quando sei nella merda fino al collo, non è finita finché non è finita.

Regola #14: Imparate la raffinata arte dell'uscita di scena

Al mio decimo incarico, mi stavo lavorando l'amministratore delegato di una compagnia di servizi globali di spedizione che in realtà era un pezzo grosso del traffico di esseri umani. Faceva arrivare nei porti di Los Angeles, New York, Miami e Oakland mercantili carichi di merci provenienti dall'Asia: merde di cane di gomma, grattini per la schiena e servi debitori. È una storia di cui avrete già sentito parlare, per cui non vi annoierò con i dettagli. Basti dire che questo figlio di puttana riforniva con manodopera a basso costo il novanta percento delle fabbriche in cui si sfruttano i lavoratori negli Stati Uniti, facendo per altro un sacco di soldi. In pratica fotteva il sogno americano per permettere a voi di comprare magliette da Old Navy per quattro soldi. Non è fantastico?

Così mi insinuai come stagista nella cerchia più ristretta del tipo, nella sede al porto di New York. Dopodiché Bob aggiunse un'incognita all'equazione. Mi disse che voleva dare un po' di 'formazione on the job' a una nuova recluta. Nel farlo però, mi sparò su per il culo anche un po' di zucchero, dicendomi che ero il suo pupillo e che voleva che i giovani virgulti imparassero dal migliore. Inizialmente apprezzai la botta di autostima. Ma la cosa svanì rapidamente quando cominciai a passare del tempo con una giovane donna che chiamerò Juno. Oh, l'avete visto il film, vero? Bene, allora saprete che Juno è un'idiota irritante che non riesce mai a tenere chiusa la sua cazzo di bocca. Ecco con cosa avevo a che fare. Bob infilò anche lei nella missione, come stagista, e io le feci vedere come funzionava. All'epoca aveva più o meno diciannove anni. Oltre a farmi venire voglia di strangolarla, convinse tutti gli altri impiegati dell'ufficio a unirsi a me in uno strangolamento collettivo. Il fatto era che la tipa era una vera fuoriclasse quando si trattava di combattere. Non ho mai visto nessuno sparare, usare una lama o combattere meglio di quanto facesse lei. Così, all'istante mi venne la paranoia che Bob volesse farmi fuori.

Comunque, giunse il D-day per il nostro negriero bianco, e per l'omicidio Bob si inventò uno scenario di vendetta in stile Triade. La vulgata da far circolare in strada era che le Triadi volevano che il negriero bianco pagasse dei bei soldi come stecca per operare in Asia. Lui, stupidamente, aveva rifiutato. Di conseguenza il negriero bianco era stato massacrato e le Triadi avevano tranquillamente preso il controllo dei suoi affari. Pulito pulito. Sfortunatamente un autentico omicidio in stile Triadi è la cosa più distante dal pulito che ci possa essere. Diciamo che normalmente implica l'uso di pesanti mannaie da macellaio rugginose, l'arma caratteristica dell'organizzazione.

Il piano era fare la cosa di mattina presto, quando il negriero bianco arrivava al lavoro, sempre intorno alle quattro, per occuparsi delle chiamate dall'Asia. Il personale di servizio arrivava solitamente alle otto, avremmo quindi avuto quattro ore intere per fare di lui un bel puzzle. Passai a prendere Juno alle tre. Per la prima volta in assoluto rimase in completo silenzio. La mia paranoia schizzò a livelli stellari, ero pronto a ucciderla se avesse anche solo provato a guardarmi nel modo sbagliato. E avevo una strategia di uscita. Insieme al resto dell'attrezzatura avevo portato con me un kit che mi avrebbe permesso di sopravvivere fino a quattro settimane in mare. Dopo averla uccisa avrei potuto imbarcarmi clandestinamente su uno dei container, come i miei fratelli del traffico di esseri umani, e far perdere le mie tracce in Asia. Mi sarei trovato un chirurgo plastico con gli occhi a mandorla e avrei proseguito la mia vita alla grande.

Juno e io scivolammo nell'ufficio del negriero bianco e attendemmo il suo arrivo. Arrivò leggermente in anticipo, e noi facemmo la nostra entrata in scena. Non vi annoierò con i dettagli letteralmente stomachevoli della sua dipartita. Diciamo soltanto che capisco perché le Triadi facciano omicidi come questo da centinaia di anni. La prospettiva di essere orribilmente mutilati è un eccellente deterrente a non prenderli per il culo. Tanto per cominciare, non si tratta mai di una morte rapida e indolore, quale che sia lo sforzo d'immaginazione applicato ai singoli casi. Secondo, nessuno vorrebbe che i propri cari dovessero seppellirlo a pezzi. È davvero una seccatura per chiunque. A proposito dei propri cari, va detto che le Triadi, in genere, fanno fuori anche tutto il resto della famiglia. Bob non prese mai in considerazione l'ipotesi di spingersi a tanto per amore di 'verosimiglianza', altrimenti mi avrebbe spinto a un'impasse morale.

Piuttosto sorprendentemente, Juno si paralizzò quando giunse il momento di fare il da farsi. Ero incazzato nero con lei, e la costrinsi a raccogliere tutte le parti del corpo e a imbustarle. Una volta finito, proprio mentre ce ne stavamo andando, ricevetti un messaggio da Bob.

'Uccidila.'

Okay, forse la mia paranoia non aveva un fondamento razionale. Avevo del tutto mal interpretato la situazione e, a ripensarci, avrei dovuto interpretare immediatamente i segnali, come il fatto che Juno avesse diciannove anni e non avesse ancora portato a termine neanche un incarico. Io ne avevo già completati sette prima di compierne diciassette. Alla fine venne fuori che era un'idiota irritante il cui infinito e banale chiacchiericcio l'aveva sempre fatta licenziare dal suo impiego di stagista. L'adagio 'I bambini dovrebbero essere visti, non sentiti' non era mai stato recepito dalla piccola Juno.

Dunque, mentre me ne stavo lì a guardarla, coperta di sangue, a raccogliere l'attrezzatura, feci una cosa che, fino ad oggi, non riesco a spiegarmi. Le mostrai il messaggio. Lei sbiancò e riuscii a vedere il suo cervello accelerare per pensare a cosa le sarebbe tornato utile per difendersi. Io alzai le mani e le dissi che non l'avrei uccisa. Era confusa. Se non l'avessi uccisa, Bob ci avrebbe uccisi entrambi. Bingo! Non sei così stupida come sembri, Juno. Le porsi il mio kit di sopravvivenza e le dissi che l'Asia doveva essere molto bella in quel periodo dell'anno. Lei cominciò a piangere, stringendolo allo stesso modo in cui avrebbe voluto stringere me, ne sono certo. Mi disse che nessuno aveva mai fatto niente di tanto carino per lei. Le risposi che non lo stavo facendo per carineria. Lo facevo perché era una di noi, e anche se Bob non aveva onore, noi lo avevamo.

Regola #15: Uccidiamo gli altri, ma non ci uccidiamo tra noi

Il fatto che Bob mi avesse chiesto di ucciderla dovrebbe suggerirvi tutto ciò che è necessario sapere sul suo conto. Ci sono diversi modi di occuparsi di persone come Juno, ma non è un nostro problema. È un problema di Bob. E per quanto desiderassi che se ne stesse un po' zitta, non avevo alcun desiderio di zittirla per sempre. Le trovammo un gran bel container vuoto su una nave diretta a Hong Kong, e le dissi addio. Ma prima che potessi salutarla, lei mi chiese come avrebbe potuto sdebitarsi con me. Le dissi che avrebbe avuto un sacco di tempo per farsi venire in mente qualcosa. Quando tornai all'ufficio, Bob non mi chiese mai come fosse andata. Questa sì che è fiducia.

37

Il sangue sulla pagina

Proprio come il periodo di permanenza di Juno alla RU s.r.l. giunse a una fine improvvisa ma inevitabile, così siamo ormai giunti alla fine del *Manuale dello stagista.* Vi ho raccontato quasi tutto quello che so. Qualcuno di voi potrebbe essere incaricato di farmi fuori, così devo tenermi qualche asso nella manica. Dovrete farcela da soli. È l'unico modo che avete per sopravvivere. Cose che funzionano per me potrebbero non funzionare per voi e non potete permettere alla vostra mente flessibile di irrigidirsi sui dogmi di qualcun altro. Ho cercato di insegnarvi che siete armi non convenzionali fin dalla nascita. Come i forgiatori di spade giapponesi, dovete temprare la vostra arma con grande pazienza e con l'aiuto di una mente che sia aperta come il cielo.

Per quelli di voi che sono stanchi delle mie chiacchiere e non vedono l'ora di lasciare il proprio segno nell'affascinante mondo dello sterminio umano, vi auguro buona fortuna e armi che non si inceppino. Se riuscirete a cavare qualche utile pepita di saggezza dalla mia confusa diatriba, mi ringrazierete per non esservi fatti sparare nelle chiappe prima di essere abbastanza vecchi da comprarvi una confezione di birra da soli.

Per quelli di voi che come me non sanno fare a meno di fissare con occhi sgranati un deragliamento o un tamponamento di venti auto, vi invito a continuare a leggere, fratelli e sorelle. D'ora in poi la mia storia somiglierà a una biografia. Mi sono divertito a sporcare di sangue le mie pagine, come suggerito da Hemingway. Di fatto, scrivere questo manuale è stato veramente catartico. Forse c'è qualcosa di vero nella storia del confessionale. Sinceramente dubito che a Dio possa fregare granché se ci pentiamo o meno dei peccati cui non sappiamo resistere solo perché Lui ci ha creati così e che – detto per inciso – ci ha chiaramente visto commettere. Tuttavia, comincio ad avere la sensazione che la confessione sia ciò di cui abbiamo bisogno per perdonare noi stessi.

Non ho mai raccontato ad anima viva ciò di cui adesso siete testimoni. E anche se non mi sento automaticamente assolto, sento di essermi liberato di un peso. I crimini potranno non avere una massa effettiva, ma sembra che pesino una tonnellata, soprattutto se dovete trascinarle fino alla tomba da soli. E poi c'è la questione di Locke e il fatto che respiri ancora. Anche se 'meritava di morire' come tutti i miei bersagli precedenti non l'ho ucciso. Potrà sembrare una piccola cosa, ma prendere quella decisione mi ha fatto sentire libero per la prima volta nella mia vita. E in questo preciso istante, un grammo di redenzione vale per me molto più di un chilo di quell'illusione che gli agenti assicurativi adorano chiamare 'serenità'.

Quindi, godetevi il resto del deragliamento, se vi va. Solo non aspettatevi che ci siano sopravvissuti.

38

Marcus

Sono in Honduras perché è qui che vive mio padre. Fino a poco tempo fa ero convinto che fosse morto. Eppure, per tutta la vita ho sempre sentito il desiderio incontrollabile di sapere da dove venissi. Sono certo che molti di voi potranno riconoscersi in me, considerando il nostro simile passato. Ora, grazie a quello che è probabilmente l'unico colpo di fortuna che mi sia mai capitato, l'ho trovato e ho fatto un passo avanti nel trovare me stesso. Per farla in breve – e sono certo che vi riconoscerete anche in questo – sono figlio di due tossici. Mia madre fu assassinata dal suo spacciatore mentre ero ancora nel suo ventre. Mio padre scappò dagli Stati Uniti per evitare il processo, visto il suo legame con lo spacciatore. Mio padre amava mia madre. Non l'ha uccisa, ma agli occhi dello Stato di New York è stato complice del suo omicidio, dal momento che era socio dell'assassino ed entrambi erano trafficanti all'ingrosso di eroina. Se sei un pezzo grosso del narcotraffico, la legge è studiata appositamente per schiacciarti, una volta che ti hanno catturato. Qualsiasi cosa può diventare parte del procedimento penale contro di te. E se, dio ce ne scampi, qualcuno dovesse rimetterci la pelle come conseguenza dei tuoi giri, diventi complice in omicidio di primo grado e ti ritrovi con un ergastolo e non meno di vent'anni sulla parola, a seconda che tu sia recidivo o meno.

Così, dopo che mia madre fu uccisa, presi la residenza in un'incubatrice per diverse settimane, in modo da potermi sviluppare completamente dal feto di un maiale a essere umano. Mentre mi giravo i minuscoli pollici nel reparto di terapia intensiva neonatale, qualche volta, prima che l'atmosfera diventasse troppo calda, mio padre venne a farmi visita, poi però dovette tagliare la corda e andare in Honduras. È grazie a quelle visite se sono riuscito a trovarlo. E all'aiuto di una consulente genealogica mormone, presentatami da Alice (RIP). Questa gente è davvero formidabile nell'aiutare i bambini adottati o privati dei propri diritti a trovare i genitori biologici. Fa parte della loro religione, immagino. Ad ogni modo, è stata lei ad avere l'idea di usare la lista dei visitatori del reparto di terapia intensiva neonatale. Nel periodo in cui ho scritto il presente manuale, sia Alice che io abbiamo seguito varie tracce. E, alla fine, ho trovato mio padre. Sembra un tipo in gamba. È dispiaciuto per quel che è capitato a mia madre. Vuole il mio perdono. A dirvi la verità, non sono certo di volere qualcosa da lui. Tutto ciò che ho sempre desiderato è sapere da dove vengo e incontrarlo almeno una volta.

Così faccio una passeggiata a Puerto Cortés, una piccola cittadina costiera, a circa quindici chilometri dalla pista di atterraggio. Fa un cazzo di caldo in Honduras. Mi fanno male i pori per il troppo sudore. Ma cammino con passo leggero perché con Bob ho finito, ho tonnellate di soldi nascosti in tutte le parti del mondo e sto per incontrare mio padre per la prima volta. È una strana sensazione la libertà. Non sono mai stato libero, se non dentro alla mia testa; sapere che quella stessa libertà si estende ora al resto del mondo è quasi più di quanto riesca a sopportare.

Nel tardo pomeriggio arrivo alla modesta dimora in riva al mare di mio padre. Non è in casa, così vado a sedermi su una sdraio rugginosa e guardo l'oceano. Poi mi sembra di vederlo, fa surf a circa cento metri dalla riva. Non so ancora se si tratti davvero di Marcus perché non ci siamo mai incontrati, ma credo che ci siano buone probabilità che sia lui l'uomo bianco e alto in un gruppo di uomini piccoli e più scuri. Cavalca una lunga tavola di legno ed è evidente che ormai lo fa da anni. Su di essa si muove con maestria, restando con tutte e dieci le dita dei piedi oltre la punta della tavola. Poi cavalca un'onda fino alla spiaggia e si incammina verso di me.

«O sei venuto per uccidermi o sei mio figlio.» Sorride.

Capisco in un attimo che è mio padre. Ha tutte le qualità che avrei sviluppato io se non fossi stato un bambino prematuro e se da piccolo non fossi stato nutrito con l'equivalente del cibo per gatti. Sono una versione più piccola e leggermente meno cotta di lui, ma la somiglianza è sorprendente.

Questo è il momento che aspetto da quando avevo otto anni e mi apprestavo a mandare in pensione Mickey e Mallory con due sacchetti di plastica e un rotolo di nastro isolante. Questo sono io.

E anche se finisse tutto in questo momento, sarei soddisfatto. Sono una persona reale, non un robot come ho sempre fantasticato da bambino.

«Sono John.»

Ci stringiamo la mano. Lui fa un'alzata di spalle come per dire 'ma che cazzo...' e mi abbraccia, inzuppandomi la camicia di acqua di mare calda.

«Marcus Hunter. È un piacere incontrarti.»

«Anche per me.»

«Birra?»

«Potrei uccidere per una birra.»

Mentre il sole tramonta ci svuotiamo una borsa termica di birra fresca locale e parliamo di surf. Nessuno di noi due ha particolare interesse a rivangare il passato. C'è una sorta di tacito accordo che ci sprona a costruire qualcosa per il futuro, senza distrazioni spettrali. Dopotutto, siamo padre e figlio ma non ci siamo mai conosciuti fino a questo momento. Quindi, per molti aspetti, questo è il nostro inizio. Quando scende la notte, accompagnata dal chiacchiericcio di quelli che sembrano un milione di pappagalli e scimmie, arriva Marissa, la domestica di Marcus, a medicarmi le ferite. È un'infermiera esperta ma fa più soldi a pulire cessi, sono impressionato dalla sua tecnica rapida ed efficiente. Sulla mia pelle congelata applica un cataplasma fatto in casa che attenua all'istante il dolore pulsante.

Quando ha finito di medicarmi, ci prepara la cena. È un semplice piatto di pesce e frutta, ma penso che sia il migliore che abbia mai mangiato. Ha il sapore della libertà. Spero che anche voi possiate provarlo un giorno. Durante la cena intrattengo Marcus con la storia della mia vita, comincio da quando teneva la mia minuscola mano per l'ultima volta nel reparto di terapia intensiva neonatale per arrivare a oggi. Dire che è sbalordito sarebbe un eufemismo. A fine cena ha un'espressione di profonda tristezza, che mi dice che gli rincresce davvero di avermi lasciato in quell'ospedale.

Marissa ripulisce e se ne va a casa, Marcus e io torniamo sulla spiaggia per goderci alcuni sigari artigianali e un bicchiere ghiacciato di *guaro* fatto da Marissa – un liquore distillato dalla canna da zucchero simile al rum bianco.

«Hai davvero tutto qui, Marcus. Una bella vita.»

«Perché non ti fermi nei paraggi? Puoi averlo anche tu.»

«Per quanto mi piaccia l'idea, non posso. Non saremmo al sicuro, nessuno dei due.»

«Le stesse persone che hanno ucciso Alice?»

«Penso di sì. O forse altri. È difficile dirlo.»

Trascorriamo il resto della serata a bere, fumare e parlare. Marcus ha un suo fascino. Un fascino paterno. Tiene per sé le reazioni emotive che riesce a controllare e ascolta. Non mi era mai capitato prima. Per tutta la mia vita la gente non ha fatto altro che latrarmi stronzate in faccia, senza mai ascoltare quel che avevo da dire io.

È per questo che ero così bravo a fare lo stagista.

Non sono mai uscito dal personaggio dell'androide creato per prendere ordini perché è così che sono stato cresciuto. Marcus invece mi fa sentire come se la mia storia fosse importante e avesse un peso anche per qualcun altro – per lui. E questo trasforma la mia storia in un testamento. È come la tradizione orale. Io ho trasmesso la mia storia a Marcus, per cui ora la mia storia ha una vita propria, indipendente dal fatto che io viva o muoia. Mi sono tolto il peso di dover rendere testimonianza della mia vita.

Quando finiamo, mi dice che capisce perché devo andarmene e che, con il tempo, cercherà il modo di raggiungermi, se lo vorrò. Gli dico che mi piacerebbe. Poi il guaro, il rumore bianco dell'oceano e i chilometri che mi sono messo in spalla nei due giorni passati prendono il sopravvento e torniamo entrambi in casa.

39

Fase REM

Dormo profondamente ma sono perseguitato da un incubo orribile. Nell'incubo sono io quello che picchia a morte Alice. Comincia tutto con il combattimento reale che abbiamo fatto nel suo appartamento, la notte in cui mi ha sorpreso vestito da ninja. Poi la scena cambia e si trasforma in un raccapricciante montaggio di noi che facciamo l'amore, coperti di sangue, e io che colpisco il suo corpo nudo fino a farne poltiglia. Mi sveglio di soprassalto, completamente disorientato in una camera da letto sconosciuta, in lacrime. Mentre cerco di mettere a fuoco...

Alice emerge dall'ombra e mi sorride.

Resto senza fiato. Sembra così reale.

«Alice?» sussurro con voce roca.

Lei non dice niente. È il sogno più vivido che abbia mai fatto.

Poi Bob entra nella stanza puntando una pistola alla testa di Marcus e il sogno diventa un incubo a occhi aperti.

Le luci si accendono e la realtà mi sommerge in forma di uno squadrone della morte honduregno fermo alle spalle di Bob.

«Sorpresa» dice Bob con un sorrisetto disinvolto.

«Ma che cazzo sta succedendo?» mi sento dire.

Prima che possa anche solo pensare di alzarmi, Bob mi spara un proiettile narcotizzante che sembra progettato per penetrare la pelle di un elefante.

Buio.

40

L'addetto ai bagagli

Quando torno in me, Marcus e io siamo entrambi legati alle sedie, nel soggiorno di Marcus. Siamo circondati dallo squadrone della morte honduregno. Sembrano cani randagi morti di fame intorno agli ultimi avanzi del pasto. Nel frattempo Marcus sembra aver preso un paio di colpi in faccia, ma dai suoi occhi vedo che è lucido. Alice è dritta di fronte a me, completamente risorta, e io sono ancora scioccato dal fatto che sia davvero lei, in carne e ossa. Aggiungete a questo il dettaglio che sta chiaramente collaborando con Bob, il quale tiene banco seduto su uno sgabello da bar, compiaciuto di sé stesso, e avrete una nuova definizione per l'espressione 'cadere dalle nuvole'. Una parte di me pensa che potrei aver avuto un crollo psicotico e che in realtà mi trovo in una qualche clinica per malati di mente marrone grigio-verdastra, a dondolarmi, mormorare e grattarmi la cicatrice rimasta dalla mia recente lobotomia.

La cosa peggiore, però, è che mi farei saltare il cervello all'istante, se solo riuscissi a mettere le mani su una pistola, per essermi fatto fregare come un qualsiasi sfigato. In questo momento mi rendo conto che la amavo davvero. Che coglione.

«So cosa stai pensando, John» dice lei.

«Lo sai?» chiedo con un filo di voce.

«E la risposta è sì. Tutti i tuoi peggiori incubi sono diventati realtà, in un modo che non avresti mai immaginato.»

Sorride. Citando il manuale. Non posso più lasciarla entrare nei miei pensieri. Trovo la mia rabbia. Penso a Mickey e Mallory, a come erano legati alle sedie, in questo identico modo. Posso garantirvi che ci saranno sacchetti di plastica da qualche parte, nel prossimo atto prodotto da Bob. Non l'avrei mai preso per un amante del teatro. Ma immagino che siano un sacco le cose che non so di Bob. Magari uno di questi giorni gli aprirò la testa,per dare un'occhiata dentro. Nel frattempo devo pensare a come recitare il mio ruolo da protagonista.

«Alice, hai un aspetto di gran lunga migliore dell'ultima volta che ti ho visto.»

«Le randellate sono il futuro dei trattamenti di bellezza.»

«Ma chi cazzo era quella allora?»

«Ha importanza?» domanda Bob.

«Sì, ne ha» dico freddamente.

«Non era nessuno.» Alice sorride.

«Nessuno è nessuno, Alice.»

«Quel che voleva dire è che non era una persona, John» dice Bob.

«Pensavo tu fossi un patito del cinema» Alice sorride beffardamente. «Era un manichino. Abbiamo trovato uno di quei tizi degli effetti speciali che l'ha messo insieme e truccato per noi. È proprio un fottuto genio.»

Ride, gongolando un po' troppo.

«Basta così.»

Il buon vecchio Bob. Pensa solo al lavoro.

«Ripeto: che cazzo sta succedendo?»

«Questo...» dice Bob battendo sulla spalla di Marcus «è il tuo incarico.»

«Non ti seguo.»

«Sta parlando di me, figliolo.»

«La mia grossa balena bianca, giusto Marcus?»
«Fanculo, addetto ai bagagli.»
«Ahi.» Alice e i suoi commenti fuori luogo del cazzo.
«Ti ho trovato, non è così?»
«Usando mio figlio.»
«Di che cazzo state parlando?!» Comincio a perdere la pazienza.
«Perché non glielo dici, Marcus. Io sono solo un addetto ai bagagli.»
Marcus mi guarda con espressione imbarazzata.
«Scusa, John. Ho fatto un casino. Avrei dovuto dirti la verità il giorno in cui mi hai chiamato. Quando ho visto che conoscevi il mio vero nome... ho capito di essere nella merda fino al collo. Ma sei mio figlio. E abbiamo perso già così tanto tempo. A dire il vero speravo tu mi avessi trovato da solo, ecco.»
Ripenso alla presunta generosità di Alice e al fatto che Dorothy, la mormone, non fosse altro che un altro cazzo di agente operativo e mi gira la testa.
«Chi sei allora?» mi sento dire.
«Non sono un ex tossico che si nasconde dalla polizia. Né lo era tua madre. Lavoravamo entrambi per la CIA. Operazioni segrete. Ben oltre il protocollo del dipartimento di Stato. Non eravamo d'accordo riguardo a certi...»
«È un traditore, John!» grida Bob con tutta la voce che ha, quasi troppo presto.
Bob è geloso di Marcus, è evidente. Ed è ferito dal fatto che io lo abbia tradito senza esitazioni, per mettermi in contatto con mio padre, anche se comincio a credere che fosse questo il piano, fin dall'inizio.
«Siamo stati espulsi perché abbiamo rifiutato di portare a termine una direttiva inaccettabile. Progettammo di scappare, ma tua madre era incinta e loro...»
«Loro l'hanno uccisa» sussurro. «Con me dentro di lei.»

«Proprio così. Sono rimasto finché ho potuto, ma era insostenibile. E non potevo portarti via con me. Avevi bisogno di cure mediche per restare in vita e...»

Lacrime. Anche se Marcus lavorava in un ambito simile, non è come me. Ha dei sentimenti. Una coscienza. Capisco che la cosa possa essere considerata una debolezza, ma a me sembra una forza enorme. Marcus era padrone del proprio destino e la sua risolutezza a restare tale ha modificato la sua vita nel peggiore dei modi possibili. Ma è rimasto sé stesso.

A volte è tutto.

«Quindi hanno continuato a cercarti per tutti questi anni?»

«Lo avevamo trovato già da tempo» interviene Bob. «Ma non siamo mai riusciti ad avvicinarlo tanto da ucciderlo. Con il suo addestramento e la sua esperienza, sapevo che non ce l'avremmo mai fatta.»

La cruda realtà, un bastardello dai capelli rossi, mi assesta un calcio nei coglioni.

«Solo io potevo farlo, perché sapevate che si sarebbe fidato di me.»

Sto per vomitare.

«È un'idea davvero geniale se ci pensi» dice Alice.

Devo concentrarmi. Devo rimettermi in gioco prima che mi venga un esaurimento. Mi concentro sulla mia rabbia e la uso per far saltare i nervi ad Alice.

«Perché non chiudi la tua bella boccuccia e lasci parlare gli uomini?»

Lei mi rifila un rovescio. E ora sono nella sua testa. La mia mente intravede la sua debolezza: l'orgoglio. Rischierebbe la propria vita per non essere ferita nell'orgoglio. Deve dimostrare qualcosa. Le darò l'occasione di fare esattamente questo. E così le farò abbassare la cresta.

Bob sorride e interviene, allontanandola da me con gentilezza. Grazie, Bob. Hai appena portato la sua rabbia orgogliosa oltre il picco massimo. La sua capacità di giudizio comincerà a venir meno ora. Bob si inginocchia accanto a me, con fare paterno, gentile.

«Cercavo tuo padre e invece ho trovato te. Mi sono sentito umiliato dalla tua forza. Eri così piccolo, ma sapevo che ti saresti fatto strada con le unghie e con i denti nella vita. Dopo che Marcus se n'era andato da un pezzo, ti ho fatto visita all'ospedale. Ho saldato i tuoi conti. E ho vigilato sul tuo percorso da una famiglia adottiva al reparto psichiatrico, al carcere minorile. Quando ho visto che eri pronto ti ho temprato come una spada. Ho trasformato la tua pelle sottile nella pelle di un rettile. Ho affilato i tuoi denti.»

«I miei genitori adottivi di San Francisco.»

«Il tuo primo incarico.»

Indio e Diablito. Erano sul suo cazzo di libro paga.

«Apripista eccellenti. Hanno contribuito a fare di te quello che sei.»

«E cosa sono? Niente della mia vita è reale. C'è solo la RU. Ci sei solo tu.»

«Ricordi cosa ti disse l'assistente sociale quando avevi sei anni?» mi chiede Bob. «Ti disse 'non sei niente se non sai da dove vieni'. Te lo ricordi questo, John?»

Annuisco. D'un tratto mi sento come in *Blade Runner*, il personaggio di Sean Young, Rachael, quando scopre che tutti i suoi ricordi sono di qualcun altro, impiantati nel suo cervello per farle pensare di essere umana, per attizzare il fuoco dell'Espresso delle cazzate.

«Poi ti sei unito a noi» dice Bob sorridendo. «E i nostri clienti non avrebbero potuto essere più felici. Inizialmente pensavano di occuparsi loro della faccenda. Ma dissi loro che eri un tipo molto sospettoso, che non ti saresti lasciato ingannare dalle apparenze e avresti considerato ogni cosa come esca per una preda. Così ti ho messo alla prova da Bendini, Lambert & Locke. 'Un po' insolito' è stata la tua definizione, mi pare... Non ne avevi idea.»

«E mi hai dato Alice. Questo è stata una mossa particolarmente astuta.»

«Alice è la nuova generazione» millanta Bob. «È più intelligente, più dura, ed è equipaggiata con un bagaglio psicologico molto meno pesante. Nessuna traccia delle sciocchezze egocentriche che ho dovuto sopportare con te.»

«Già, quando mi ha sparato nel suo appartamento, facendo quasi saltare in aria il tuo giochino, in effetti sembrava un esemplare della nuova generazione di idioti.»

Alice fa per parlare. Bob sa che sto facendo di tutto per esasperarla, così alza la mano per zittirla. Questo la fa impazzire.

«E dài, John. È comprensibile che tu ti sia innamorato di lei. Guardala. È fantastica. E ha anche molto talento. Fondamentalmente è la donna perfetta per te. Senza di lei non avresti mai fatto quel percorso irrazionale ed emotivo che ti ha portato fin qui.»

La portata dell'inganno di Bob mi colpisce duramente. Una cosa è farsi fregare una volta, un'altra è essere al centro di un inganno che coincide con la tua stessa vita del cazzo. Per anni ho visto solo ciò che Bob voleva che vedessi, cavalcando l'Espresso delle cazzate dritto fino al mio personalissimo inferno. Aspetto che arrivi l'intorpidimento, ma non arriva. Tutto ciò che sento è il mio odio per Bob, che si leva come bile dal fondo della mia gola.

«Bob,» dico, imitando il ghigno cinico che è il suo marchio di fabbrica «che differenza fa sapere quanto siete in gamba tu e la tua bambola gonfiabile, lì? Ci ucciderete comunque entrambi. Gongolare non è nel tuo stile.»

«John, se avessi voluto ucciderti, lo avrei già fatto. Il motivo per cui sei ancora in vita è perché io sono la tua famiglia. Pensi che questo tizio sia la tua famiglia? L'uomo che ti ha abbandonato in un ospedale, un neonato prematuro, in bilico tra la vita e la morte? Il tizio il cui Paese lo condannerebbe per tradimento se solo ne rivedesse il muso? No. Lui non è niente per te e io sono tutto. È per questo che ti lascerò andare se accetti di ucciderlo.»

Sbotto a ridere. Questo provoca una risatina da parte dello squadrone della morte.

«Sei persino più pazzo di quanto credessi, Bob.»

«Fanculo, Bob. Facciamoli fuori tutti e due e basta.»

«Stai zitta, Alice.»

Bene. Questo sì che le fa drizzare le piume.

«Credo in te, John. Sei brillante, leale, e hai la capacità di analizzare il mondo a un livello più alto. Per questo sei il migliore che abbia mai avuto. Ormai avrai capito che cercare di fare l'eroe per lui non ti porterà a nulla ed è solo il frutto di emozioni errate che io stesso ho creato. Ti sto dando una possibilità. Uccidilo, dimostra la tua fedeltà e vivi. O rifiuta e muori. Lo uccideremo in ogni caso. Se decidi di collaborare, sei già su un jet privato diretto a Parigi. Potrai cominciare una nuova vita se è quello che vuoi. O puoi andare dritto all'inferno, anche se è probabile che tu ci sia già in questo momento.»

«Fallo, John» dice Marcus calmo.

«No» dico io con decisione. «Sei mio padre.»

«Stronzate. Io sono tuo padre più di quanto potrà mai esserlo lui.»

Per Bob la questione è assolutamente personale.

Marcus ignora Bob.

«Devi farlo, John» insiste Marcus. «Non voglio avere sulle mani anche il tuo sangue. Voglio che tu abbia una tua vita. Fallo prima che cambi idea.»

«Neanche per sogno, cazzo!»

Chiudo gli occhi. Sto cominciando a perdere lucidità. La mia mente non vuole accettare la realtà e il seme di un crollo psicotico sta rapidamente mettendo radici.

A mia difesa va detto che la realtà che mi ritrovo davanti è una di quelle che la maggior parte delle persone avrebbe difficoltà a credere, figuriamoci ad accettare. È come il finale di un episodio di Scooby-Doo scritto dalla famiglia Manson... sotto acidi. Mi aspetto di veder entrare Velma, con il suo dolcevita arancione grondante del sangue di un omicidio rituale, per togliere la maschera al cattivone e lanciargli una stridula accusa. A proposito, vediamo se ho capito bene tutta la storia: Alice non lavora per l'FBI. Lavora per Bob... Eh? Ho flirtato con una sociopatica assoldata per usarmi e manipolarmi? Prendete la camicia di forza. Bob ha dato la caccia a mio padre, una ex spia della CIA, per più di due decadi. Anche mia madre era una spia, assassinata da qualche idiota con maschera e pugnale quando era incinta di me. Date corrente agli elettrodi per l'elettroshock. Bob e Alice mi hanno usato come esca (senza trascurare gli altri cliché) per arrivare a mio padre, ben sapendo che sono l'unica persona di cui si sarebbe mai fidato. Tutto il resto era scenografia per un grandioso spettacolo del cazzo. E che cazzo... passiamo direttamente alla lobotomia. Apro gli occhi e vedo i loro sguardi compiaciuti, la rabbia cieca si leva dalla mia gola come bile. Non passate dal via. Cerco di trattenermi, ma sento che tutto mi sta scivolando di mano. Uso l'ultimo frammento della mia sanità mentale per rivolgermi a mio padre.

«Ti cerco da quando avevo otto anni. Non è così che andrà a finire.»

«E come andrà a finire, John?» mi chiede Bob con fare disinvolto.

«Uccidiamoli tutti e due e passiamo oltre» suggerisce Alice.

«Chiudi la bocca, brutta troia!» urlo.

Lei mi colpisce con un pugno in faccia. Io cado a terra e vado a sbattere sulle piastrelle del pavimento. È questo il momento, fratelli e sorelle, in cui perdo completamente le staffe. Trascorro i minuti successivi a gridare e ad agitarmi più che posso, lo spago mi affonda nella pelle facendomi uscire il sangue. Sto avendo un attacco di quelli tremendi e nessuno sa bene cosa fare. Riesco a vedere la reazione di tutti quanti i presenti nella stanza. Si passa dall'apologetico empatico (Marcus), al disgustato (Bob), al divertito (Alice), al molto divertito (i tizi dello squadrone della morte). In preda al mio attacco d'ira, riverso sul pavimento, mi trovo davanti le porte scorrevoli di vetro che danno sul patio posteriore. Dal momento che Bob, Alice e lo squadrone della morte stanno guardando nella direzione opposta, solo io riesco a vedere il piccolo distaccamento di soldati honduregni, armati fino ai denti, che risalgono la spiaggia correndo fino alla casa. Sento montare l'adrenalina, che mi schiarisce la mente e costringe il mio corpo a fare una mossa – per eseguirla avrò a disposizione solo qualche secondo. Colpisco con un calcio le gambe della sedia di Marcus e lui cade accanto a me. Poi uso fino all'ultima goccia dell'energia che mi è rimasta per liberare una mano.

«*Alto!*» grida il comandante dell'esercito honduregno non appena lui e i suoi soldati riempiono la stanza.

Nessuno si muove. Il comandante lancia un'occhiata a Marcus. Marcus mi lancia un'occhiata. Io sorrido. Cazzo, è arrivata la cavalleria.

«Resta giù» mi dice.

41

Mordere la mano che ti ha nutrito

Per quella che sembra l'intera durata di un episodio di *Gunsmoke*, restiamo tutti sulle spine in questo stallo alla messicana – pardon, honduregna. Poi, come probabilmente vi aspetterete, uno dei tizi dello squadrone della morte sente prudere il dito che tiene sul grilletto e comincia a spargere colpi di mitragliatrice sui soldati honduregni. Nel giro di un attimo la stanza è una nube nera di fumo, proiettili e caos. Nel frattempo Marcus e io ce ne stiamo sul pavimento legati alle nostre cazzo di sedie. Io sfilo il braccio da sotto la corda con uno strattone e prendo un coltello da uno dei soldati honduregni morti. Mi libero rapidamente, poi libero Marcus. Un proiettile lo ferisce di striscio sul collo e il sangue gli inzuppa la camicia, ma resta concentrato. Istinto da pilota di caccia. Viene fuori che abbiamo in comune molto più che i geni.

«Forza!» grida, e mi afferra il braccio.

Strisciamo fino alla sua camera da letto. Lui solleva le assi dell'armadio e afferra due MP7. Me ne lancia uno appena prima che due tizi dello squadrone della morte si precipitino nella stanza. Facciamo fuoco entrambi, facendo sapientemente fuori i due malcapitati figli di puttana senza dar loro neanche il tempo di prendere la mira. Tale padre, tale figlio.

«Fuori!»

Lo seguo oltrepassando la porta rotta del patio e vado dritto verso la spiaggia. All'improvviso ci ritroviamo in prima linea in un acceso scontro a fuoco tra lo squadrone della morte mercenario di Bob e i soldati honduregni. Le sventagliate delle mitragliatrici sferzano ripetutamente il muro e a stento riusciamo a schiacciarci a terra in tempo. Vedo Alice sulla spiaggia che fa abbondantemente fuoco contro di noi.

«Tu prendi lei. Io trovo Bob!» mi grida Marcus.

Ci separiamo e, non visto, le sparo da diverse posizioni. Avvicinandoci l'un l'altra, anche i colpi si fanno più ravvicinati e io non riesco a prendere bene la mira a causa del fumo. Mi metto al riparo e guardo dentro casa attraverso una delle finestre rotte. Marcus ha stretto Bob all'angolo, dietro l'isola della cucina, ed è ben coperto dal camino. Bob non ha dove andare. È solo questione di tempo, prima che finisca le munizioni e si trovi costretto a tentare la fuga.

Una pallottola esplode contro il muro, e accecandomi momentaneamente con la polvere dell'intonaco mi ricorda che c'è ancora Alice lì fuori. Anziché continuare per la mia strada, quindi, batto in ritirata e faccio il giro della casa. Schiaffo un nuovo caricatore nell'MP7 e posiziono l'arma tra il muro della casa e l'unità di condizionamento. È puntato genericamente in direzione di Alice. Blocco il grilletto con una pietra. Mentre quello continua a sparare da solo, scatto sul davanti della casa. Nel farlo acchiappo un AK-47 da un soldato honduregno morto e mi precipito verso la parte opposta dell'edificio. Trovo un buon riparo dietro un muro a stucco e aspetto.

Poi vedo Alice che sbircia sul fianco della casa, cercando di scovare la mia posizione. Miro con precisione alla sua testa e sto per premere il grilletto... quando esito. Non posso farlo. Merda. La mia esitazione e l'improvvisa distrazione che ne consegue fanno sì che il colpo vada a vuoto. Ovviamente questo rivela ad Alice e agli altri la mia reale posizione, così tutti aprono il fuoco contro il muretto.

Lo riducono in polvere, ma almeno posso cominciare a neutralizzare uno a uno i mercenari. Prevedibilmente, il tutto si riduce presto a una nuova gara di tiro al bersaglio tra me e Alice. Ci colpiamo di striscio e ci graffiamo l'un l'altra, ma siamo entrambi troppo in gamba per esporci a un colpo letale. Nel frattempo, riesco a dare un'occhiata allo scontro a fuoco che è in atto in casa. Bob lancia una granata stordente M84 e Marcus ne viene scaraventato brutalmente contro la pietra del camino.

Bob vede una possibilità e la sfrutta. Io corro verso la casa, scaricando il caricatore del mio AK del cazzo contro Alice, inchiodandola alla sabbia. Quando riesco a entrare in casa sono rimasto senza munizioni, così mi butto su Bob a mani nude. Combattiamo come cani impazziti, mentre i soldati honduregni se la vedono con i mercenari dello squadrone della morte. Bob prova tutta la sua sfilza di tecniche di combattimento, ma nessuna di esse può contrastare la mia rabbia cieca. Io scalcio, do pugni, mordo e provo a cavargli gli occhi. Sono io il predatore, spinto dal mio desiderio di assaporare il sangue, di strappare le carni, di divorare la mia preda.

Lo sollevo e lo lancio contro la parete di pietre del camino a testa in avanti. La mia intenzione è spezzargli il collo o fracassargli il cranio, ma lui è agile e incassa la testa all'ultimo momento. L'impatto è violento ma non fatale. Cade pesantemente e resta lì sdraiato per un attimo. Striscio verso di lui sotto una grandinata di colpi di arma da fuoco. Quando lo raggiungo lui estrae un rasoio e me lo affonda nella mano. Si sforza di mettersi in piedi brandendo la sua lama, un animale braccato che squarcia l'aria per difendersi.

«Allora è questo quello che chiami onore, John?» grida tra i denti insanguinati. «Mordere la mano di chi ti ha nutrito? Di chi ti ha salvato la vita? Hai intenzione di uccidermi come un fottuto cane?»

«No» dice Marcus. «Lo farò io.»

Gli spara in fronte. Bob barcolla all'indietro, un'espressione sorpresa sul volto, cade sulla finestra della camera da letto mandandola in frantumi. Quando lo vedo lì sdraiato è difficile credere che sia morto. Mi era sempre sembrato invincibile, come l'acciaio e il vetro della città che aveva trasformato nella mia prigione quando avevo dodici anni. Ora, con le gambe che sussultano sul bordo insanguinato della finestra, non è altro che un'effigie del passato, abbattuta, scossa nelle fondamenta da un uomo migliore e lasciata alla mercé dei ratti.

Marcus mi mostra un foro di uscita che ha sulla schiena. È grande come il piattino di una tazzina da caffè e ne esce uno scuro sangue venoso.

«È una ferita piuttosto grave» dice.

Molto grave, direi. Merda.

«Andiamocene da qui, cazzo» dico io.

«Attento!» grida Marcus.

Di sfuggita vedo il riflesso di Alice nella finestra. Ha in mano un AK. Quando apre il fuoco tocco il pavimento. I soldati honduregni aprono il fuoco su di lei. Corre verso di me, schivando le loro pallottole. Lo squadrone della morte, finalmente, la copre aprendo il fuoco sui soldati e siamo sotto un fuoco incrociato.

Con una sedia colpisco le gambe di Alice. Cade pesantemente battendo la testa e perdendo l'AK. La cosa non la rallenta realmente. Si rialza da terra e si rimette in piedi con la stessa velocità con cui è caduta. Trascino Marcus nella stanza adiacente per metterlo al riparo, e lei ci segue. Ci squadriamo. Mi dà una pedata sul lato del viso. Cado in ginocchio. Segue un prevedibile calcio frontale da parte sua. Vai dritto alla gola, eh? Dopo tutto quello che abbiamo passato.

La colpisco in pieno inguine. Sì, fa male a loro proprio come a noi. Si piega in due lanciandomi un'occhiata di rimprovero, che le tolgo dalla faccia con un colpo di tacco. Lei si tuffa indietro e scivola sul pavimento. I proiettili esplodono in tutta la stanza.

«Dobbiamo andare ora!» mi grida Marcus.

Mi volto verso di lui. È disteso a terra, pallido per il sangue perso.

Torno a guardare Alice, ma è scomparsa.

«Lo scivolo per la legna. Dietro al camino» mi guida Marcus.

Ci portiamo entrambi in quella direzione e ci infiliamo nello stretto scivolo che Marissa usa per portare dentro la legna nella stagione più fredda e umida. Ci ritroviamo sul fianco della casa, la costa sembra libera a prima vista. Mentre strisciamo via nell'oscurità, Marcus si ferma ed estrae un iPhone sanguinante dalla tasca. Digita un codice e la sua casa *esplode,* facendo tremare la terra e riempiendo il cielo di cenere incandescente. Procediamo a fatica in una nube di fumo denso fino a scomparire.

42

Penny

Dopo essere riusciti ad arrivare alla strada, rubo una macchina e accompagno Marcus all'ospedale del posto che potrebbe essere benissimo la bottega di un macellaio, considerando la totale noncuranza delle norme di igiene. Corrompiamo un'infermiera affinché ci porti in una stanza privata, poi corrompiamo un dottore che parla inglese perché aiuti Marcus. Le notizie non sono buone. Il proiettile, esplodendo, ha distrutto parte del fegato e ha lacerato una vena principale uscendo dalla schiena. Ha perso molto sangue. Ha anche una piccola emorragia cerebrale, potenzialmente letale, dovuta all'impatto con le pietre del camino. L'idea di farsi operare al cervello in Honduras fa scoppiare Marcus a ridere. Il dottore non è divertito. Infine, il cuore di Marcus presenta una strana aritmia, molto probabilmente dovuta alla vena danneggiata e alla perdita di sangue. Cominciamo a tirar fuori i dollari per il sangue, gli antibiotici, gli antidolorifici. E per comprare altri dottori.

Mentre loro lo stabilizzano, esco in strada per vedere se c'è qualcuno sulle nostre tracce. Se qualcuno è sopravvissuto all'esplosione della casa di Marcus, di certo verrà qui, all'unico vero ospedale nel raggio di centosessanta chilometri. Dopo aver perlustrato la strada su entrambi i lati dell'ospedale, non vedo niente e torno alla stanza di Marcus. Inizialmente dorme, ma si sveglia quando accendo la televisione per vedere se siamo finiti nel notiziario delle sei. Niente. Immagino che gli scontri a fuoco siano considerati intrattenimento per famiglie in questa parte del mondo. Noto che Marcus è in preda a un forte dolore, così cerco di farlo parlare.

«Dimmi qualcosa di più su mia madre.»

«Cosa, ora che sai che era una spia?» E ride. «Non ti basta sapere che era una tossica?»

Ridiamo entrambi.

«Che posso dire? Sono uno snob del cazzo.»

«Già, odiavo tutte quelle stronzate da tossico. Mi sentivo così senza palle a recitare quella parte, sai? Sono proprio felice e fortunato che tu non abbia perso completamente la ragione e mi abbia detto di andare a farmi fottere o ammazzare.»

«Chi sono io per giudicare?»

Tutti e due scoppiamo a ridere come pazzi. Marcus inizia a tossire e così dobbiamo cercare di contenere l'ilarità. Gli controllo la pressione. Si sta abbassando. Devo fare in modo che resti sveglio un po' più a lungo, almeno finché non è finita la trasfusione.

«Era davvero incredibile. Senza offesa, ma non ho mai voluto bambini. Pensavo che il nostro non fosse l'ambiente migliore in cui farli crescere.»

Altre risate. Non c'è niente da fare.

«Lei mi disse che se non avessimo avuto figli la nostra vita sarebbe stata del tutto insignificante. Altrimenti, perché mai avrebbe dovuto volersi sposare con un vecchio bastardo insopportabile?»

«Non aveva tutti i torti.»

«Già. Appena scoprì di essere incinta, qualcosa è scattato nella mia testa. E nel mio cuore.»

Cerca di trattenere le lacrime e ci riesce, ma non prima che io riesca a vedere la profondità delle emozioni che ha sempre provato per lei e, per quanto sia strano dirlo, per me.

«Avevate scelto un nome?»

Ecco di nuovo le lacrime.

«Possiamo parlare di qualcos'altro. Non è un problema.»

«No. Dammi un minuto.»

Si concede un secondo per riprendersi. Poi ride.

«Non cominciammo granché bene. Tua madre pensava a Homer.»

«Cosa? Buon dio.»

«Poi io peggiorai le cose suggerendo Tito.»

«Gesù, i casi umani più casi umani di tutti.»

«Già. Ci eravamo incontrati a Yale. Quindi immagino che... sì, eravamo una coppia di casi umani.»

«Yale, eh? Credi che mi prenderebbero, essendo vostro figlio?»

«Sicuro, se la mia identità non fosse stata cancellata dall'agenzia per la sicurezza nazionale.»

Altre risate.

«Poi finalmente ci trovammo d'accordo. Convenimmo che non avevamo molta fantasia e che dare il nome a una persona per il resto della sua vita era una cosa decisamente importante. Così decidemmo di usare un nome di famiglia.»

Una pausa per Marcus, per riprendersi.

«Marcus?»

Annuisce.

«Non è un nome di copertura?»

«No. È il mio nome. La cosa divertente è che dopo essere stato espulso, mi resi conto che la migliore identità possibile sotto la quale nascondermi era proprio il mio vero nome. Marcus Hunter era stato cancellato da tutti gli archivi governativi quando mi era stato dato un nome di copertura, di conseguenza era assolutamente pulito.»

«È un buon nome.»

«Proprio così, accidenti. Il mio bisnonno – il tuo bisbisnonno

– è stato un eroe della Prima guerra mondiale, e il suo nome era Marcus. Era un gran figlio di puttana, si fece le ossa combattendo tra sangue e budella, è per questo che mio padre mi dette il suo nome.»

«Mi piace. John è ufficialmente morto. È un piacere incontrarti. Mi chiamo Marcus.»

Gli porgo la mano. La stringe. Vedo distintamente che questo lo rende orgoglioso e molto felice.

«È un buon nome. Ti sta bene» dice raggiante.

«Sono uguale a te. Mi hanno fregato sull'altezza però.»

«Essere alti nel tuo ambito di lavoro non è poi così vantaggioso.»

«Il mio ambito lavorativo. È tutto finito ora.»

«Hai soldi?»

«A palate.»

«Allora puoi fare tutto ciò che vuoi. Il mondo è la tua ostrica.»

«È vero. Solo che non so cosa voglio, sai?»

«Lo scoprirai. Cazzo, a confronto di quello che hai fatto finora, il mondo là fuori è uno zuccherino. È come dice Keith David a Charlie Sheen in *Platoon* 'Tutto ciò che devi fare è uscire da qui. È una pacchia, ogni giorno per il resto della tua vita, una pacchia'.»

«Ti piacciono i film?»

«Ne sono ossessionato.»

«Mi suona familiare.»

Ridiamo entrambi.

«E che mi dici di lei?» mi chiede.

«Chi?»

«Sai di chi parlo. L'incubo biondo con la mitragliatrice. Sembrava non sapere bene se avesse fatto tanta strada per ucciderti o per portare in grembo i tuoi figli.»

«Alice? È morta. Almeno per me.»

«Sembra più una questione in sospeso, a dire il vero. Potresti volerla chiudere.»

«Già. Ora che Bob è andato, farà perdere le sue tracce.»

«Non si sa mai. Meglio esserne sicuri che doversene pentire.»

Non ho voglia di parlare di lei. Non ora. Né mai. Ho scelto di ricordarla come la bambola gonfia e morta che ho pianto a New York.

«Dimmi qualcosa in più su mia madre.»

Parliamo per qualche ora di mia madre, Penny. Come Marcus, era la classica secchiona con molte lauree e un QI davvero altissimo. Ma ciò che mi colpisce di più è la sua empatia, esattamente ciò che è sempre mancato a me, rendendomi il candidato ideale per fare l'assassino. Ogni volta che venivano assegnati in qualche buco merdoso dimenticato da dio, in qualsiasi parte nel mondo, si prendeva sempre il tempo per aiutare le persone più povere. Marcus pensa che fosse davvero molto ironico che più bambini disagiati vedeva, più assisteva agli orrori cui essi erano sottoposti, e più voleva avere figli propri. Mi chiedo se avrebbe saputo cogliere l'ironia del fatto che anch'io sarei poi diventato uno di quei bambini. Marcus dice che le avrebbe spezzato il cuore. Mi dà una foto di lei, macchiata di sangue naturalmente. È in piedi vicino all'oceano, con il pancione, ed ha l'aspetto di chi non ha alcuna preoccupazione al mondo. Tiene la mano di qualcuno, ma la persona è coperta di sangue. È la foto di cui mi aveva parlato l'assistente sociale anni fa. E naturalmente la persona che le tiene la mano è Marcus.

43

'Non c'è bisogno che tu lo dica'

Mi addormento a metà di una frase, intorno alle tre del mattino e sogno mia madre. La foto della spiaggia si anima e lei e Marcus camminano, parlando alla sua pancia, dicendomi come sarà tutto bellissimo e chiamandomi Marcus. Quando mi risveglio, Marcus è seduto nel letto, e fissa intensamente la luna piena, all'esterno. Sembra molto pallido ma il monitor collegato al suo cuore sembra buono, il battito è forte. Poi mi accorgo che i rilevatori del battito e della pressione sono sulle mie dita.

«Marcus. Che succede?»

«È la mia ultima luna, ragazzo. È una buona luna.»

«No. Lascia che chiami i dottori.»

Faccio per alzarmi, ma lui mi posa delicatamente la mano sul braccio.

«Me ne sarò andato quando sarai di ritorno.»

«Non ti lascerò morire.»

«Non mi lascerai morire, figliolo. Ma sto morendo. E va bene.»

«No.»

Non riesco a parlare. Le parole non vogliono saperne di uscire. È come se fossi ancora nel sogno e stessi camminando sott'acqua. Riesco appena a vederci, i miei occhi sono così gonfi di lacrime e dolore. Mi trovo di nuovo nell'attimo in cui uccisi Mickey e Mallory. Sono quello che salta dal precipizio, che poi cade ma vorrebbe fermarsi, sfidare la gravità, tornare sulla cornice del baratro e correre verso casa per dire a suo padre che gli vuole bene anche se non l'ha mai conosciuto.

«Lo so.»

«Che cosa?» dico con voce strozzata.

«So come ti senti riguardo a me. Non c'è bisogno che tu lo dica. Dal primo momento che ti ho visto ieri, l'uomo che sei diventato, ho capito che niente, neanche il tempo è riuscito a intromettersi tra di noi.»

«Questa è l'unica cosa che abbia mai desiderato realmente. Ho aspettato.»

«Ed è valsa la pena aspettare.»

«Ma ora non ho niente.»

«Non è proprio così. Voglio che tu sappia una cosa. Tutto ciò che hai fatto. Niente di tutto quello sei tu. Hai fatto ciò che era necessario per sopravvivere. Non solo per salvare il tuo corpo, ma per salvare anche la tua mente.»

Si adagia sul suo cuscino, la luna piena continua a riflettersi nei suoi occhi gonfi di lacrime, un sorriso sul volto paterno e gentile. Vedere quel sorriso reca con se la prima sensazione di pace di cui riesca a ricordarmi. Mi prende la mano.

«Tutto ciò che è scaturito dal desiderio di sopravvivere, la violenza e persino il tradimento, tutto questo ti ha portato proprio qui. Ti ha portato da me. Anche Bob e tutte le sue stronzate ti hanno portato da me. E ora puoi essere quello che davvero sei.»

«Non... mollerò.»

«Mai. Noi non...»

È andato. Il suo ultimo respiro somiglia a un sospiro delicato. La luna piena all'esterno è coperta dalle nubi e la stanza si fa buia. Gli tocco il braccio e sento qualcosa che penso sia gratitudine.

44

Punto d'impatto

Cinque settimane dopo. Questo è il mio ultimo appunto. Non sono in Europa a crogiolarmi nel tepore della mia pensione. Ci sono stato per un mese. Mi ero sistemato a Praga e stavo per sottopormi all'anestesia per l'operazione di ricostruzione facciale, quando ho sfilato la flebo dal braccio e sono uscito dall'ospedale con il culo che faceva capolino dal retro del camice. Mentre camminavo sentivo il selciato liscio sotto ai piedi e la mia mente non era mai stata più lucida. Sentivo la mia voce ripetere ad alta voce e nella mia testa...

«Sono Marcus.»

Non John. Non l'uomo che la circospezione stava per fare di me. Io sono Marcus. E non distruggerò l'unica cosa che mi ricorda da dove vengo. Voglio vederla nello specchio ogni giorno.

Ora sono nel New Hampshire, è pieno inverno e guido in mezzo a una delle peggiori bufere che si ricordi. Mi sento come Dustin Hoffman nel *Maratoneta* con la mia auto che scivola sulla strada. So che non posso fidarmi di nessuno. So che la morte mi aspetta a ogni incrocio, è l'amico sorridente che mi invita a entrare per una tazza di caffè caldo e per ripararmi un po' dal freddo.

Sono al sicuro?

La risposta a questa domanda non ha importanza per me. Non più. In effetti, c'è una sola cosa di cui mi importi a questo mondo e la sto cercando in un paesaggio ghiacciato, nel bel mezzo di una tempesta di neve che non aspetta altro che divorarmi, se solo le riesce di infilare le sue dita ghiacciate sotto alla mia pelle. In lontananza, attraverso il cerchietto di quattro pollici sul parabrezza che non è coperto di brina, lo vedo. È una capanna circondata dal nulla, il posto perfetto per scomparire.

Quando sono ormai vicino, nascondo la macchina in un boschetto e proseguo a piedi. Mi assicuro di non lasciare impronte fresche nella neve di fronte al capanno. In effetti mi avvicino dal retro, cancellando le mie tracce sulla neve farinosa con un ramo di pino. Fa così freddo che sento l'umidità ghiacciarsi nel naso e negli occhi ogni volta che soffia il vento.

Entro dalla porta posteriore. È buio e freddissimo all'interno. Mi siedo su una poltrona, mi copro con una coperta e aspetto. Dopo un'ora o giù di lì, sento rumore di ruote che scricchiolano sulla neve, seguito dal rumore di stivali che risalgono i gradini sul fronte del capanno. La porta si apre.

Alice entra in casa.

Ha con sé un sacchetto di provviste. La saluto sparandole alla spalla con la mia Walther P22. Le provviste prendono il volo e lei cade sul sedere, stringendosi la ferita. Fa per prendere la sua pistola, ma poi vede che sono io e ci ripensa. Ora ho la sua completa attenzione.

«John? Ma che cazzo ci fai qui?»

«Sono Marcus ora. Come mio padre. In effetti mi ha suggerito lui di venire. Di non lasciare la questione in sospeso.»

«Pensi che me ne starei quassù se ti stessi dando ancora la caccia?»

«Te ne stai quassù perché ti stai lavorando un bersaglio. Visto il posto, direi qualcuno dell'intelligence. CIA. Un solitario. Più o meno un metro e cinquantadue, sessantacinque chili. Josef Ricard. Ci sono andato vicino?»

«Che cosa hai fatto?»

«Gli ho detto di togliersi dai coglioni al più presto, se non vuole vedere il proprio cervello sparso per tutta la contea di Robert Frost. Gli ho detto che la sua adorabile assistente è in realtà una spietata assassina, che usa lui per arrivare al capo, per tagliargli la gola con un coltello Tanto – in puro stile Yakuza, naturalmente.»

«Congratulazioni. Ora che hai distrutto la mia carriera, aggiungi qualche frase enigmatica riguardo al fatto di chiudere ogni questione in sospeso e liberami da ogni sofferenza.»

«Non sei tu la questione in sospeso, Alice. Sono io.»

«Ora non ti seguo più.»

«Neanch'io seguivo mio padre quando mi suggerì di venire qui. Ma poi ho cominciato a pensarci e la cosa aveva assolutamente senso. Aveva capito che non avrei mai potuto proseguire con la mia vita se non lo avessi saputo.»

«Saputo che cosa?»

Metto la pistola sul pavimento.

«Ti amo Alice.»

Con un calcio butto la pistola dall'altra parte della stanza, ben al di là della mia portata.

«Tutto ciò che voglio sapere è se tu ami me.»

Faccio rotolare la scatola con l'anello Harry Winston dall'altra parte della stanza, dove lei può prenderla. Alice si limita a guardarmi, in attesa della battuta finale.

«Sei proprio pazzo, cazzo. Lo sai?»

«Non più.»

Estrae la propria pistola e me la punta addosso.

«Io non ti amo» dice con tono di sfida. «E non vedo come tu possa amare me.»

«Credimi, se potessi lasciar perdere, o meglio, ficcarti una cazzo di pallottola nella testa, lo farei. Ma so chi sono adesso. E so che tu ne sei parte.»

«No, John. Non lo sono.»

«Allora premi il grilletto» dico, pronto a tutto. Sono pronto per l'impatto con l'acqua ora e ogni mia parte potrà disintegrarsi nell'abisso.

Alice è paralizzata in questo momento, dilaniata tra il suo vero sé e il personaggio fittizio che si era innamorato di me.

«Non posso farlo.»

«Premi e basta.»

«Non sto parlando del fatto di ucciderti. Sto parlando di ciò che succede se non ti uccido. Quel che vuoi tu. Non posso farlo.» Contrasta le lacrime che ora le scendono sulle guance prendendosi gioco della sua spavalderia.

«Né posso io. Ma sono deciso a morire provandoci.»

Mentre ce ne stiamo seduti a fissarci l'un l'altra, chiedendoci cosa fare adesso e pensando con la nostra testa per la prima volta, ripenso alla mia prima settimana di addestramento. Dopo che Bob mi fece uscire dal carcere minorile, mi portò in una capanna nel bosco che somigliava parecchio a questa, mi preparò un pasto caldo e mi spedì a letto. Fu la dormita più profonda della mia vita. Ma quando mi svegliai, al mattino, se ne era andato. All'inizio pensai che fosse uscito solo per cercare provviste. Poi cominciarono a piovere pallottole frantumando le finestre e distruggendo tutto ciò che c'era nella casa. Trascorsi i successivi tre giorni facendo tutto il possibile per sopravvivere. Quando provai a nascondermi nella casa, Bob la incendiò. Quando cercai di scappare, mandò i cani a darmi la caccia. Quando tentai di lottare, fece terra bruciata intorno a me con proiettili ed esplosivo.

Il terzo giorno, trovato riparo dietro a una roccia, morto di fame, infreddolito, bruciato, sanguinante e disidratato, urlai che mi arrendevo, che poteva farmi fuori se voleva. A dire il vero lo pregai di uccidermi. Fu allora che Bob si avvicinò e mi mise con la schiena contro la roccia. Invece di uccidermi mi dette acqua da bere, mi coprì con la sua giacca e mi disse che ero pronto. Vedendo la totale confusione sul mio volto, mi spiegò che finché non fossi stato pronto a morire non sarei mai stato un vero predatore.

Fu quell'affermazione a fare di me ciò che ero alla RU. Ed è quella stessa affermazione che ha fatto di me ciò che sono ora. Non sono un predatore. Sono Marcus Hunter. E voi chi siete?

Ringraziamenti

Questo libro esiste grazie al coraggio e al genio di Sarah Knight, all'anima rock and roll di Hannah Brown Gordon, ai consigli su come occultare un cadavere di Brad Mendelsohn, agli insegnamenti Shaolin Sopracciglia bianche di Marysue Rucci e Jonathan Karp, all'amore e al sostegno incrollabile di Amanda D.M. Kuhn, Skoogy D, Big Bear, Jo Mama Kuhn (la miglior madre di sempre) Ky, Mary B, Big Bri (Ar dheis Dé go raibh a anam) Suzie, Brad, Silver, Nixon e Kennedy (cani espressione della dualità politica), del Ragazzo di nome Sue, amore e sostegno intrepido del mio defunto padre Kenneth Kuhn (i duri tirano dritto, Pa'), all'amore straziante e alla voglia di riscatto delle mie bellissime sorelle defunte Tina e Kara Kuhn (grazie a entrambe per aver fatto di me il matto da legare che sono), grazie al sostegno professionale, alla dedizione e all'abilità nel karaoke di Ed Wood, Stéphanie Abou, Kirsten Neuhaus, Rachel Hecht, Molly Lindley, Roberto de Vicq de Cumptich, Elina Vaysbeyn, Kate Gales, e Brad Pearson, grazie alla conoscenza e l'esperienza di Leonardo Bercovici, Paul Huber e Joost Hunningher e all'inchiostro, al legno, al metallo e ai muscoli di Simon & Schuster negli Stati Uniti, Sphere/ Little, Brown nel Regno Unito, Dumont in Germania, Sonatine in Francia, Pantagrel in Norvegia e Alnari in Serbia. Un vero discepolo della vita ha molte divinità. Queste sono le mie.

Il crime nel catalogo One

One Crime

Ossessione di Jonathan Kellerman
Killer di Tom Wood
Sotto tiro di David Baldacci
I tre demoni di John Connolly
La lunga notte di Linda Castillo
La regola del gioco di Allison Leotta
L'inganno di Jonathan Kellerman
Corsa contro il tempo di Karin Slaughter
In difesa di Jacob di William Landay
L'ombra della verità di Karin Slaughter
Ogni goccia di sangue di Michael Robotham
Tre giorni per morire di Karin Slaughter
In un vicolo cieco di Linda Castillo
Il gioco estremo di Adriano Casassa
Il codice Amadeus di Phillip Shawn
Nemico di Tom Wood
Bad Chili di Joe R. Lansdale
La ragazza dal cuore d'acciaio di Joe R. Lansdale
Legends – L'Oligarca di Robert Littell
Genesi di Karin Slaughter
Vittime di Jonathan Kellerman
Libero arbitrio di Allison Leotta
Venti corpi nella neve di Giuliano Pasini
La maledizione di Spira di Joseph Geary
Persa nel tempo di Linda Castillo
Morte sospetta di Tim Weaver
La congiura dei lunghi di Noah Hawley
Scomparsa di Linda Castillo
Sotto un cielo cremisi di Joe R. Lansdale
Tra due fuochi di Karin Slaughter
Il gioco di Tom Wood
Tracce di morte di Tim Weaver
Devil Red di Joe R. Lansdale
Lo specchio di Dio di Andreas Eschbach
L'infiltrato di Karin Slaughter
La colpa di Jonathan Kellerman
Il libraio di Parigi di Mark Pryor
Noi siamo qui di Michael Marshall
Alta velocità di David Jackson
Abisso senza fine di Karin Slaughter
Indagine mortale di David Levien
Svanito di Tim Weaver
La rabbia degli angeli di John Connolly
La sfida di David Baldacci

Il mistero della cripta sepolta di Mark Pryor
Mente criminale di Karin Slaughter
L'invisibile di Karin Slaughter
Un'anima che brucia di John Connolly
Nessun ritorno di Tim Weaver
Il suo ultimo respiro di Linda Castillo
Tutto ciò che muore di John Connolly
La caccia di Tom Wood
Il sangue dei baroni di Matteo Strukul
Oscure verità di Tim Weaver
Il barone della droga di Stephen Leather
Senza pietà di John Gilstrap
Il manuale dello stagista killer di Shane Kuhn
Tracce dal passato di Linda Castillo

Finito di stampare nel maggio 2017 presso
Rotolito Lombarda – via Sondrio, 3 – Pioltello (MI)
Printed in Italy